古典文獻研究輯刊

八　編

曾　永　義　主編

第14冊

中國古典戲曲的悲劇性研究

楊　再　紅　著

國家圖書館出版品預行編目資料

中國古典戲曲的悲劇性研究／楊再紅 著 — 初版 — 新北市：
花木蘭文化出版社，2013〔民 102〕
目 2+146 面；19×26 公分
（古典文學研究輯刊 八編：第 14 冊）
ISBN：978-986-322-390-0（精裝）
1. 悲劇 2. 戲曲評論 3. 中國
820.8   102014670

ISBN-978-986-322-390-0

古典文學研究輯刊
八　編　第十四冊　　　　　　ISBN：978-986-322-390-0

中國古典戲曲的悲劇性研究

作　　者　楊再紅
主　　編　曾永義
總 編 輯　杜潔祥
出　　版　花木蘭文化出版社
發 行 所　花木蘭文化出版社
發 行 人　高小娟
聯絡地址　235 新北市中和區中安街七二號十三樓
　　　　　電話：02-2923-1455／傳眞：02-2923-1452
網　　址　http://www.huamulan.tw 信箱 sut81518@gmail.com
印　　刷　普羅文化出版廣告事業
初　　版　2013 年 9 月
定　　價　八編 24 冊（精裝）新台幣 42,000 元

中國古典戲曲的悲劇性研究

楊再紅　著

作者簡介

楊再紅，女，漢族，1972 年生，新疆烏魯木齊市人。2006 年畢業於華東師範大學，獲文學博士學位。2006 年 7 月至 2011 年 1 月，任教於廈門集美大學文學院，2009 年晉升為副教授。2011年初，因家庭原因重返大漠，現任教於新疆財經大學新聞與傳媒學院。研究方向為中國古代戲曲與戲曲批評，曾在《文藝理論研究》等刊物發表學術論文十餘篇。

提　　要

　　本書從悲劇的視角來觀照古代戲曲，梳理出古代戲曲對悲劇性意蘊的表達方式及其演化軌跡，論述其在審美風格形成過程中的作用，並努力探討形式背後的意義及成因。作者認為，悲情苦境是古代戲曲表達悲劇性意蘊最重要的方式，隨著文人化進程的加深，悲情悲緒的客體化走向也愈益明顯，突出表現在悲劇性境遇的營造上，標誌著悲劇意識在戲曲文學中的成熟。古代文人強烈的救世理想使大團圓模式成為中國戲曲用以拯救苦難，彌合痛苦最重要的方式，劇作家總會設計一兩個人物形象充當苦難的見證者和挽救者，大團圓結局則標誌著拯救的成功。然而，寫意抒情的創作原則使大團圓的內涵與形式之間發生了分裂，從而出現團圓主義背後的悲劇性問題。古代戲曲在話語類型、結構方式以及文本交流系統等方面有著迴異於西方戲劇的特點，在悲劇性意蘊的表達中形成了陰柔、婉約、感傷、淒美、悲涼等風格特色，導致了文本存在形態的複雜性和多種可能性。中國古典悲劇觀的最終形成大致可從三個層面來看：「怨譜」說與「苦境」論繼承了悲怨傳統及詩歌意境理論；卓人月、金聖歎等人的悲觀主義審美趣味自覺以痛苦作為審美觀照對象，使戲曲批評上升至對人生本質的哲理思考層面；而王國維借助西方理論對傳統文化中的悲劇意識作了初步總結，推動了古典悲劇觀的最終形成。

目

次

引　言

一、二十世紀中國古典悲劇研究的回顧與反思

　　悲劇這個西方美學範疇及戲劇體裁進入中國傳統戲曲的研究視野是二十世紀初西學東漸的產物。百年來，從悲劇的視角來審視古代戲曲的研究工作在取得豐碩成果的同時，對這一研究視角究竟是否契合於古代戲曲實際的問題近年來在學術界也引起了頗多的爭議。是全盤否定這一研究的價值而徹底放棄，還是堅持下去，繼承王國維以及「五四」以來所形成的研究傳統，在兩種對立的觀點背後均有著充分的理由，也都有著不足之處。那麼，對悲劇的研究究竟該採取怎樣的態度，又如何解決當下的研究困境，在思考這些問題之前，我們有必要先對百年來的研究作一粗略的回顧與反思。

1、悲劇研究的歷史階段

　　自王國維引入悲劇觀念開始，中國古典悲劇研究從時間上大體可分為四個階段：1949 年之前為第一階段，主要是觀念的引進和確立。這一時期發表的眾多文章和專著所闡發的觀點對後來的文學研究產生了重要而深遠的影響，如王國維的《紅樓夢評論》《宋元戲曲史》，蔣觀雲的《中國之演劇界》，胡適的《文學進化觀念與戲劇改良》，魯迅的《論睜了眼看》《中國小說的歷史變遷》，俞平伯的《高鶚作續四十回底批評》，朱光潛的《悲劇心理學》，冰心的《中西戲劇之比較》等等。其主要觀點呈現出以下三個特點：一是對悲劇的價值與功用予以高度肯定，五四時期的學人更是將悲劇視為喚醒民眾、批判社會黑暗的武器，「人們是從現實性、社會性、功利性方面來理解悲劇的」

〔註1〕，如胡適就認為悲劇「乃是醫治我們中國那種說謊作偽思想淺薄的文學的絕妙聖藥。」〔註2〕從而使中國的悲劇觀念一開始就烙上了鮮明的經世致用印記，對後來的研究產生了導向性影響，即在具體的研究中無論是對悲劇衝突、悲劇主體以及悲劇價值的闡發都很難超越社會學層面，這也是中國悲劇研究中存在的視域偏狹，缺乏哲理高度等問題的根源所在。二是激烈批判傳統文學中的團圓主義，並以此為由否定中國悲劇的存在。除王國維在對傳統小說戲曲缺乏悲劇精神表示不滿的基礎上肯定中國戲曲中有悲劇的存在外，大多數學者都認為「曲終奏雅」、「生旦團圓」是中國文學最缺乏悲劇觀念的表現，如蔣觀雲就認為「環顧我國之演劇界，其最大缺憾，則有喜劇，無悲劇。」〔註3〕三是悲劇觀念的泛化。經世致用文學觀的影響以及對大團圓的批判使五四前後的學人過多強調了悲劇揭露現實、批判社會的功能，從而將表現人生、社會悲慘的苦難劇也等同於悲劇，以至今天的不少研究者仍將苦難視為悲劇中唯一重要的質素，而忽視了西方悲劇中最為重要的因素——對待苦難的方式。

　　1949年至80年代之前是研究的第二階段，這也是馬克思主義悲劇觀一統天下的時期。這一階段，肯定中國傳統文學中存在悲劇，而衡量鑑別的標尺則是馬恩關於悲劇的經典論斷。伴隨這一標尺的是反映論、決定論、階級論的文學觀，具有濃厚的社會學甚至是庸俗社會學的特點。翻開這一時期的文章論著，出現頻率最多的是諸如反映了什麼，揭露了什麼，批判了什麼，體現的人民性如何等等。同時在內容決定形式的論調下，對主題思想的闡發遠遠超過了對藝術形式、審美特徵的探討，對悲劇產生的根源也多歸於社會黑暗、惡勢力迫害等外部因素，悲劇的主體自然是處於被壓迫、受迫害的下層百姓，而悲劇的價值、效應則被框定在揭露黑暗，反映時代，體現人民反抗精神等方面。比較典型的如游國恩等主編的《中國文學史》中對悲劇《竇娥冤》的評價〔註4〕，一些學人對關漢卿作為作家的進步性、人民性的肯定和對

〔註1〕黃藥眠、童慶炳主編《中西比較詩學體系》下冊，人民文學出版社，1991年版，第723頁。

〔註2〕胡適《文學進化觀念與戲劇改良》，《胡適古典文學研究論集》上，上海古籍出版社，1988年版，第762頁。

〔註3〕蔣觀雲《中國之演劇界》，1905年3月20日《新民叢報》。

〔註4〕游國恩等主編《中國文學史》第三冊，人民文學出版社，1990年版，第225頁。

其劇作中清官意識的批判也體現了這一特點。同時階級論身影也隨處可見，如對《長生殿》中李楊愛情的評價問題上，一些學人從階級論出發，否認作爲封建統治者的帝妃之間有眞摯的愛情，李楊的愛情悲劇被打上了引號〔註5〕。這是文學觀念、研究視角單一化帶來的必然結果，其對悲劇的認識僅限於現實的、功利的社會學層面則與五四時期的悲劇觀念有一脈相承之處。這裏既有傳統文化的影響，更離不開當時社會政治的制約，直到今天，決定論、反映論的文學觀仍在有意無意地左右著我們的悲劇乃至整個文學研究。

80 年代至 90 年代末爲第三階段。悲劇研究再次成爲熱門話題，肯定傳統戲曲中存在悲劇的觀點也佔據主流，經過精心鑒別的古典悲劇結集出版。研究方法和視角在力圖擺脫主流文論的單一中走向了多元，接受美學、敘事學、主題學、文化研究、中西比較等理論、方法隨處可見，研究的層面與層次也進一步拓寬與深入，如對悲劇性及其產生根源、悲劇主體、悲劇價值、悲劇情感效應等問題的探討從過去單一的社會學層面向倫理學、哲學、民族文化心理等層面推進。形式因素成爲關注的熱點，對古典悲劇的肯定與研究更多從戲曲藝術形式的民族特徵著眼，中西比較盛極一時。在理論探索方面，努力爲中國悲劇的存在尋找理論根據和富有民族特點的鑒別標準，並在借鑒西方理論的基礎上力圖建構自己的悲劇美學體系。由此，從爭論悲劇的有無轉向了對悲劇意識民族特色及其藝術表現形式的探討。在文學史研究方面，打破了以往按照劇種和流派演變爲主幹編寫戲曲史的慣例，開始撰寫中國的悲劇文學史。研究的熱鬧促進了著述的繁榮，這一時期有價值、有啓發、有爭議的文章、論著不斷湧現。

90 年代末至今，悲劇研究進入了反思階段。隨著對西方悲劇及其理論瞭解的不斷加深，一方面，一些學人繼續探討著中國的悲劇意識、悲劇精神及其在藝術形式方面呈現出的民族特性，以期找到既具普遍性又符合中國民族文化性格的界定標準，中西比較在比較的層次上得到進一步深化。另一方面，對中國文化現代化歷程的反思風潮也波及到了悲劇研究領域。一些學者以中西文化間的巨大差異爲由，對西方悲劇概念引進以來的整個研究提出質疑，一些人更是從當下文學研究的話語困境入手進而否定了近代以來古典悲劇研究的價值和意義，甚至提出回到古典，回到傳統，放棄悲劇研究，比較典型

〔註 5〕章培恒《洪昇年譜·前言》，《長生殿討論集》，文化藝術出版社，1989 年版，第 174 頁。

的如《悲劇的話語與話語的悲劇》《中國古典「悲劇」研究反思》《對二十世紀文學研究中盲目西化現象的反思》等文章。反思中另一些學人仍持肯定態度，認爲現代學術傳統不能斷裂，中國悲劇存在的可能性及其研究仍有意義，因爲「中國古典悲劇的研究不僅澄清了『苦戲』等概念與以往從來未能研究清楚的諸多問題，還對零散的中國古典悲劇理論和創作實踐作了清理，這項研究顯然推進著學術的發展。」〔註6〕

2、形成的主要觀點

中國古典悲劇研究中大致形成了肯定與否定兩派觀點：

否定中國古代戲曲中存在悲劇的觀點在五四前後就已存在，上文已有論述，這裏只想就80年代以來至今形成的較有代表性的觀點作一粗略的梳理。歸納起來，否定理由有五：

一是從理論源頭上講，中國沒有產生西方的悲劇概念及其理論體系，即使中國古代文論中有用「怨譜」「苦戲」「哀曲」等概念指稱具有「悲」「淒」「怨」「慘」等情感特徵的戲曲，「怨譜」說「與『悲劇』還有相當的距離」，因爲「怨譜」說「主要是從情感傾向、表現手法而不是從『悲劇』內涵著眼的，它不能帶動戲曲其他要素形成相對完整、獨立的體系」〔註7〕。雖然西方成熟的理論具有較強的可操作性，但它是在西方發達的悲劇創作實踐基礎上形成的，是西方文化面對人生悲劇性時所作的哲學與藝術上的思考與探索，因而無法完全契合於深富中國文化意蘊的戲曲藝術。悲劇作爲審美範疇，其基本內涵應該可以作爲衡量一切時代，一切民族悲劇的尺度。由此，無論從思想的深刻性、風格的純正性（一悲到底）等方面來看，中國戲曲中都不存在嚴格意義上的悲劇，中西文化的巨大差異使中國沒有產生悲劇的土壤。

二是從戲曲的起源上看，儘管對中國戲曲起源的問題眾說紛紜，莫衷一是，但無論是巫覡說、優孟衣冠說、歌舞俳優說還是源自梵劇說，都迥異於西方戲劇一開始就悲喜截然兩分的特點。戲曲從起源上講並無悲喜之分，後來也「沒有發展出西方悲劇喜劇那樣兩種戲劇樣式的實體」〔註8〕，因而從文體的獨立性上說，中國戲曲不存在悲劇。

〔註6〕 張哲俊《中日古典悲劇的形式》，上海古籍出版社，2002年版，第25頁。

〔註7〕 張平仁《中國古典『悲劇』研究反思》，《藝術百家》2001年第3期。

〔註8〕 華明《悲劇的話語與話語的悲劇》，《中國比較文學》2003年第2期。

　　三是從思想內容及悲劇人物上看，西方悲劇所展示的世界與人類的生存困境密切相關，它揭示的是人作為個體與其所處的文化境遇間必然存在的令人痛苦的分裂、異己關係。在這種異己關係中，為了展示人的主體力量，西方古典悲劇特別強調出於主人公自由意志的行動。由於人的抗爭行動以及由此導致的失敗、毀滅更加充分地暴露了人的困境，強化了人存在的悲劇性，人的主體性力量也因之得以充分體現。無希望的抗爭卻又永不放棄抗爭，在失敗與毀滅中顯出了人的偉大與崇高，即所謂的西方悲劇精神。基於此，西方古典悲劇中的主人公大多由地位顯赫、具有非凡的、超越了一般善惡的人格力量的英雄、帝王和將相充當。悲劇之所以成為西方藝術之冠冕，正在於它在揭示人的困境本質中所達到的深刻性、嚴肅性與哲學高度是一般藝術無法企及的〔註9〕。相比之下，中國戲曲從表現內容上的世俗性、民間性，塑造人物上的下層性、被動性、軟弱性和倫理性等方面看都無法具備西方古典悲劇的內涵。

　　四是從結局看，西方悲劇強調的是悲劇衝突的不可解決，如存在與虛無，現實與理想，道德與本能，個人與社會，理智與情感等，因而最富悲劇性的古典悲劇一般都以主人公的毀滅（肉體或精神）為結局。而中國的大團圓結局消解了戲曲中的悲劇性因素，苦難過後一切皆大歡喜，使得中國戲曲即使揭示了人的生存困境，最後仍在對天道正義的信仰中將困境合理化，因此它不是從質疑現存的文化理想、道德規範入手去探索困境產生的根本原因，而是通過彌合困境來維護現存秩序的合法性和神聖性。〔註10〕悲劇的本質在於衝突，但「光明的尾巴」調和了悲劇性衝突，使其最終得到了解決。

　　五是從情感特徵與藝術風格上看，西方古典悲劇講究的是恐怖、憐憫、嚴肅、崇高以及一悲到底的純正風格。而中國戲曲除元雜劇中存在一悲到底的作品外，絕大多數採用苦樂相錯的結構方式，甚至在苦難悲哀中夾雜喜劇性、鬧劇性的場面，因此在情感傾向上形成了悲喜相乘的風格特色，即使營造了「苦境」，也多屬局部而非整體，而富於喜劇性的戲曲同樣具有上述特點，「令人解頤」或「令人鼻酸」只是風格差異，而非本質差別。

〔註9〕　參見雅斯貝爾斯《悲劇的知識》，引自劉小楓主編《人類困境中的審美精神——哲人、詩人論美文選》，東方出版中心，1996年版，第451頁。朱光潛《悲劇心理學》，《朱光潛全集》第二卷，安徽教育出版社1987年，第416頁。

〔註10〕　參見張法《中國文化與悲劇意識》，人民大學出版社，1998年版，第141～144頁。

　　針對否定派的觀點，肯定中國戲曲存在悲劇的學者則從理論源頭、概念界定、鑒別標準、結構形態、情緒體驗與審美風格等方面探討中國悲劇的存在與民族特色。

　　多數學者從古代文學和詩學傳統中探尋中國悲劇觀念的源頭，認爲「悲劇的審美意蘊，在中國文學發展的早期階段，就得到了藝術表現」，「古代詩論中有關『怨』、『悲』、『哀』、『憤』一類的悲劇觀念和憂患意識，就自然滲透到小說論和戲曲論的領域」〔註11〕，「中國的全部悲劇觀，還是以明代的『怨譜』說作爲核心發展起來的。怨譜說是浸透了中國氣派的悲劇學說」〔註12〕。有的學者則從中西文化對人生悲劇性的共通感受出發，認爲對人生悲劇性進行哲學思辨和藝術表現是古今中西哲學家和文藝家無法逃避的歷史使命〔註13〕，換言之，悲劇意識是人類共通的，不同民族的文化賦予了其迥異的戲劇藝術形態。有學者進一步從中國文化的倫理性、樂天性出發，指出以儒家爲代表的中國文化在其修齊治平、家國同構的文化理想設立之初就已經預創了一種深濃的悲劇意識〔註14〕；樂感文化抑制了悲劇精神，造成中國文化中悲劇意識與悲劇精神的分化及二者之間複雜的組合，使中國悲劇呈現出複雜的審美特徵。〔註15〕

　　對於悲劇的概念，多數研究者直接借用西方的理論，另一些學者則希望爲悲劇作出既具普適性，又能體現本土特色的概念界定，提出「悲劇是對戲劇中主人公以幸福或生命爲代價，爲克服生存危機所做的失敗或對超常磨難的承受的展示，它喚起審美主體驚懼、反思、振奮或崇高的審美感受。」〔註16〕此概念實質是對魯迅先生關於悲劇定義的擴寫和補充。可以看出，隨著對西方文化瞭解的加深，我們對價值一詞的理解不再拘泥於善的範圍，而是更加寬泛，更具有普適性，同時也注意到了接受者的情感體驗對悲劇本質的決定性作用。

　　在鑒別標準的討論中，將時代和主題作爲鑒別悲劇的標準，以《中國十

〔註11〕《中西比較詩學體系》上冊，第 198、202 頁。

〔註12〕謝柏梁《中國悲劇史綱》，學林出版社，1993 年版，第 180 頁。

〔註13〕楊建文《中國古典悲劇史》，武漢大學出版，1994 年版，第 14 頁。

〔註14〕參見張法《中國文化與悲劇意識》，第 15 頁。

〔註15〕王富仁《悲劇意識與悲劇精神》，《江蘇社會科學》2001 年第 1 期。

〔註16〕張丹飛《試論中國悲劇概念的確定》，安慶師範學院學報（社科版）1999 年第 12 期。

大古典悲劇・前言》和黃仕忠的《婚變、道德與文學》爲代表。前者以馬恩悲劇觀爲標尺，反映論、決定論自然成爲其鑑別的主要原則，因此「亂世出悲劇」的思想貫穿了全文。後者則從主題學角度將「負心婚變」這一富於倫理悲劇性的主題作爲中國悲劇文學史發展的主脈，可以說既上承了「亂世出悲劇」的觀點，又充分考慮了中國倫理文化的特色。

也有學者以結構作爲鑑別的原則。如宋常立在《試談元雜劇悲劇的鑑別標準》一文中提出應以戲劇結構爲鑑別標準，認爲元雜劇悲劇存在正副兩個結構，正結構「反映的必須是一個悲劇衝突發生、發展以至結局的完整過程，這是使這些悲劇之所以爲悲劇的最基本的要素。」正結構的情節處於主導地位。副結構指團圓的結局，它是「在正結構的悲劇衝突基本結束後重新展開的。」〔註17〕

還有學者以戲劇的情感基調爲鑑別標準。朱壽桐從西方現代戲劇將戲劇情緒而非戲劇衝突作爲戲劇本質的觀點出發，認爲判定悲劇的標準應是一齣戲所引起的情感體驗。〔註18〕而90年代出版的兩部中國悲劇文學史也主要從情感基調上對悲劇加以鑑別。如謝柏梁認爲「悲劇的根本特徵在『悲』上」，「從總的方面來看劇本的悲的特徵，以此作爲鑑別悲劇的最高原則」。所謂總的方面是指「在不同層次上烘托了悲劇氛圍，塑造了悲劇人物，渲染了悲劇情調」〔註19〕，實質上氛圍和情調的烘托與渲染仍是在強調悲劇的情緒氣氛。楊建文則從戲曲意境角度入手，認爲鑑別悲劇應從全劇的總體傾向，即「苦境」的創造上著眼，而不應只重結局。〔註20〕另外，還有以悲劇衝突在觀眾情感體驗中的顯現形式作爲鑑別標準者。張哲俊認爲西方悲劇（包括古典和現代悲劇）的本質特徵在於悲劇衝突的不可解決和在觀眾心理上引起的諸如恐怖、憐憫、孤獨、焦慮、崇高、毀滅等情緒體驗。既然「悲劇衝突顯現於體驗之中」，基於文本與接受者之間複雜的關係，悲劇的存在就有了多種可能性，當然並非這些可能性都具有效性，但這並不妨礙悲劇研究的價值〔註21〕。張哲俊提出的鑑別標準可以說看到了敘述與接受之間不可分割的關係，爲悲劇的界定和研究提供了更爲寬泛的依據，但也使悲劇的鑑別標準更加模糊。

〔註17〕《中國古典悲劇喜劇論集》，上海文藝出版社，1983年版，第88～94頁。
〔註18〕《朱壽桐論戲劇》，江西高校出版社，2002年版，第47頁。
〔註19〕謝柏梁《中國悲劇史綱》，第100～102頁。
〔註20〕楊建文《中國古典悲劇史》，第13頁。
〔註21〕張哲俊《中日古典悲劇的形式》，導論第17～21頁。

在肯定中國古典悲劇存在的基礎上，研究者進而對古典悲劇的藝術特徵作了探討，以期在審美特徵上見出與西方悲劇的異同。主要表現為：

首先是對悲劇結構的關注，研究者進一步針對中國戲曲自身的特點，提出中國悲劇的結構講究苦樂交錯，悲喜相乘，情節結構採用「喜→悲→喜→悲→大悲→小喜」式的布局，區別於西方一悲到底的單一布局。

其次，關於悲劇的衝突形式，大團圓結局自然成為探討的熱點。肯定派也分為兩派，一派認為「光明的尾巴」調和了悲劇衝突，削弱了作品的悲劇性，這是中國悲劇的缺憾，也是中國悲劇貧困的原因。另一派則認為團圓主義正是中國文化追求中和之美，團圓之趣的體現，也是中國悲劇追求「歷史進步和道德進步的完美統一」的主題的需要〔註22〕，它是中國悲劇民族特色的顯現形式。近年來有學者則從悲劇衝突是否得到實質性解決出發，對團圓主義作了區分，認為衝突得到現實的解決為真團圓，反之則不具實質意義上的團圓。相似的觀點也認為對一些「表面團圓，卻內藏悲苦」的結局有必要「作新的審視」〔註23〕在肯定大團圓的基礎上，一些學者則對大團圓的表現形式作了分類，認為中國悲劇的結局方式有毀滅型、鳳尾型兩種，而鳳尾型又包含七種方式，即夢圓式、仙化式、復仇式、再生式、冥判式、救賜式、調和式等。〔註24〕

第三，對悲劇主體的論述。悲劇主體的確認與悲劇衝突展開的層面密切相關，一般可按戲劇衝突展開的層面將悲劇主體劃分為倫理主體、情感主體和人生──哲理主體等。不同層面的衝突在具體文本中往往交織在一起，構成悲劇內涵的豐富性和複雜性。就中國古典悲劇研究而言，對悲劇衝突的認識長期局限於社會學層面，90年代以後有所改觀，多重視角的引入使研究者對悲劇衝突和悲劇主體的認識有了進一步深化。80年代前後，悲劇主體大多被確認為下層的、受壓迫的普通百姓，被動性和軟弱性是其特點，其中當然也不乏竇娥這樣具有反抗精神的悲劇主體。80年代末至今，則根據衝突展開層面所賦予人物的特點：如體現道德理想（《趙氏孤兒》，悲劇衝突在秩序與混亂、正義與邪惡之間展開）、代表了個體情欲的要求（《嬌紅記》，情與理的

〔註22〕 熊元義《大團圓與中國戲曲悲劇觀》，《戲劇文學》1995年第12期。

〔註23〕 楊建文《中國古典悲劇史》，第12頁。

〔註24〕 焦文彬《論中國古典悲劇的結局》，《西北大學學報》（社科版），1985年第4期。

矛盾構成悲劇衝突）、對人生虛無的確證（《桃花扇》〔註 25〕，悲劇衝突由存在與虛無的對抗構成）等將悲劇主體劃分爲倫理主體、情感主體和歷史——哲學主體等。按照悲劇主體和悲劇衝突的表現形式，研究者對悲劇作了分類，認爲中國的悲劇主要有歷史悲劇、社會悲劇、性格悲劇、命運悲劇、倫理悲劇以及情節悲劇、抒情悲劇和情境悲劇等類型。

第四，關於悲劇的情緒特徵，主要從敘述與接受角度探討。戲劇情緒是戲劇的重要組成，尤其是接受視角的引入，悲情悲緒成爲研究悲劇不可或缺的要素，甚至成爲鑒別悲劇的標尺。多數學者認爲中國悲劇在審美情感上主要以悲憫、哀怨而非恐怖、崇高見長。有些學者則進一步從敘述方式、表演程序等方面來探討中國悲劇表達情感的特點。如王富仁認爲崇高產生於距離感中，而中國悲劇則屬於悲情悲劇，「悲情的抒發是一種宣泄方式，宣泄自身帶來的是快感而不是悲感」〔註 26〕。楊建文則認爲「創造『苦境』，是中國古代悲劇始終如一的審美追求。是「具有悲劇美感的戲曲藝術境界——神形兼備而以傳神爲主，情景交融而以抒情爲重的感人泣下的濃厚悲劇意趣。」〔註 27〕

第五，對審美風格的探討，研究者較爲一致地將陰柔之美、中和之美和道德之美看作是中國悲劇的審美特徵。

第六，關於古典悲劇的價值：多數研究者強調中國悲劇的價值在於它的美感教育作用〔註 28〕，有的學者進一步從中西比較中討論中國悲劇的價值，認爲中西悲劇的價值都基於「同情」，但西方悲劇的價值主要是一種審美同情，引起一種淨化的快感，是一個「從憐憫、恐懼到崇高的淨化過程」，而中國悲劇的價值主要是道德同情，是一個「從憐憫、悲憤到崇敬的教化過程」。
〔註 29〕

3、存在的問題及反思

問題之一，研究中的話語困境：無論否定派還是肯定派都強調著中國戲曲的本土特色，但其所用武器又均源自西方，百年的研究歷程實質都在以他者（西方）之眼來審視傳統戲曲，因此在強烈要求建構自己的話語體系的今

〔註 25〕 高小康《〈桃花扇〉與中國古典悲劇精神的演變》，《文學遺產》1999 年第 4 期。
〔註 26〕 王富仁《悲劇意識與悲劇精神》，《江蘇社會科學》2001 年第 1 期。
〔註 27〕 楊建文《中國古典悲劇史》，第 208 頁。
〔註 28〕 參見《中國十大古典悲劇集·前言》，上海文藝出版社 1982 年版。
〔註 29〕 范麗敏《中國古典悲劇價值論》，《社會科學戰線》2002 年第 3 期。

天，就不可避免地陷入了類似於闡釋學循環的困境：要研究悲劇，就不得不借鑒西方悲劇理論，而從西方出發，無論如何本土化都會使研究烙上西方的印記。這是當下中國悲劇研究中遇到的最大難題，也是爭論不休的癥結所在。

話語困境產生的原因大致有三：一是源於我們在國際文化交往中爭奪話語權的焦慮，也源於我們對本質主義的追求，即都在追尋純粹意義上的、凝固不變的本土和西方。二是基於本質主義，以經典的西方悲劇為標準從根本上否認中國悲劇的存在，即認為悲劇話語不屬於，也不適於中國。三是研究中對悲劇概念的使用頗為混亂，誤讀現象時有發生。有學者在狹義的戲劇體裁層面使用，有學者則從廣義的，即從哲學美學層面上使用，而西方悲劇從創作到理論本身可謂異彩紛呈，我們研究中的許多爭執恰由於參照物之不同，解讀的差異所致。

問題之二，中西悲劇比較中時間視域的先行框定：許多研究者總是以西方古、近代悲劇及其理論作為參照和比較的對象，如從主題以及這一時期在各自文學史中具有相似影響力的作家等方面進行比較。然而，西方悲劇就其自身的發展而言形成了古希臘悲劇、莎士比亞悲劇兩大傳統以及爭議頗多的西方現代悲劇，三者之間從內容到形式都具有區別於彼此的鮮明的風格特徵。為什麼研究者會認為中國古代戲曲悲劇與西方古、近代悲劇一定有更多的可比性？換言之，我們在比較之前已將研究視域先行框定在「古、近代」這一時間概念之中，有意無意地遵循和強調著人類社會歷史分五個階段發展，中西方只存在發展進程不同的觀點，卻忽視了中西文化具有迥異的性格及不同的發展方向，這實際是理念先行的運思方式影響所致。同樣，中國戲曲悲劇的審美特徵也是頗為複雜的：從悲劇主體而言，既有倫理主體（如《趙氏孤兒》），情感主體（如《漢宮秋》），也有歷史——哲學主體（如《桃花扇》），前者在古典悲劇（無論中西）中最為典型，後兩者則是更接近於「現代人價值觀念的悲劇」〔註30〕；從藝術表現看，諸如悲喜交錯的情感傾向，寓哭於笑的表現手法，悲劇人物的下層性、世俗性等所謂中國特色，在西方現代悲劇中也常可找到相似之處。從某種程度而言，西方悲劇三個階段的某些重要特徵在中國戲曲悲劇中都能見到，而這種複雜性及其文化成因如果僅與西方古、近代悲劇作比較是不可能充分見出的。因此，中西比較應該遵循總體比

〔註30〕高小康《〈桃花扇〉與中國古典悲劇精神的演變》，《文學遺產》1999 年第 4
　　　期。

較的原則，必須從文本自身出發，對西方悲劇的豐富性和複雜性有一個總體上的感悟和把握，然後對戲曲悲劇按其藝術特點作出分類，基於類型特徵而非時間概念進行中西比較，這樣或許才可能在對話而非單純的他者化層面上對中國戲曲悲劇特徵的複雜性有較爲深入的認識。

問題之三，**藝術形式的探討未能取得令人信服的成果**：許多研究者偏重於從中國戲曲追求意境的抒情詩特點來探討古典悲劇的本土特徵，如楊建文關於「苦境」的論述。然而講究意境的詩性特點是中國藝術的總體特徵，對於大多數融悲歡離合爲一爐的戲曲作品來說，苦境的營造同樣必不可少。中國戲曲雖長期固守曲本位的觀念並呈現出抒情詩的精神特質，西方的尼采也視悲劇爲抒情詩的最高發展，但作爲敘事藝術本身，中西悲劇在藝術表達方式上與抒情詩仍有著鮮明的區別，即它必須將個體對自身存在的悲劇性感受昇華爲人類集體的精神體驗，而這種提升是通過對痛苦的直接渲瀉轉化爲對痛苦的審美觀照和客體化表現達到的。對痛苦的審美觀照需要作家作爲個體而非某種倫理實體的代表（這是孔尚任與關漢卿的本質區別）來體悟人生與生命存在的本質，客體化表現則需借助衝突、人物、情節、情境等戲劇敘述因素來完成。同時，古代戲曲悲劇以及具有濃郁悲劇色彩的作品往往呈現出不同於西方的陰柔、婉約、親切風格，抒情傳統與寓言寫意原則的滲透影響自然是主要原因，但這些又與古代戲曲獨特的敘事方式密不可分。因此，單從戲曲講求意境的抒情性特點出發來研究悲劇很難有實質性的突破。

二、本論題選題目的及研究思路

通過上文的梳理分析，本論題認爲，悲劇的概念雖來自西方，但這並不妨礙我們將其作爲研究古代戲曲的一種視角：作爲一種戲劇體裁，西方悲劇從其誕生的文化土壤與文本表現形態來看均與中國古代戲曲差別甚大，如完全以西方悲劇的標準來框範古代戲曲確實存在著諸多削足適履之弊，然而就此否定戲曲悲劇的存在顯然過於武斷。從王國維到今天的學者，儘管所持標準不一，但仍界定出一批公認的戲曲悲劇作品。從文本的存在形態來說，文本在接受者的創造性闡釋中被賦予了流動性與複雜性，而接受者的介入也使文本獲得了多種可能性的存在方式，即使是同一部戲，戲劇衝突展開的層面不同，其存在方式的悲或者喜也有可能迥異。從傳統的延續性看，悲劇觀念引入至今，悲劇研究已在戲曲研究中佔據了一席之地，對中國古代悲劇有無

的闡釋，都基於我們對西方古、近代悲劇的理解，這種理解本身已成爲我們研究視角、研究方法乃至文學觀念的一部分，與過去的傳統一起支配著現在的文學研究，完全拋棄是根本不可能的。就此而言，爭論悲劇的有無並無多少實質性的意義，而將悲劇作爲一種可能性存在來研究，或許使我們對中國戲曲的複雜性和豐富性會多一些新的認識和感受。然而，引入他者不等於削足適履，面對西方悲劇本身的複雜性，如何達到對話而非單純的他者化，就需要對這一他者有較爲全面和深入的瞭解，同時還必須考慮自我與他者文化背景的巨大差異以及這種差異給雙方的戲劇文學從內涵到形式究竟帶來了怎樣的影響。

如果單純從戲劇體裁出發，則中西方文化發展階段與特性的巨異使雙方戲劇表層的可對話性少之又少，加之西方悲劇自身內涵的複雜性也難以一言蔽之。百年的悲劇研究雖不乏從哲學美學高度對其內涵進行挖掘的，也有對戲曲中所體現出的悲劇意識予以深入探究的，但主要局限於戲劇體裁，如戲曲中存在悲劇與否、如何界定，與西方悲劇相較呈現怎樣的風格特色等等。因此，在不斷地陷入爭論悲劇有無的誤區和以西方傳統戲劇悲劇的標準來強求古代戲曲的同時，一些非常值得注意的文學現象卻未能加以深入考察甚至被忽略：

一是戲曲文學的悲觀主義走向問題。中國戲曲文學較西方晚出，具有濃郁的民間性和世俗性特點，而經文人提升臻於頂峰的幾乎均爲悲劇之作，其敘事觀念與審美趣味在逐漸走向成熟的過程中不約而同地指向了悲觀主義。這一現象的出現決非偶然，其中有感傷主義時代思潮的推動，更離不開文化及文學傳統的影響。儘管悲劇總是與悲觀主義結緣的，但嚴格意義上的西方悲劇從悲觀主義世界觀出發洞悉了人生的悲劇性本質後，最終卻仍能以樂觀主義的精神態度來對待這悲劇性的人生現實，由此呈現出崇高悲壯的風格特色。而公認的中國古代戲曲悲劇包括具有濃郁悲劇色彩的戲曲卻呈現出從樂觀漸向悲觀幻滅的發展傾向，即從《竇娥冤》《趙氏孤兒》等元雜劇的樂觀主義世界觀和精神態度逐漸走向晚明清初徹底的悲觀幻滅的精神世界。換言之，劇作家包括批評家在以悲觀主義觀照世界的同時也在以悲觀虛無和幻滅的精神態度來對待悲劇性的人生現實，那麼這種悲觀主義走向滲透在創作及其評點中對戲曲文學的精神內涵、敘述方式、表現形式乃至文學觀念具體產生了怎樣的影響，究竟有哪些文化因素在推動這一走向的形成等問題均是值

得深入探討的，而在以往的研究中卻又往往被一筆帶過甚至忽略不談。

　　二是悲劇意識在戲曲文學中的成熟問題。儘管悲劇屬於西方美學範疇及戲劇體裁之一，但對人生現實的悲劇意識同樣是中國文化的重要組成，在傳統文藝中也同樣有著深沉強烈的體現並形成了自己的表達方式。古代戲曲在承續這一傳統的同時逐漸形成了合乎敘事文學對這一感受的獨特表現方式，並最終誕生了戲曲文學史上偉大的悲劇傑作。從對現實人生悲劇性感受的一般流露到創作出偉大的悲劇傑作，這一過程的產生正是悲劇意識在戲曲文學中由滲透到逐漸成熟的結果，具體則是通過戲曲對悲劇性意蘊表達方式自身的發展演變來完成的。而這種成熟與演化的過程及其背後的文學、文化促因在以往的研究中也同樣未能得到應有的重視。

　　三是內涵與形式的悖反問題。前文已述，大團圓的情節模式及審美追求一直是悲劇研究中爭論的焦點。如果從西方悲劇的標準看，中國古代戲曲的大團圓結局不是使悲劇走得不徹底，就是最終消解了戲曲的悲劇性，然而儘管在單純的情節層面上或多或少存在著上述兩種情況，但仍無法從根本上消解許多優秀戲曲作品留給我們的悲劇性情感體驗以及蘊藏在哲理層面的悲劇性內蘊，某種程度上可以說團圓主義背後的悲劇性問題並不是個別現象。中國民族精神的樂天性與文藝悲怨傳統的深遠性本身就構成了耐人尋味的文化現象，由此也影響到了中國文化悲劇意識及其表現形態的矛盾性和複雜性，而這些矛盾與複雜在古代戲曲文學的承傳與變異中得到了凸顯與總結。中國文化雖沒有西方純粹的二元對立思維，更多追求的是一種和諧、循環的世界觀，滲透在戲曲創作中自然體現爲不強調絕對的悲和絕對的喜，因而悲喜相錯成爲古代戲曲情感體驗與風格特色最爲突出的特點與最爲準確的表達，具體到敘述模式，大團圓也就成爲絕大多數戲曲的標誌性情節架構模式與美學追求。然而，任何文化的發展沒有一成不變的，對和諧與中庸之美的追求和強調同樣經歷了被懷疑、叛逆甚至打破的命運，而這一變化在明代中後期以後的戲曲領域內仍是有跡可尋的。因此，形式與內涵之間也經歷了一個由悖反到統一的過程，這一變化與上文提到的悲觀主義走向、悲劇意識的成熟共同勾勒出古代戲曲文學在表達現實人生悲劇性感受的重要特點及發展軌跡，也體現出戲曲文學觀念及其審美趣味的微妙變化。而對這一變化過程的梳理分析同樣是以往研究中較爲薄弱的環節。

　　基於上述分析，我們不難發現，以上幾方面的問題涉及到了古代戲曲在

情感體驗、情節模式、敘事方式、風格走向、悲劇意識的表現等多方面的特點，如果單純用傳統的戲曲研究視角根本不可能很好地從文學以及文化等方面揭示出上述特點及其形成、發展與演變的深層原因，也不可能更為深入地瞭解到作為世界戲劇之一種的戲曲在敘事方式、表現形態等方面的獨特地位。因此，本論題的研究目的就是想繼續以悲劇的視角來觀照古代戲曲，梳理出古代戲曲對悲劇性意蘊的表達方式及其演化軌跡，論述其在審美風格形成過程中的作用，並從文學觀念、文化傳統、社會思潮等方面探討形式背後的意義及產生的原因，希望以此能夠對上述幾方面的問題加以深入地考察探究，並努力作出自己的思考。

為貼近研究目標，本論題在題目的選擇上避免了悲劇這一概念，而代之以悲劇性研究，希望以此能兼顧戲劇體裁的特點，強調古代戲曲自身的文體特性，同時也便於拓寬視野，從哲學美學等更為深廣的層面來考察古代戲曲的悲劇性意蘊及其表達方式，從而使之更貼近本論題的研究目的。而如果採用悲劇這一概念則容易造成以下幾方面的誤區：

首先，**容易造成對悲劇性的狹義理解**。在文藝領域內，悲劇的概念本身存在著內涵的複雜性與界定的爭議性，一般來說包含了兩層涵義：一層自然指一種戲劇體裁，一層則是一種哲學美學範疇。從後者角度看，悲劇的概念與悲劇性相通，因為「悲劇性」在西方詩學傳統中又被稱作「悲」、「悲劇」，這自然因為以古代希臘為代表的西方傳統悲劇是最能充分完美展示悲劇性的一種藝術形式。然而，悲劇性並非西方傳統悲劇的專利，而是任何藝術形式、任何民族文化都可以擁有的一種審美質素。同時，西方悲劇自身也在不斷發展演變，悲劇性的呈現方式也由此走向多元，既可以表現為人的必然要求在實踐過程中與各種阻滯力量間的矛盾衝突，也可以表現為深沉強烈的憂傷、陰鬱、孤獨、焦慮、激奮、恐懼、憐憫、絕望以及挫敗感、幻滅感、荒誕感等等情緒體驗。悲劇性衝突與悲劇性情感體驗在西方古典戲劇中往往交織在一起，甚至構成因果關係，而一些西方現代戲劇淡化衝突而突出情緒體驗的傾向則使二者呈現出或交織或分離的複雜關係。悲劇衝突是悲劇性產生的重要甚至本質要素，但這種衝突有顯有隱，即使是在戲劇的敘述方式中，有些戲偏重在情節中構鑄激烈的衝突（以西方傳統悲劇為典範）；有些則將戲劇情境放置在衝突之後，注重表現衝突造成的情緒體驗；有些則只能在更高的文化哲理層面上揭示衝突。其實上述情形在古代戲曲中幾乎都可見到，同時抒

情傳統的深遠，敘事傳統的薄弱使具有濃郁悲劇色彩的戲曲更多偏重於後幾種的表達方式。然而，長期以來，因為受典範的西方傳統悲劇的影響，研究者往往將悲劇性及其表達方式局限於西方傳統悲劇的框範中來審視，由此一定程度上不能不造成研究視域的狹隘，遮蔽了本土文學以及文化中的悲劇性意蘊。

　　其次，**容易抹殺戲曲的文體特性**。將戲曲劃分為悲、喜、正劇三大類始自西方戲劇觀念引入之後，而戲劇一詞古已有之，其含義相當廣泛，有遊戲、戲耍之意，隨著漢代角觝戲，唐代參軍戲等演劇藝術的出現，戲劇主要用來指稱演劇藝術。儘管目前研究者對戲曲的分類既有遵循西方戲劇分類標準的，也有仍舊沿襲古人按時代和文體標準將其分為元雜劇和明清傳奇的，但不論何種標準，將古代戲曲視為戲劇的一種，仍難免跳出今天的戲劇觀，即以西方戲劇的文體觀念為框範標準，因為今天國人文體觀念中的戲劇主要是參照西方戲劇建立起來的，是西學東漸的結果，其敘述方式、話語類型、交流體系、結構方式等等均與中國古代戲曲有著很大的不同，一個突出的表現即在於戲劇在敘述方式上均講代言，西方戲劇是演員以對話、行動直接代人物言說，而古代戲曲的代言卻是以抒情性、敘述性代言而非對話性代言為主的。以今人的文體觀來看，古代戲曲在敘述方式上實呈現出小說與戲劇方式共存的「不純」現象〔註31〕，這既是傳統文學在文體界定方面共同存在的問題，也是中西戲劇在藝術風格、表現形態方面迥異的一個重要因素。具體到悲劇研究中，這種文體的模糊性使古代戲曲作家在面對人生現實的悲劇性感受時也採用了與西方悲劇不同的表達方式，因而，若以西方傳統悲劇的標準來衡量古代戲曲，其所包含的悲劇性意蘊不能不被忽視甚至否定。同時，古代戲曲與西方現代悲劇在敘事方式以及由此帶來的情感體驗中的某些相似相通之處也往往會被忽略。

三、本論題觀照研究的對象及採用的研究方法

　　作為人類對現實人生的一種深刻領悟和感受，悲劇性可以存在於任何藝術形式之中。為使研究對象集中而明晰，必須對悲劇性這一範疇作出比較明確的界定。對此，本論文擬採用這樣的界定：悲劇性就是主體人格自我實現

〔註31〕關於中西戲劇敘述方式等方面的異同請詳見本論題第三章第一節。

的要求更確切地說是人的必然要求在人生實踐中受到阻滯甚至慘遭否定﹝註32﹞。在眾多關於悲劇性的闡釋中﹝註33﹞，筆者認為這一界定所包容的內涵極為豐富，可以說既包含了悲劇性衝突，也凸顯了衝突導致的情緒體驗的強度，既有偶然性因素，也有必然性根源，既有性格的原因，也有社會環境的使然。具體到戲曲文本中，既可以是平安幸福生活的善良意願的被毀，如《竇娥冤》《魯齋郎》《瀟湘夜雨》《文姬入塞》等；也可以是文化、倫理理想的受挫與幻滅，如《青衫淚》《薦福碑》《火燒介子推》《趙氏孤兒》《浣紗記》《南柯記》《邯鄲記》《清忠譜》《精忠旗》《千忠戮》《桃花扇》等，既可以是個體正常情感要求被壓抑與埋葬，如《牡丹亭》《洛水悲》《嬌紅記》《香囊怨》《長生殿》等，也可以是生命意志本身的被毀滅或否定，如《西蜀夢》《雷峰塔》等等。同時，主體自我實現的要求往往是多元且相互交織的，悲劇性意蘊也呈現出豐富複雜的特點，如《琵琶記》《牡丹亭》《桃花扇》等等。基於此，本論題將採用宏觀研究視野，擬將具有上述衝突性質、能夠帶來較強的悲劇性情感體驗的戲曲作為研究論述的對象，其中自然包括已被界定為悲劇的作品，而大多則可能是被研究者劃定為悲喜劇的作品。同時，在宏觀研究的基礎上，本論題仍將觀照的對象主要納入到戲曲文人化這個大背景上來，即本論題所涉及和選取的戲曲文本主要出自文人劇作家的創作。之所以選擇這一背景是因為從文學創作事實看，儘管一些研究者認為戲曲的生機在民間，文人化雖提升了戲曲的審美品格和精神意蘊，但也使戲曲逐漸喪失了活力，甚至走上了案頭化傾向，就悲劇而言，更有學者認為「悲劇創作的主體和決定性因素，乃在民間」﹝註34﹞，但中國文學史上最具悲劇色彩乃至公認的悲劇性傑作均出自文人劇作家之手，並且正是高度文人化後，才誕生了中國戲曲文學中最偉大的悲劇。從藝術觀念而言，文人劇作家對藝術的追求更為自覺，也更加完美，這是促使悲情悲緒得以淋漓盡致地抒發和悲劇性境遇的營造能夠震撼人心，從而取得高超藝術成就的重要原因。從審美趣味和文化內蘊看，

﹝註32﹞ 參見劉小楓《悲劇性今解》，《個體信仰與文化理論》，四川人民出版社 1997年，第 11 頁。

﹝註33﹞ 關於悲劇性的問題，西方哲學、美學和文學理論家們均有著自己的理解和解釋，對此，請參閱上海辭書出版社 1991 年版的《哲學大辭典‧美學卷》，該書對西方學界關於悲劇性問題的論述中具有代表性的觀點作了較為詳盡的介紹。

﹝註34﹞ 參見黃仕忠《中國戲曲史研究》，中山大學出版社 1997 年。

沒有文人劇作家對現實人生悲劇性的發掘和抒寫，對整個文化歷史的痛苦反思，特別是感傷思潮和悲觀主義審美趣味在戲曲中的投射，很難想像中國文學史上是否會出現「南洪北孔」，是否會為我們感悟中國文化中的悲劇意識，發掘中國文化深層的悲劇性質留下珍貴的藝術史料。因此，文人化究竟給中國悲劇性意蘊在戲曲中的表達帶來了怎樣的影響，其背後的文化動因又是什麼無疑是值得深入思索的問題。

對於文人化的的基本內涵，本論題採用這樣的界定：「一是戲曲創作中作家『主體性』的強化，也即作家創作戲曲有其明確的文人本位性，突出表現其現實情思、政治憂患意識和文人的使命感。二是在藝術上追求穩定、完美的藝術格局和相對雅化的語言風格。」〔註35〕以後各章都將扣住這兩個方面來論述。

本論題在研究中除卻採用傳統的歷史學、社會學、統計學等方法外，還大量採用了敘述學和中西比較研究等方法。

四、本論題的框架設置及各章內容概要

本論題分為四章：

第一章《從悲情到悲境：悲劇意識在戲曲文學中的成熟》，主要對古代戲曲觀照、抒寫人生苦痛方式的演化軌跡作粗略的梳理。本論題認為儘管悲情苦境是古代戲曲對悲劇性意蘊最重要的表達方式，但隨著文人化進程的加深，悲情悲緒的客體化走向也愈益明顯，突出表現在悲劇性境遇的營造上，而這不僅標誌文人觀照抒寫苦痛方式的變化，也標示著悲劇意識在戲曲文學中的成熟，並推動了偉大悲劇傑作的誕生，這種成熟又是文化思潮、社會現實與文學觀念等內外多重因素共同作用於文人劇作家的結果。

第二章《從大團圓到悲劇化：文人救世理想與戲曲悲觀風格的形成》，通過對古代戲曲大團圓情節模式及其內涵變化軌跡的論析，探討戲曲悲觀主義走向的深層文化根源。本論題認為，團圓模式是古代戲曲用以拯救苦難，彌合痛苦最重要的方式，體現了人類渴望從災難與痛苦中被解救出來的共通的文化心理，具體到戲曲敘事層面，劇作家總會設計一個甚至幾個人物形象充當苦難的見證者和挽救者，藉以表達其拯救願望，宣揚其救世理想，大團圓

〔註35〕參見譚帆《中國小說評點研究》，華東師範大學出版社 2001 年，第四章第一節。

結局則是拯救實現的重要標誌。然而，傳統的寫意創作原則使大團圓的內涵與形式之間發生了分裂，從而出現了團圓主義背後的悲劇性問題。從團圓模式內涵的變化及拯救者形象的演變軌跡中，不難發現古代戲曲有一個從大團圓到悲劇化的發展歷程，並以悲觀幻滅爲其總結性的審美風格，這一風格的形成則是文人救世理想長期影響滲透的結果。

第三章《悲情敘述者與主體的分化：戲曲敘述方式與悲劇意蘊的表達》，主要從古代戲曲獨特的敘述方式看其對悲劇性意蘊表達的影響。本論題認爲，古代戲曲在話語類型、結構方式以及文本交流系統等方面有著不同於西方戲劇的特點，因而在悲劇性意蘊的表達中形成了陰柔、婉約、感傷、淒美、悲涼等風格特色，並帶來了文本存在形態的複雜性和多種可能性。

第四章《悲觀主義：古典悲劇觀的形成》，主要對中國古典悲劇觀的發展、成熟與最終的形成進行了梳理論析。本論題認爲中國古典悲劇觀最終形成大致可從三個層面來看：「怨譜」說、「苦境」論繼承了悲怨傳統及詩歌意境理論，對悲劇風格及情感效應作出了有益的探索。卓人月、金聖歎等人的悲觀主義審美趣味自覺以痛苦作爲審美觀照對象，使戲曲批評跳出了傳統的感性鑒賞層面而上升至對人生本質的哲理思考層面。王國維的悲劇思想既有對前二者以及其後清代曲壇延續的悲觀主義審美趣味的承續，又借助西方理論對傳統文化悲劇意識作了初步的總結，並且始終立足於悲劇作爲敘事文學這一特點詳盡探討了悲劇敘事中的一系列問題，使古典悲劇觀眞正得以形成。

第一、二章主要將古代戲曲對悲劇性意蘊的表達作了一種動態性的梳理分析，第三章則主要從敘述方式上對這一表達方式的獨特之處作了一種靜態性的描述，第四章相對獨立，主要從理論史的角度來審視古代戲曲批評中的悲劇思想及其發展、成熟的過程。

此外，需要說明的是，本論題採用了不少西方的理論方法，因而很容易給研究帶來他者化之嫌，但筆者只想以此作爲觀照古代戲曲的視角，只想借西方這一「他者之鏡」來審視自我，然而在這「他者之鏡」中審視出的究竟是自我中未被發現的盲區，還是對自我的加倍扭曲，亦或是二者兼有，種種可能都難以預料。同時，任何理論的探索過程總是無法完全避免研究者的主體性給研究本身帶來的片面之見與疏漏之處的，本論題同樣存在著這一問題，對某些現象所作的思考與描述也難免主觀化傾向。對此，筆者希望能盡量自圓其說，使研究中得出的觀點盡可能契合於中國戲曲文學的史實。

第一章 從悲情到悲境：悲劇意識在戲曲文學中的成熟

　　與中國文藝追求寫意抒情的原則相一致，文人劇作家在抒寫人生悲劇性感受時也同樣選擇和遵循了這一原則，悲情苦境遂成為中國戲曲文學抒寫人生苦痛最具民族特色的方式，賦予了戲曲以濃郁的抒情詩風格。然而，隨著戲曲文人化程度的加深以及古代敘事文學觀念的逐步成熟，戲曲中悲情悲緒的客體化走向也愈益明顯，即劇作家在戲曲創作中從對痛苦的個體化感受與主體性宣泄逐漸轉化為對整個人生悲劇性的領悟和客體化表達，這種客體化表達以悲劇性境遇的營造為其突出標誌，具體通過敘述模式與悲劇衝突及悲劇主體等方面的變化來完成的。

　　悲劇性境遇在戲曲文學中的營造標示著文人觀照、抒寫人生苦痛方式的變化，也標誌著悲劇意識在戲曲文學中的成熟，由此對中國敘事文學觀念的變化、發展與成熟產生了重要影響，推動了中國悲劇性文學傑作的誕生，而這種成熟又是文化思潮、社會現實與文學觀念等內外多重因素共同作用於文人劇作家的結果。

第一節 悲情苦境向悲劇性境遇的演化

　　悲劇性總是與人生的苦難、現實的憂思結緣的，而觀照和抒寫這種苦痛的方式則是影響其在文藝作品中表現程度的重要因素。中國文學悲怨傳統的深遠性足以說明，中國文藝很早就對人生悲劇性的一面予以了深切關注。古

代文人對人生苦痛的抒寫最具典範意義的自然是屈騷與《史記》，前者是具有
敘事架構的抒情長詩，後者則是作爲中國敘事文學源頭的歷史散文之代表，
二者在面對人生的苦痛、現實的悲哀時儘管在具體的表達方式上受到體裁的
制約，但在創作精神上均呈現出強烈的主體性特徵，屈騷的自我宣泄自不必
說，即使是《史記》對人生苦痛雖多通過歷史人物的行動來表現，但太史公
的「發憤著書」說使其在敘述中自覺融入了自身對人生痛苦的悲劇性感受，
帶有強烈的主觀抒情色彩。可以說抒寫人生苦痛的抒情傳統從創作精神上框
範並成就了古代戲曲濃郁的劇詩風格，這種劇詩風格最鮮明地體現在悲情的
直接宣泄與苦境的營造上。然而，從戲曲史自身的發展來看，古代戲曲在抒
寫人生苦痛的方式上其實仍大致經歷了一個由悲情苦境向悲劇性境遇演化的
過程，這一演化過程又是伴隨著戲曲自身體制的發展及敘事觀念的逐步成熟
產生的。

我們說悲情苦境是對抒情傳統及意境理論的直接繼承並在戲曲文學中的
深化，對此，有學者也曾作過深入細緻的分析，認爲苦境是指由「苦情節（取
事）、悲苦情意之波瀾（戲劇性衝突）、苦局段（結構）、苦情（曲情）、苦景
（虛景）、苦唱念做（表演）等自有民族特色的悲劇藝術因素融爲一體，通過
臺上臺下的情感交流而形成的一種典型化的、具有悲劇美感的戲曲藝術境界
——神形兼備而以傳神爲主，情景交融而以抒情爲重的感人泣下的濃厚悲劇
意趣。」〔註 1〕。而本論題所說的悲劇性境遇則與仍屬意境論範疇的苦境有著
本質的區別，筆者認爲悲劇性境遇主要指一種悲劇性的人生際遇，它是由個
人與其文化生存環境間既依附又衝突的互動關係構成的，它始終應以人的悲
劇性命運爲關注重心，這是它與以個體悲劇性情感體驗的抒發宣泄爲中心的
傳統意境論的根本區別，也是戲曲作爲敘事文學在抒寫和表達人生苦痛的方
式上與抒情詩的巨大差異所在。據此，本節即想從歷時性角度對雜劇與傳奇
在悲劇性意蘊表達方式上的演化軌跡作一粗線條的梳理。

一、雜劇對悲劇性意蘊的表達方式

王國維先生曾將戲曲定義爲「以歌舞演故事」，是將戲曲的敘事性看作其
成熟的標誌的。從元雜劇的創作來看，儘管有馬致遠、白樸等以抒情詩劇著

〔註 1〕楊建文《中國古典悲劇史》，武漢大學出版社 1994 年，第 208 頁。

稱的創作，也有如《倩女離魂》《西廂記》《瀟湘夜雨》等在語言上具有濃郁抒情色彩的傑作，但從其敘事結構而言，大體仍按照開端、發生、發展、高潮、結局這一邏輯過程來鋪設故事情節的，通過對事件發生發展過程的交待表達了劇作家對現實人生的憂思與悲劇性感受。然而，雜劇由於自身體制的短小，更易使劇作家超越故事客體而直接讓人物代自己宣泄主觀情感，這一特點在馬致遠、白樸那裏得到了淋漓盡致的體現。無論是以史寫心的《漢宮秋》《梧桐雨》亦或是抒發文人命運多舛的《薦福碑》《青衫淚》，可以說將戲曲寫意抒情的詩化特徵發揮到了極致，劇作家不僅借人物宣泄一腔的幽怨憤懣，更出現了凌架於故事客體，甚至脫離劇情來直抒情懷的現象。《漢宮秋》《梧桐雨》兩劇的戲劇衝突均在第三折結束，第四折則既是人物悲劇性情感體驗的延伸與深化，也是劇作家悲劇心理借人物之口的直接宣泄，這一特點隨著戲曲文人化程度的加深，在明清雜劇中得到了承續和深化。

　　明清雜劇的案頭化傾向前輩時賢已多有論述，本論題則想在此基礎上探討一下這一傾向對悲劇性意蘊表達方式的影響。雜劇發展到明代，逐漸突破了四折一楔子的體制而向更為靈活的結構發展，可以短到一折，也可以長至十一折等，尤其是為數不少的一折短劇為劇作家直抒情懷提供了更為便捷的藝術載體。單從《盛明雜劇》所選 60 部劇作來看，有 23 部為一折短劇，占全書的三分之一強，它們分別是《高唐夢》《五湖遊》《遠山戲》《洛水悲》《漁陽弄》《昭君出塞》《文姬入塞》《霸亭秋》《鞭歌妓》《簪花髻》《北邙說法》《真傀儡》《武陵春》《蘭亭會》《寫風情》《午日吟》《南樓月》《赤壁遊》《龍山宴》《同甲會》《有情癡》《絡冰絲》《逍遙遊》。這些劇均以簡單的生活片斷或抒寫閒情雅致，如《遠山戲》《南樓月》《絡冰絲》等；或寄寓人生理想，如《鞭歌妓》《五湖遊》等；或宣泄不遇的憤懣，揭露現實的黑暗，如《霸亭秋》等。其中涉及到劇作家悲劇心理及悲劇性感悟的就有《霸亭秋》《洛水悲》《漁陽弄》《昭君出塞》《文姬入塞》《簪花髻》諸劇，《霸亭秋》與《簪花髻》及《漁陽弄》的悲劇意蘊自不必說，這從祁彪佳的《遠山堂劇品》已可見一斑：如「傳奇取人笑易，取人哭難。有杜秀才之哭，而項王帳下之泣，千載再見；有沈居士之哭，即閱者亦唏噓欲絕矣。長歌可以當哭，信然。」〔註2〕「人謂於寂寥中能豪爽，不知於歌笑中見哭泣耳。曲白指東扯西，點點是英雄之淚。」〔註3〕「牢騷怒

〔註 2〕　《遠山堂劇品》評《霸亭秋》，《中國古典戲曲論著集成》第六冊，第 143 頁。
〔註 3〕　《遠山堂劇品》評《簪花髻》，同上書，第 144 頁。

罵，不減漁陽三弄。此是天孫一腔塊壘，借文長舒寫耳，吾當以斗酒澆之。」
〔註4〕即使像《北邙說法》《有情癡》《逍遙遊》這樣的度脫劇，在全盤否定人世一切是非價值的背後仍浸透著劇作家深沉的現實悲劇感，《有情癡》中借衛叔卿之口對炎涼齷齪之世情的剖析可謂力透紙背：「則這世情冷暖多翻覆，耍一會贏輸棋局。東家笑罷到西家哭。昨宵趨奉今朝辱。從來富貴人求合，自古貧窮親不睦。又何必傷時俗。參不透流乾買涕，覷破了笑倒平足。誰不道知己難。撞的著碧眼胡。伯牙琴弦斷了那堪續。知音彈與知音聽。不是知音你彈什麼曲。好文章中不得時人目。開著口隨他長短。捏著筆一任批駁。第一來沒面目。第二來少捷足。文章不必愁枒腹。迎官送府休辭遠。暮謁朝參厭數。到不消把書來熟。放得這一枝冷箭。煞強似幾夜勤讀。」而《逍遙遊》中對官場百態的深刻揭露更是入木三分「若要去度尋這些做官的呵，那做官的人，何曾說起這等樣事。但有人說如何鑽刺，如何斡旋，如何可討薦催升，如何可飽囊廣產；就不然或是說張同鄉數長數短，或是說李同年講是講非，再不然或是說烏鬚藥不須包裹，或是說揭被香採戰通宵，如等此話，他方喜聽。」沒有入世的熱腸，沒有濟世理想在現實中慘遭毀滅的絕望痛心，根本不可能產生如此冷峻犀利而又深刻透徹的醒世之語。然而，無論是悲情悲緒的直陳，還是在嬉笑怒罵中流露心曲，劇作家對現實人生悲劇性感受都是通過抒情詩方式來直接宣泄的，這一特點在清代雜劇中同樣有明顯的表現，並在身處明清鼎革之際的吳偉業、尤侗等正統文人劇作家那裏再次發展到了極致。

明清之際，民族情緒，興亡之歎以及文人懷才不遇的苦悶再次成為劇作家吟詠的焦點，濃郁的主觀抒情色彩以及情節的進一步淡化成為其藝術上的最大特點。《通天台》《臨春閣》《弔琵琶》《昭君夢》《讀離騷》等無疑是最能體現上述特點的劇作。沈炯流寓長安於通天台上的痛哭，屈原行吟澤畔的問天斥奸，昭君的夢回漢宮卻又終被驚破，可謂代劇作家將故國哀思、黍離之悲以及文人不遇的怨恨憤激之情抒發得淋漓盡致，聲淚交迸。而廖燕的《柴舟別集》已不再滿足於借人物或者跳出戲外來抒情寫懷，乾脆直接以自己為劇中主角，評古論今，表達對現實際遇的不滿，正如傅惜華在《清代雜劇全目》中所說「劇皆自出其名，以己身登場，乃純然自述之作。以貞不羈之才，困頓風塵，抑鬱無聊，故所作自抒其胸臆也。」

除了直抒胸臆，劇作家還善於通過營造意境，即苦境來傳達悲劇性情緒，

〔註4〕《遠山堂劇品》評董玄《文長問天》，同上書，第175頁。

在寫景抒情中突出悲劇性的情感體驗，從而顯現悲劇性衝突〔註5〕，這是古代戲曲表達悲劇性意蘊的一個共通特點。

　　無論是悲情的直接抒發亦或是苦境的完美營造，都是以曲本位的戲曲觀作為支撐的，即仍承續著詩文傳統對悲劇性意蘊的表達方式，尤其是文人化進程的加深，更直接導致了劇作家對「戲」的忽視而日益走向案頭化。然而，在這一發展傾向中，仍可追尋到由悲情苦境向悲劇性境遇演化的微弱跡象。

　　我們不難發現，隨著劇作家對現實人生悲劇性的認識逐漸深入，雜劇在以傳統抒情詩方式表達著悲劇性意蘊的同時已在自覺不自覺中向悲劇性境遇的營造邁出了步伐。以《漢宮秋》《齊東絕倒》《昭君夢》等三部不同時代的雜劇為例，《漢》劇是古代戲曲史上有名的抒情詩劇，其實，馬致遠在該劇中已開了將個人情緣與國家政治交彙的先河，只是因為雜劇體制短小，加之以史寫心創作題旨的框限使這一結構未能如明清傳奇那樣充分展開並予以深化。然而，正因如此，該劇在以完美的意境抒發悲劇性情感體驗從而顯現其悲劇性衝突的同時，也讓我們看到了劇作家對人物悲劇性境遇及命運的關注、思索並通過敘事結構自然而然地流露出來。作為帝妃，個人的命運及情欲要求永遠要服從國家的安危利益，如元帝所感歎那樣「誰似這做天子的官差不自由」，個人的生活意志與其所處的社會地位及承擔的責任間永恆的悲劇性衝突由此而凸顯。祁彪佳曾言：「向見元人《漢宮秋》劇，覺染指一臠，猶有餘味。」〔註6〕這種餘味在我們今天看來恰是因為它不僅加強了悲劇性情感體驗的長度，且引發我們在感歎人物悲劇性命運的同時能進而思索人與自身文化生存環境間既依附又衝突的關係。與之比肩的《梧桐雨》雖也將悲劇性情緒體驗上升至人生哲理層面，但更多引發的是一種世事難料，滄桑變幻的感傷意緒，它的悲劇性情感體驗更為泛化，也更為詩化。

　　明代呂天成的《齊東絕倒》取材於《孟子·盡心上》，一開場就在法與忠、法與孝，忠與孝的衝突對立中展示了人物的兩難境遇。從藝術風格看，該劇充滿了對傳統忠孝倫理觀念及其體現者的懷疑與嘲諷，然而戲謔的背後恰恰暴露出儒家倫理道德自身的理想化以及由此給它的執行者、捍衛者所帶來的悲劇性困境。無論是以執法的嚴明公正而著稱的皋陶，還是以聖德賢明彪炳史冊的虞舜在固有的倫理教條遭遇現實的挑戰時均不能不陷入尷尬、虛偽的

〔註5〕參見張哲俊《中日古典悲劇的形式》第62頁。
〔註6〕《遠山堂曲品·紫臺怨》，《中國古典戲曲論著集成》第六冊，第42頁。

境遇之中。元雜劇中的公案戲雖也有面對為民還是要官的困境，但「天道王法」的信條始終是這類戲所要表達的觀念，劇作家看到了現實的黑暗，表達著對傳統倫理理想的強烈渴望，但邪不壓正的倫理信條不可能使它的主人公陷入兩難的悲劇性境遇中。而《齊》劇則不同，劇作家在揭示和諷刺傳統倫理道德的虛偽性的同時，更將思索的目光從單純的表層現象延伸到了倫理道德與處於其中的人的關係上，可以說已有意無意地從人自身的文化生存境遇的高度來反思這一文化理想。而這也恰是明代雜劇傑作的一個重要特點，正如有學者所言：「明代一部分雜劇作者在發抒痛苦的同時，已注意把對情感的抒發與對自我遭遇、社會不平的反思自省相聯繫，尋求一種戲外之戲，戲外之境，從而使明代一部分雜劇創作能由對一己不幸的單純宣泄，進入到對社會、人生進行某種程度的懷疑、思索的理性層面……」〔註7〕而這種探索的高度與深度在清初的雜劇創作中得到了進一步延伸。

清初薛旦所作的《昭君夢》與《漢宮秋》題材相同，卻以昭君為主角，通過對主人公夢裏夢外兩個世界的展示，在真與幻，存在與虛無這對無法消解的矛盾衝突中突出了人生如夢的悲劇性本質。昭君的夢回漢宮是對象徵著生命真實狀態的番邦痛苦孤寂生活的逃避，而好夢終被驚破，重新跌入孤獨痛苦之中又恰是對生命本真狀態的回歸，因此比之《漢宮秋》，該劇在情感體驗中所顯現的悲劇性衝突已突破了現實社會層面而直指生命存在的形上層面，在逃無可逃的無奈中揭示出這一悲劇性境遇的普遍性和必然性。

概言之，雜劇在表達現實人生的悲劇性意蘊時主要繼承了傳統的抒情原則和意境理論，表現出悲情的直接宣泄和苦境的著意營造上，但在其發展過程中隨著劇作家對人生本質探索的深入，已逐漸露出了在悲情悲緒的體驗中揭示人生悲劇性境遇的端倪，這不僅是中國文化發展的必然結果，也與傳奇戲曲在悲劇性意蘊表達方式上的發展傾向形成了呼應之勢。

二、傳奇戲曲對悲劇性意蘊的表達方式

傳奇戲曲吸收了南曲戲文敘事結構方面的特點，它的長篇體制使其在敘事結構、人物塑造等方面更容易展開和深入。其實，南曲戲文在悲劇性意蘊的表達中不僅繼承了傳統抒情詩的特點，並開始通過營造人物的悲劇性生存

〔註7〕戚世雋《明代雜劇研究》，廣東高等教育出版社，2001年，第143頁。

境遇來抒寫劇作家對現實人生的悲劇感受，突出代表就是高則誠的《琵琶記》。「三辭三不從」將古代讀書人文化生存境遇的悲劇性表現地淋漓盡致，也將儒家文化倫理理想自身的缺陷及悲劇性暴露無疑。儘管劇作家本意或許並非如此，但其強烈的現實感以及對人物生存境遇的真實刻畫都賦予了該劇以濃郁的悲劇色彩。

然而，這並意味著傳奇戲曲一開始就繼承了《琵琶記》的方式，它同樣經過了一個從悲情苦境到悲劇性境遇的演化過程，只是因為自身體制以及敘事觀念的進一步發展和成熟，悲劇性境遇的營造在傳奇戲曲中表現地更為自覺並通過具體的敘述手法直接呈現出來，從而形成了一個較為清晰的演化軌跡。具體可從三個方面來看：

一是敘述模式的演化，逐漸將忠奸鬥爭與兒女情長，歷史風雲與個人遭際結合起來，以此突出了個體與集體，個人與國家、歷史既依附又衝突的悲劇性關係，從而揭示出這種悲劇性生存境遇的普遍性與必然性。郭英德先生曾從主題上將傳奇戲曲分為忠奸鬥爭、情理衝突和興亡之感三種類型，這三種模式在傳奇生長期、勃興期、發展期及餘勢期均有著自身發展的軌跡。隨著傳奇涵蓋社會內容的日漸豐富與複雜，其敘述模式也逐漸由單一走向交織，以《寶劍記》〔註8〕《浣紗記》〔註9〕為標誌，傳奇的敘述模式開始打破了或偏重情緣，或偏重歷史的傳統格局。《寶劍記》《浣紗記》之前，描寫男女情緣與政治歷史的劇作不少，單以《明清傳奇綜錄》所輯戲曲來看，涉及歷史題材的就有周禮的《東窗記》〔註10〕姚茂良的《雙忠記》、王濟的《連環記》〔註11〕、沈採的《千金記》〔註12〕等，涉及男女情緣的則有邵燦的《香囊記》、沈鯨的《鮫綃記》、李日華的《南西廂記》、鄭若庸的《玉玦記》、陸採的《明珠記》、《懷香記》等。以上所列傳奇中，儘管劇作家都「自覺地改變南曲戲文按照故事的自然架構節節鋪敘的結構方式」〔註13〕，注意到了戲

〔註8〕　《寶》劇作於1547年，李開先《市井艷詞又序》云：「《登壇》及《寶劍》記，脫稿於丁未夏」（《閒居集》文之六），此問題請參見郭英德《明清傳奇綜錄》上，第44頁。

〔註9〕　《浣》劇約作1570～1572年，參見《明清傳奇綜錄》上，第59頁。

〔註10〕　該劇作者係弘治年間人。參見郭著。

〔註11〕　該劇或作於1522年，參見郭著。

〔註12〕　該劇約作1530年以前，按呂天成：「沈作此以壽鎮江楊邃安相公者。」《曲品》卷下評《四節記》，楊氏生卒年屬1454～1530。

〔註13〕　參見郭英德《明清傳奇戲曲文體研究》，第307頁。

劇衝突與場面結構等的布置，但都未能使二者融合爲有機的整體，或將男女離合放置在大的歷史背景之中，如《香囊記》《玉玦記》讓金兵入侵的歷史背景成爲男女悲歡離合的起因，並在離合情節之外安排了征戰沙場的情節線索；或在歷史事件中插入旦角戲，如《東窗記》中描寫了岳飛妻女的回京埋屍和雙雙自盡等。

《寶劍記》《浣紗記》則不同，《寶》劇以林沖與高俅的政治衝突爲主線，以張貞娘與高朋間強婚拒婚的衝突爲副線，以林張二人的悲歡離合爲兩線的扭結點。《浣》劇同樣存在著吳越興亡、忠奸鬥爭與范蠡西施的愛情正副兩條情節線索，而將家國的興亡直接作爲了男女離合的原因，從而形成「與生旦雙線結構不同的獨特的雙重結構。」〔註 14〕儘管二劇在具體的敘事結構中存在著「不識煉局之法，故重複處頗多」〔註 15〕「關目散漫，無骨無筋，全無收攝」〔註 16〕等不足之處，但兩劇的忠奸鬥爭、家國興亡均與兒女之情相輔相依，既推動著政治歷史畫面的展開，又成爲人物命運遭際中不可或缺的元素。無論是林沖、范蠡還是張貞娘、西施，他們的人生遭遇與政治鬥爭和歷史興亡密不可分，其個人命運都在與國家、歷史的關係中得以展開並完成。而家國歷史的興亡也不再是歷史故事的單純鋪設，而是通過活動於其間的人物的命運歷程來呈現和完成的，從而賦予客觀歷史以劇作家強烈的主觀感受，「看滿目興亡眞慘凄，笑吳是何人越是誰？」〔註 17〕飽含了多少對歷史人生的透悟以及由此而帶來的沉重與蒼涼！同時，個人的離合情緣也不再能夠脫離政治歷史而單純發展，從而使個人命運特別是個人與其所處的文化生存環境間的關係成爲令人關注和思索的問題。林沖的悲劇性遭遇源於他對國家危亡的責任，他與張貞娘間的悲歡離合也正起因於此，張貞娘的個人命運同樣如此。范蠡與西施的命運遭遇更體現出個人與國家與歷史既依附又矛盾的悲劇性關係，正如范蠡對西施所言：「社稷廢興，全賴此舉，若能飄然一往，則國既可存，我身亦保，後有會期，未可知也。若執而不行，則國將遂滅，我身己旋亡，那時節雖結姻親，小娘子，我和你必同做溝渠之鬼，又何暇求

〔註 14〕《明清傳奇戲曲文體研究》，第 305 頁。
〔註 15〕祁彪佳《遠山堂曲品》，《中國古典戲曲論著集成》第六冊，第 47 頁。
〔註 16〕徐復祚《曲論》，《中國古典戲曲論著集成》第四冊，第 239 頁。
〔註 17〕梁辰魚《浣紗記》第四十五齣「泛湖」，見《六十種曲》第一冊，中華書局 1958 年，第 161 頁。

百年之歡乎？」﹝註18﹞這段話冷靜中透著慷慨，崇高中飽含著悲愴之情，劇作家沒有以抒情詩的方式直陳胸臆，而是通過展示人物與環境間的關係來凸顯出人物必然的悲劇性命運。較之以小人挑撥，姦人迫害或者前世宿因等偶然因素所造成的悲劇，其悲劇性無疑是更加強烈的。

然而，《浣紗記》對悲劇性意蘊的表達方式在其後的傳奇戲曲創作中並未能形成普遍的風潮，劇作家對傳奇敘述結構的探索雖仍在繼續並取得較大成就，但在表達對人生現實的悲劇性感受時，傳統的直抒胸臆及營造苦境仍是大多數戲曲作家自覺追求的方式。至湯顯祖的《南柯夢》《邯鄲夢》二劇的出現，這一局面又有所打破。眾所周知，湯氏的後二夢有著極其濃郁的悲觀幻滅色彩的，而這一藝術風格的形成與其敘述模式是分不開的，即兩劇尤其是《南柯夢》基本承續了情緣理想與政治抱負相交織的敘述模式，在兩重理想的實現與破滅中展示了士人悲劇性的生存境遇，從而揭示出士人理想價值幻滅的主客觀原因。

到晚明清初之際，情緣與歷史模式的結合不僅更爲自覺和普遍，而且在對個人命運的探索與歷史的反思程度上都達到了一個全新高度，使愛情悲劇與政治悲劇、個人悲劇和歷史悲劇在彼此的滲透和交相輝映中構鑄起一個個彌漫著感傷而絕望的悲劇世界，人物悲劇性命運由偶然性走向了必然性，從而在文化生存境遇的悲劇性中揭示了生命存在的悲劇性本質。《秣陵春》《長生殿》《桃花扇》等均體現出了這一特點，也均透出了無法排解的悲觀幻滅色彩，無論在藝術成就還是在哲理高度方面都爲中國的戲曲文學創造了最輝煌的一頁。

二是基於敘述模式的變化，悲劇性衝突也發生了變化。在雜劇中，人物悲劇性遭遇的原因往往是惡勢力迫害等偶然因素，由此悲劇性衝突表現出偶然性和可調解性，一旦惡人被除，正常秩序得以恢復，衝突必然得到解決，包括《竇娥冤》《趙氏孤兒》等元雜劇悲劇中的衝突最終都屬可解性和偶然性的。在傳奇創作的生長期，許多戲在表現悲劇性衝突時仍承續了這一特點，如《雙忠記》《東窗記》的冥報，《香囊記》《明珠記》等劇的歡喜團圓等，實質均將衝突產生根源歸於外在於主體的惡勢力或亂世等因素。而《浣紗記》《長生殿》等劇則不同，如前所述，它們在人物與國家、歷史的關係中揭示出二者間矛盾衝突的普遍性、必然性和不可調和性，從而突出了個體生命存在的

﹝註18﹞《浣紗記》第二十三齣「迎施」，同上書，第79頁。

悲劇性本質。同時，由於對人與生存環境間既依附又衝突的矛盾關係的探索，自明中後期起，許多傳奇戲曲在表現戲劇衝突時開始漸向內轉，即對悲劇產生根源的探討從單純的客觀環境轉向人自身，特別是轉向構成個體人格重要組成的倫理文化本身，如《牡丹亭》等一大批展示情理衝突的戲曲，包括《玉簪記》等喜劇作品，情理間的衝突都已不僅表現為人物與禮法森嚴的外在環境間的矛盾，同時還表現為人物內心的分裂，可以說對悲劇產生根源的思索目光逐漸向內轉，從而暴露出文化理想自身的矛盾性與悲劇性。衝突展開的層面也進而從單純的倫理層面上升至形上層面，具體表現為從忠奸正邪的鬥爭、情與理的衝突轉向救世與解脫、存在與虛無的對抗，可以說由現實社會直指生命存在本質，如《南柯夢》《邯鄲夢》等劇展示了情之惡者對理想人格的扭曲和毀滅。淳于棼和盧生已不再是追求和捍衛理想道德的士之代表，儘管二人在發跡之路上無法擺脫荒誕沉淪的社會現實的制約，然而人性貪婪、對個體欲望的放縱以及在追求功名過程中完全喪失主體的道德準則則可以說是導致情之惡泛濫的內在根源。尤為可貴的是，湯顯祖通過二人對儒家文化所要求的修齊治平理想的追求與實踐歷程揭示出了這一理想在現實中的尷尬以及對士人自身道德人格的影響。儒家文化理想本身是要求士人不斷完善自身的道德人格的，並通過修身之途使這一文化理想內化，從而成為士人人格的重要組成。然而在實踐和追求過程中，個體合理的生存要求卻被這一理想忽略了，因而，當理想日益成為個體欲望實現的阻滯卻又無法擺脫時，理想便反過來日益淪為實現個體私欲的手段，理想的道德內涵被抽空了，理想的附屬之物——功名利祿卻成為被追求的主體，可以說實踐帶來的結果恰是對這一文化理想的日益否定。湯顯祖沒有完全將這一悲劇性現象產生的原因單純歸結為外在社會，是從內外兩方面對儒家文化理想提出了質疑，在此過程中通過展示儒道、儒佛的衝突對人生現實的價值與意義也予以了痛苦的追索。《嬌紅記》《長生殿》《桃花扇》等劇同樣從人物本身挖掘了悲劇產生根源。特別是《桃花扇》思索得更為深刻，除卻塑造了七個具有傳統美德的下層人物，並將其視為「作者」外，劇中所刻畫的作為社會中堅力量的士大夫形象沒有一個是比較完美的。侯方域等清流文人的空談而缺乏實際的政治才能，阮大鋮、馬士英之流的宴安誤國，史可法的迂腐，左良玉、黃得功的宥於門戶之見等等，可以說沒有一個不令人失望的。從創作本身看這更符合生活的真實，而從創作題旨來看，劇作家是通過對從士大夫階層自身的反思來揭示

了明王朝覆滅乃至儒家傳統文化理想失落幻滅的根本原因。包括《雷峰塔》同樣從人物主體自身揭示出悲劇產生根源。許宣的軟弱、動搖以及背叛，白娘子爲追求人間愛情而越出社會規範所要求於她的本位等等，可以說伴隨著人的個性意識的日益覺醒，劇作家對人的悲劇性命運的思索也逐漸走向深入。

三是個人的命運、生命歷程日漸成爲戲曲文學關注的重心。與雜劇的「演故事」不同，傳奇以演人爲主，對此，古代的曲論家已有清醒自覺的認識。呂天成曾云：「雜劇但摭一事顛末，其境促；傳奇備述一人始終，其味長。無雜劇則孰開傳奇之門？非傳奇則未暢雜劇之趣也。」〔註19〕李漁也說：「一本戲中，有無數人名，究竟俱屬陪賓；原其初心，止爲一人而設。即此一人之身，自始至終，離、合、悲、歡，中具無限情由，無窮關目，究竟俱屬衍文；原其初心，又止爲一事而設。此一人一事，即作傳奇之主腦也。」〔註20〕然而，認識到以人爲描寫對象並不意味著個體的命運歷程一開始就成爲劇作家關注的中心。儘管傳奇目的是「備述一人之始終」，但許多戲其實仍在圍繞人物生命中的某事來展開敘述的，而非以人物一生的命運歷程爲敘述中心的，可以說仍以講故事爲主，人物圍繞事件而行動。至《寶劍記》《浣紗記》開始，由於突出了人物的悲劇性生存境遇，因而人物命運發展歷程逐漸成爲關注的核心，事件開始爲塑造人物、展示命運發展歷程而服務。敘述結構的變化最能說明這一問題。《寶劍記》《浣紗記》的生旦離合與政治歷史的緊密結合，通過政治歷史故事揭示出活動於歷史中的人的命運，反之，通過個體在歷史中的遭遇來突出歷史本身的悲劇色彩。而《鳴鳳記》二生二旦的結構不僅打破了傳統，更以「鄒應龍和林潤生（小生）的成長爲情節主線」〔註21〕，可以說均體現出傳奇創作由對「事」的關注漸向以「人」爲重心的發展趨勢。在此過程中，人物形象的塑造也經歷了一個由類型化、完美化向性格化和真實化漸進的過程。

從元雜劇到南曲戲文到明清傳奇，類型化一直是戲曲人物創作的自覺追求，儘管有不乏個性鮮明的創作，但爲劇作家立心代言的創作原則使類型化成爲古代戲曲塑造人物的基本特點。而以個人命運的展開、完成爲敘述中心

〔註19〕呂天成《曲品》卷上，《中國古典戲曲論著集成》第六冊，第209頁。

〔註20〕李漁《閒情偶寄》卷一《詞曲部·結構第一·立主腦》，《中國古典戲曲論著集成》第七冊，第14頁。

〔註21〕參見郭英德《明清傳奇戲曲文體研究》，第307頁。

則對人物的塑造提出了更高要求，因為人物生命、命運歷程的展開恰是通過人物自身性格的展開來實現完成的。同時對悲劇性生存境遇的關注，對悲劇性產生根源的深入認識都需要劇作家在類型化的基礎上刻畫出人物更為豐富複雜的性格內涵和心理變化。隨著劇作家現實感的加強以及對敘事藝術規律認識的進一步深化，圓型人物勢必逐漸突破扁型人物一統天下的局面，從而使人物性格特別是具有較強悲劇色彩的劇作中的人物性格也逐漸走向了真實、豐富和完整。《嬌紅記》中人物悲劇心理的產生大多恰是人物自身性格的使然，申純的身上也遠沒有鍾情男子應有的完美道德，而《長生殿》《桃花扇》《雷峰塔》中的人物更打破了傳統理想，李楊的癡情並不能遮蔽其驕妒、放縱等人性的弱點，侯生的救世情懷也並不曾抵消其政治上的無能和立場上的動搖，白娘子為了一己的情欲之私可以大開殺戒，而許宣的身上則表現出鮮明的市井小民的怯懦與自私。同時，人物心理的複雜與微妙也得到了細膩的開掘，使人物性格的塑造得到了進一步的豐富和完善，而這種真實化和個性化反過來又可加強戲曲的悲劇衝突特別是人物內心的衝突，從而使人物境遇的悲劇色彩得到了彰顯。

　　概言之，從悲情的直接宣泄到悲劇性境遇的營造，劇作家對人生苦痛的抒寫不再是單純的主觀抒情，而開始走向更為符合敘事文學特性的客體化表達，這一演化軌跡不僅預示著文人劇作家觀照和抒寫人生苦痛方式的悄然變化，而且表明傳統敘事文學觀念的進一步發展和成熟，即戲曲作為敘事文學的本質規律開始得到了承認和體現。

第二節　悲劇性境遇的營造在戲曲文學史上的意義

　　以悲劇性境遇的營造來表達劇作家對現實人生的悲劇性感受，對傳統戲曲文學特別是對悲劇性文學的創作無疑是有著重要意義的，具體可從三方面來看：

一、標誌著悲劇意識在傳統戲曲文學中的成熟

　　悲劇意識並非西方文化的專利，只是由於西方悲劇藝術的發達，其文化中的悲劇意識在戲劇體裁中得到了集中而完美的體現，因此，在提及悲劇意識時，人們往往以西方悲劇為界定標準。中國傳統文化中雖沒有產生西方意

義上的悲劇作品及悲劇理論，但面對人生的苦難、命運的無常、人自身存在的悲劇性，古代先哲同樣有著深刻的體驗並作出了自己的思索與解釋。一般來說，悲劇意識產生自人類感到自我與整個宇宙、整個大自然、整個世界即人類生存環境間的對立、分裂而非統一的痛苦之中。宇宙、自然、世界有著不依賴於人的意志的獨立意志，總是作為一種異己力量與人類自身的意志相對立，人天性中要求完滿幸福的願望在其實踐過程中總是要遭到否定，人永遠處於無法擺脫的災難與痛苦之中。只有當人類清醒地認識到這種異己力量的存在，深刻地感受到自我與其生存環境間必然存在的分裂的痛苦時，才會真正產生悲劇意識〔註22〕，它包括對人生苦痛的深切體認以及如何對待苦難的方式兩個基本要素。西方文化強調以抗爭對待苦難，突出人的主體意志，由此形成了悲劇精神。一部典範的西方悲劇作品中悲劇性的強化或消解實質主要取決於悲劇精神的有無，但我們不能將悲劇精神完全等同於悲劇意識。悲劇意識可以產生悲劇精神，也可以產生其它對待苦難的方式，這取決於不同民族文化的價值取向。而筆者認為，思維方式的差異是產生對待苦難不同方式的根本原因。

　　西方文化中的悲劇精神得益於「天人二分」的思維方式，面對天人之間實質存在的分裂、對立，企圖以抗爭方式來證明自身的獨立性存在，從而使悲劇性分裂不是彌合而是充分暴露。而中國文化「天人合一」的思維方式則重在彌合這種分裂，由是產生了迥異於西方的對待苦難的方式，滲透在戲曲文學中，最鮮明地體現為團圓主義。團圓主義在某種程度上確實消解了藝術作品中的悲劇性，但它同樣建立於深沉強烈的悲劇意識基礎之上，它是中國文化對待苦難的重要方式。（關於團圓主義與悲劇性關係問題詳見第二章）因此，不能因為團圓主義消解了藝術作品中的悲劇性就斷言中國文化中悲劇意識的缺乏或淡漠。正如李澤厚先生所言，傳統文化特別是以儒家為代表的樂感文背後其實是有著「一種深層的悲劇基礎」的。〔註23〕

　　儘管中國文化中的悲劇意識在抒情文藝中的呈現更為長久深遠，敘事文學又較西方晚出，但悲劇意識在戲曲小說等敘事文學中才得到了真正的凸顯和總結。悲劇意識在傳統戲曲文學中的呈現與表達是伴隨著敘事文學創作及

〔註22〕參見王富仁《悲劇意識與悲劇精神》，轉引自《江蘇社會科學》2000 年第 1 期。
〔註23〕參見李澤厚《論語今讀》，安徽文藝出版社 1998 年，第 22 頁。

其觀念的發展逐漸走向成熟的，這種成熟的最終標誌，筆者認爲正是悲劇性境遇的營造。眾所周知，傳統敘事文學是有著濃郁抒情色彩的，尤其是長期局限於「曲本位」觀念的戲曲更有詩劇的美譽。悲劇意識在抒情文學中可以有充分的呈現，但它在敘事文學中的完美表達與抒情詩仍有著鮮明的區別，即劇作家必須將抒情詩中對痛苦的直接宣瀉轉化爲對痛苦的審美觀照，並借助衝突、人物、情節、情境等戲劇敘述因素使這種審美觀照客體化，方能將自我對人生現實的悲劇性感受昇華爲人類集體的精神體驗。

由此可見，悲劇意識在戲曲文學中的成熟至少應具備兩個重要質素：一是個體原則的突出，即劇作家對現實人生的悲劇性感受及其在敘事中的表達不再完全遵循傳統的倫理道德原則，即集體主體性原則，也不再將現實人生的一切最終都納入到固有的倫理世界觀之中，而是作爲個體對悲劇性的人生現實做出自己的觀照與理解，表達自己及其所處時代的疑問和困惑。二是劇作家必須將人物主體放置到其所處的文化生存環境，並在展現人物與其環境間的關係中來展開和完成個體的命運歷程。而這兩個質素恰恰是通過悲劇性境遇的營造得到體現和完成的，因而，自《浣紗記》開始，上述兩點在劇作家及其創作中的表現不僅清晰可尋，而且逐漸成爲傳統戲曲文學特別是具有濃郁悲劇色彩的作品的共同特點。

二、促使創作主體的世界觀發生了變化

悲劇意識的日漸成熟對劇作家最重要的影響，表現在作家世界觀的悄然變化上，這是因爲對痛苦的審美觀照需要作家作爲個體而非某種倫理實體的代表來體悟人生與生命存在的本質，實質上對作家的世界觀，即對作家理解和解釋世界的方式提出了新的要求，對此，我們從敘事文學所構鑄的世界圖景的變化中即可見出。

粗覽傳統戲曲作品，包括小說創作，無論作品中敘述了多少黑暗、不公以及人生的痛苦，劇作家觀念中的世界圖景從根本上說是樂觀的，如《竇娥冤》等劇，因爲這些劇在相對程序化的敘述模式背後有一個共通的世界觀在支配、制約著作品中所塑造的世界圖景，即強調天道正義的道德法則構成了藝術世界圖景的發展邏輯。在這種倫理世界觀的支配下，劇作家個人對現實人生的感受最終都要納入到道德邏輯當中，從而擔負起勸懲風世的責任。在此過程中，劇作家作爲倫理理想的代言人，自覺在創作中體現和宣揚著懲惡

揚善的天道法則，不僅在很大程度上制約了敘事文學的個性表達，同時也在對倫理理想的堅執信仰中消解了對固有觀念可能產生的一切懷疑和質問，使人生的災難與苦痛成爲一種偶然性存在，世界發展所遵循的必然是天道正義法則。這也恰是爲什麼多數戲曲包括傳奇戲曲其實仍在津津樂道於對客觀事件的敘述，而缺乏將個人命運歷程的展示及對命運之迷的探索作爲其敘述核心的重要原因，這是傳統的歷史敘事對文學敘述影響滲透的結果。作爲中國敘事文學源頭之一的歷史敘事，在對事件的敘述中所遵循的恰是天道正義的道德邏輯，正如有學者所言「所有的『正史』敘述背後都隱含著一種普遍的道德意圖，就是表現歷史事件的發生發展過程的普遍規律，即所謂興亡之道。在這種敘述意圖的引導下，歷史上各個朝代的發展過程基本上都可以看作是一個相似道德邏輯的循環往復。」〔註24〕這種道德意圖所折射出的正是以天道正義爲核心的樂觀主義世界觀。它不僅影響了傳統敘事文學作家的敘述意圖，而且也直接影響了作家的世界觀，由此賦予傳統敘事文學以鮮明的倫理特點以及樂觀主義色彩，這也是許多具有濃郁悲劇色彩的戲曲在悲劇研究中引起爭議的癥結所在。

然而，當劇作家開始以個人的命運歷程爲其敘述核心時，那些與天道理想相悖的現實景象以及個體命運之迷則不能不逐漸成爲作家關注的焦點，不能不令劇作家對天道正義等道德邏輯產生深深的困惑與懷疑，這在《浣紗記》中已有鮮明的表現。吳越之爭中確存在著傳統的忠奸鬥爭，如伍子胥與伯嚭的對立，然而最終的結果已不再是正義必勝，越國的勝利中更多靠的是君臣一心和周密的謀略。伍子胥與文種的悲慘下場無疑是對天道正義觀念的最大諷刺。相識定情於若耶溪畔的男女主人公所經歷的離合悲歡，有歷史的必然，更離不開命運的播弄，「天道無親，常與善人」，善惡有報等傳統倫理信條在殘酷、迷離的現實面前不再確定，更無法成爲現實世界有力的支撐。如果說《竇娥冤》等元雜劇悲劇同樣表達了劇作家對現實人生深沉的悲劇性感受，但較之梁辰魚，關漢卿等人的世界觀是明朗而又樂觀的，因而才會有竇娥感天動地的勝利。而明代後期乃至清初的一批劇作家對世界人生的看法，相對於梁辰魚則進一步走向了悲觀和虛無主義傾向，自覺以痛苦作爲審美觀照的對象日益成爲劇作家的創作追求。湯顯祖高舉「至情」大旗的背後實則充滿了對世界人生的悲觀失望，洪昇讓李楊天上重圓的情節鋪設其實宣告了現實

〔註24〕參見高小康《論中國傳統敘事中時間意識的演變》，文化研究網站。

世界的永恒悲劇。而孔尚任在將所有人，無論忠奸善惡都推向悲劇的結局中，更表達了對傳統倫理理想及其所支撐世界的徹底絕望與幻滅。《雷峰塔》中許宣對佛門的主動皈依實則否棄了主人公在人世的一切努力和奮鬥。即使是堅守著傳統倫理理想的李玉，在《千忠戮》中也不能不借建文帝之口流露出對整個世界的悲觀主義情緒。在這些劇作中彌漫的是難以排解的悲觀色彩，因為在劇作家所構鑄的世界圖景中，混亂與黑暗，苦難與悲哀已不再是暫時現象，而是無法迴避的人生真實景象。

其實，對固有倫理世界觀的質疑現象在明代中後期的雜劇創作中同樣存在。儘管雜劇對悲劇性意蘊的表達更多是直抒胸臆的，但在其憤激的宣洩中同樣開始了對個體文化生存境遇的思索，因而同樣流露出對傳統倫理理想的懷疑甚至否棄。前文提到過的《齊東絕倒》揭露了傳統忠孝觀的虛偽，而《餓方朔》等劇則在主人公前後不同的命運遭際中直接衝擊了文章操守為第一的傳統信條，在劇作家戲謔嘲諷的背後映像出的正是對以道德邏輯為核心的傳統世界觀的懷疑與動搖。

以上提到的雖然只是戲曲史上不同時期的幾個有代表性的作家，但從他們的創作中足可以見出傳統世界觀在敘事藝術中的演化軌跡。可以說，對痛苦的審美觀照，突出強調了劇作家作為個體而非某種倫理觀念的代表對世界人生觀照、體驗的感受，從而使作家能夠跳出強調天道正義的倫理世界觀的束縛，開始自覺以藝術來正視生命痛苦的本質，並進而在敘事文學中構鑄出一個個終極意義上的悲劇世界圖景。因而，晚明清初的感傷主義思潮和整個文學悲觀主義走向的形成以及中國悲劇性文學傑作的誕生絕不僅僅是朝代更替的結果，從文學自身的發展來看，劇作家作為個體對人的悲劇性生存境遇的關注以及由此帶來的世界觀的變化才是其內在的促因。同時，這種世界觀的變化在戲曲批評領域內也有所表現，晚明清初，以卓人月、金聖歎等人為代表的悲觀主義審美趣味及其文藝觀念均體現出對傳統倫理世界觀的反動傾向，從而為以悲觀主義為內核的古典悲劇觀的形成奠定了理論基礎。

三、對傳統戲曲文學特別是悲劇文學的影響

首先，悲劇性境遇的營造在客觀上對敘事文學的真實性提出了要求，這種真實性已逐漸突破了傳統的情與意之真，對塑造生活之真與歷史之真進一步提出了要求。具體表現在對歷史本身的尊重以及對真實人性的刻畫上。前

者最鮮明地體現在戲曲創作中徵實尚史的藝術追求上，這在《桃花扇》中尤為突出。孔尚任不僅選取了一段極富悲劇色彩的歷史時期作為戲劇展開的背景，更重要的是，為了突出這段歷史的悲劇，他在戲中表現出了高度的崇史精神，《凡例》中指出「朝廷得失，文人聚散，皆確考時地，全無假借」，而《小引》中也申明了這一點：「《桃花扇》一劇，皆南朝新事，父老猶有存者。」不僅如此，在情節的構鑄中，全劇竟用三分之二強的內容表現了南明滅亡的悲劇歷程。《長生殿》同樣表現出了尚史精神，用了五分之二的篇幅展示了安史之亂發生的根源及過程，即使是後半部分仍有相當筆墨涉及到了平定叛亂、收復河山的壯烈場面。與這種崇史精神相對應的是對人情、人性之真的強調，即劇作家沒有以單純的愛憎對人物、人情作道德的評判，而是在個體與其生存境遇的互動中來展示人物複雜的性格及心理，在賦予人物真實獨特的個性時，也揭示出其背後的主客觀原因，從而使歷史悲劇與個人悲劇有機融合，在突出個人悲劇性命運的同時也強化了歷史的悲劇感。這一要求在其後的戲曲批評中得到了承續，如焦循在《花部農譚》中就強調要刻畫出人情人性的真實：

> 花部中有劇名《賽琵琶》，余最喜之，為陳世美棄妻事。……然觀此劇者，須於其極可惡處，看他原有悔心。名優演此，不難摹其薄情，全在摹其追悔。當面詬王相、昏夜謀殺子女，未嘗不自恨失足。計無可出，一時之錯，遂為終身之咎，真是古寺晨鐘，發人深省。高氏《琵琶記》未能及也。〔註25〕

即使是非常注重戲曲勸懲功能的余治在《得一錄》中同樣提出了戲劇人物的塑造要合情合理的要求：

> 奸臣逆子，舊劇中往往形容太過，出於情理之外，世即有奸臣逆子而觀至此劇反以自寬，謂此輩罪惡本來太過，我固不甚好，然比他尚勝過十倍。是雖欲儆世，而無可儆之人，又何異自詡奇方而無恰好對症之人，服千百劑，亦無效也。

儘管余治所說的合於情理並沒有脫開戲曲的功利目的、人物塑造中的道德評判和類型化特徵等傳統觀念，但從另一個側面反映出，人物性格發展邏輯應合乎生活的真實已越來越成為戲曲創作中的客觀要求。

　　其次，推動了悲劇性文學傑作的誕生。明中後期到清代前期，中國誕生

〔註25〕《中國古典戲曲論著集成》第八冊，第 230 頁。

了一批悲劇性文學傑作，這一現象的產生正是悲劇意識在敘事文學中走向成熟帶來的直接後果。同時，劇作家對個體的悲劇性文化生存境遇的關注豐富了中國戲曲悲劇的類型，使戲曲在情節悲劇（以《趙氏孤兒》《清忠譜》等劇爲代表）、抒情悲劇（以《漢宮秋》《梧桐雨》等爲代表）之外還擁有了境遇悲劇（以《浣紗記》、湯氏後二夢、《千忠戮》《長生殿》《桃花扇》等爲代表）。除卻戲曲領域，小說創作中同樣具有這一特點，如《儒林外史》《紅樓夢》等作品，無論是對主人公悲劇性命運的展示亦或是對其悲劇心理的刻劃，均通過對人物身處其間的文化歷史環境的揭示，通過人物與環境間即依附又衝突的關係來完成的，如寶玉始終要掙扎於愛與自我拯救的兩難困境之中，而杜少卿的悲哀同樣源自對身處其中的整個儒林救無可救的絕望。對人生悲劇性境遇的關注同樣滲透到批評領域中，突出表現就是金聖歎對《西廂記》《水滸傳》的評點及腰斬。如在批點《西廂記》「借廂」時從張生與法本的寒暄中引發出對人爲生存所迫不得不忍受種種煩瑣無聊、甚至屈辱辛酸的感慨：「雖不可少，然無事人向有事人作寒暄，彼有事人又不得不應，此景眞可一噱也。如送秧人被看鴨奴問話，緊急報船誤行入木筏路中，皆何足道。莫苦於貧士一屋兒女，傍午無煙，不得不向鮑叔告乞升斗。乃入門相揖，不可便語，而彼鮑叔則且睇目看天，緩緩言，節序佳哉。又緩緩言，某物應時矣，已得嘗新否。殊不覺來客心頭，淚落如豆。」〔註26〕可以說通過對個體生存境遇體貼入微的描繪，深刻地揭示出人生的悲劇性本質。而《水滸傳》中梁山眾好漢不論有怎樣的個人能力，在「世無伯樂，賢愚同死」〔註27〕「連珠箭不能償其醜陋，郡王愛不能行於郡主。功名得失之際，使人意氣都盡。」〔註28〕「醜陋者不得重用，奇偉者又在下僚，然則當時用人，眞惟賄賂一途矣，今日求之不既晚乎！」〔註29〕的悲劇性生存境遇中均無法逃脫被逼上山的命運。可以說無論是創作的發展還是批評觀念的演變，都表明境遇悲劇逐漸成爲明清悲劇文學的主流。

此外，還豐富了悲劇主體的類型。根據戲曲悲劇中人物身上所具有的特性，我們可將悲劇主體分爲倫理主體、情感主體，前者以《竇娥冤》《趙氏孤

〔註26〕金聖歎《第六才子書西廂記》，貫華堂本，甘肅人民出版社 1985 年，傅曉航點校，第 77 頁。

〔註27〕《金聖歎全集》，江蘇古籍出版社 1985 年，第二冊，第 506 頁。

〔註28〕同上書，第 336 頁。

〔註29〕同上書，第 429 頁。

兒》《琵琶記》等爲代表，後者則以《漢宮秋》《嬌紅記》等爲典型。而對境遇的營造使情緣悲劇與歷史悲劇相交彙，不僅賦予了情緣以廣闊的歷史背景以及深厚的文化底蘊，而且在對個體命運之迷的思索中開始了對歷史文化的反思，如《桃花扇》中所有人走向了自身的悲劇性命運，不論是李香君等人，亦或是阮大鋮之流在歷史的漩渦中均無法擺脫悲劇性的命運歸宿，由此凸現出整個歷史、文化自身的悲劇，從而使悲劇主體由原來的倫理主體、情感主體走向了歷史——哲學主體。〔註30〕

第三節　悲劇意識在戲曲文學中成熟的文化成因淺析

　　悲劇意識在敘事文學中的成熟始於明代中後期，其中個體原則的崛起、對個人與其生存環境間關係的思索是其成熟的重要素質，而這種成熟恰是文學創作、敘述觀念、社會現實以及文化傳統等多種因素相互碰撞的結果。對此，本節擬從傳統與現實兩個方面來論析其文化成因。

一、傳統因素的影響

　　從敘述觀念來看。戲曲雖長期立足於「曲本位」的觀念，但傳統史傳的敘述觀念仍在其中留下了深深印記，突出表現即前文提到的道德邏輯支配著戲曲中的藝術世界圖景。然而，這並不表明道德邏輯是傳統敘事用以理解和解釋世界的惟一方式。對個體命運的關注最早其實可追溯至太史公。儘管《史記》中許多人物紀傳依然未能跳出傳統敘事以道德邏輯爲其核心的框限，但已經開了以個人命運爲敘述核心並對其命運之迷予以探究的先河。最爲人所稱道的自然是《李將軍列傳》《項羽本紀》《俠客列傳》《伯夷列傳》等膾炙人口的名篇。在這些篇章中，均貫穿著司馬遷對人物生命發展歷程的描述，對人物悲劇性命運之迷的關注與探索。在這種關注中，他不僅揭露了社會的不公與黑暗，更直接對天道正義原則的合理性提出了質疑，「若伯夷、叔齊，可謂善人者非邪？積仁潔行如此而餓死！且七十子之徒，仲尼獨薦顏淵好學，然回也屢空，糟糠不厭，而卒蚤夭。天之極施善人，其何如哉！盜跖日殺不辜，肝人之肉，暴戾恣睢，聚黨數千人，橫行天下，竟以壽終。是何德哉？」

〔註30〕參見高小康《〈桃花扇〉與中國古典悲劇精神的演變》。

〔註 31〕因其如此，他對文藝價值的認識上表現出不同於儒家傳統看重文藝表現個體與社會關係和諧的特點，而是更爲強調文藝表現個體與社會之間矛盾衝突的作用，可以說是「第一次毫不掩飾地強調了個人與黑暗社會的衝突。」〔註 32〕換言之，他所看重的已不僅僅是文藝體現天道正義的一面，而是文藝表現個體命運發展的價值。更爲可貴的是，他不再滿足於對傳統天道法則的簡單遵循，而是開始以個人對現實人生的感受爲基準來追問這一法則的眞實性與合理性。正如有學者所言：

> 《史記》中具有較強敘事藝術特徵的人物紀傳，基本上都貫穿著以人物生命歷程爲根據的時間意識。司馬遷在談到他撰寫《史記》的意圖時有一個人所熟知的觀念，就是「發憤著書」。這意思實際上是說，他的敘事所關心的不是宏觀歷史的經驗和教訓，而是人的情感生活和命運。他之所以「憤」，就因爲他懷疑「天道」的現實性，懷疑事物的現實發展邏輯就是道德邏輯。因而體現在他的敘事中的時間過程，也就不是體現普遍道德意義的客觀事件邏輯，而是體現特定個人性格和命運的生命歷程。〔註 33〕

這種敘述觀念在元雜劇中並未得到明顯地繼承，儘管元雜劇中產生了公認的悲劇作品，但劇作家在戲曲創作中所要表達的依然是對天道正義的信仰與樂觀，加之，雜劇自身體制的框限使元雜劇作家主要關心的是故事所承載的道德意義。因此，《史記》中偏重於對個人命運關注的敘述觀念只有到了明清敘事文學中才得到了進一步的承續和深化。〔註 34〕這在小說創作中表現尤爲明顯。明代四大奇書均體現了作家對人物命運及生存境遇的關注，儘管其中不乏道德勸懲的主觀意圖，但在客觀敘述中仍流露出作家面對脫離道德邏輯的現實人生所產生的深深的困惑與思索。因而，強烈的悲劇感甚至悲觀虛無思想成爲這些書的底色。《三國演義》《水滸傳》的悲劇色彩自不必多說，研究者已多有論述，即使是具有喜劇詼諧特點的《西遊記》，在肯定讚美自由個性的同時，也展示了人的個性在成長歷程中所遭受的壓制與最終向社會規

〔註 31〕《史記·伯夷列傳》，中華書局 1959 年，第 2124～2125 頁。
〔註 32〕李澤厚、劉綱紀《中國美學史（先秦兩漢編）》，安徽文藝出版社 1999 年，第479 頁。
〔註 33〕高小康《論中國傳統敘事中時間意識的演變》。
〔註 34〕注：唐傳奇中的人物傳記，仍是在講述以某人爲主角的故事，請參閱高小康《論中國傳統敘事中時間意識的演變》一文。

範皈依的必然歸宿。《金瓶梅》在敘述主人公從發跡到縱欲身亡的命運歷程中同樣流露出生命有限的悲觀傾向。相比之下，戲曲對故事的敘述更多遵循了傳統敘事的道德邏輯，但對個體命運的關注、對天道正義合理性的懷疑自明代中後期起在戲曲的敘事觀念中同樣有所體現。除去上面兩節所提到的幾個方面，對人物命運的關注，還突出表現在戲曲人物的重要地位在戲曲創作觀念中的確立，如孟稱舜就從詩、詞、曲的發展流變角度探討了戲曲與詩詞的本質區別：

> 迨夫曲之爲妙，極古今好丑、貴賤、離合、死生。因事以造形，隨物而賦象。時而莊言，時而諧謔，孤末靚狚，合傀儡於一場，而徵事類於千載。笑則有聲，啼則有淚，喜則有神，歡則有氣。非作者身處於百物云爲之際，而心通乎七情生動之竅，曲則惡能工哉！吾嘗爲詩與詞矣，率吾意之所到而言之，言之盡吾意而止矣。至於曲，則忽爲之男女焉，忽爲之苦樂焉，忽爲之君主、僕妾、僉夫、端士焉。其說如畫者之畫馬也，當其畫馬也，所見無非馬者。人視其學爲馬之狀，筋骸骨節，宛然馬也；而後所畫爲馬者，乃眞馬也。學戲者，不置身於場上，則不能爲戲；而撰曲者，不化其身爲曲中之人，則不能爲曲，此曲之所以難於詩與辭也。〔註35〕

曲與詩詞都涉及到以言達意的問題，但二者根本區別就是，戲曲是通過各色人物之言來傳達作者之意的，換言之，主體之意的客體化表達，即塑造人物才是戲劇創作區別於詩詞創作的本質特徵。這一認識表明「從明代中葉到明末，戲劇人物理論的主要貢獻是扭轉了以往對劇中人物作出理論闡發和藝術品評的忽視傾向，同時又在對戲劇藝術特性的認識中確立了戲劇人物在戲劇藝術中的重要地位。」〔註36〕也表明敘事性作爲戲曲的本質特徵得到了進一步的確認。在這種創作觀的影響下，人物作爲敘事的核心，個體生命發展歷程作爲劇作家關心和描繪的對象則成爲戲曲創作的必然發展趨勢。

　　從思想傳統看。無論是作家對世界的理解與解釋，亦或是對個體生存境遇的關注均涉及到對人與世界關係的認識問題，這也同樣是中國思想史上不

〔註35〕孟稱舜《古今名劇合選序》，轉引自吳毓華編著《中國古代戲曲序跋集》，第198～199頁。

〔註36〕譚帆、陸煒《中國古典戲劇理論史》，第四章第三節人物論，中國社會科學出版社1993年。

斷予以探索的問題，而「天人合一」則是整個中國古代認識和處理人與世界關係最重要的方式。前文已述，悲劇意識產生自分裂的痛苦，中國「天人合一」的思維方式起著彌合而不是加劇這種分裂之痛苦的作用，而對「天人合一」的追求背後正體現了中國文化先哲們對人生悲劇性的深刻體察。正是因為意識到痛苦產生自人與世界原有的和諧統一關係被打破之後，他們才力圖恢復原有的統一秩序來消除這種分裂、對立帶來的痛苦。同時他們也睿智地洞察到人的自我實現欲望與要求是導致天人分裂的根本原因，因而消除對立的痛苦，最明智的選擇就是順從「天」之意志。道家的坐忘一切，融於自然，儒家的禮樂傳統，一個針對人與自然的關係，一個則著眼於人與社會的關係。對禮樂的重視正是基於看到了個體之人的自然情欲是給社會的穩定帶來威脅，給個人生活帶來痛苦的根源。荀子就認為一切衝突混亂的根本動因在於「人生而有欲，欲而不得，則不能無求；求而無度量分界，則不能不爭」。〔註37〕儘管儒家注重集體的生存，特別強調集體性原則，但先秦儒家對禮義的推崇是建立在「仁」的基礎上的，即始終強調的是「引禮歸仁」，從而體現出對個體人格的充分尊重。至漢儒董仲舒則明確提出「天人感應」，賦予天以意志、情感以及能夠賞善罰惡等人格力量，並將儒家所提倡的文藝教化功能更加片面化，完全視文藝為政治教化的手段和工具。儘管董仲舒也繼承了儒家以仁為基礎的美學思想，並以符合天意為仁道實行的基礎，卻在很大程度上使天意成為個體絕對服從的權威，當然他並未像程朱理學那樣忽視人的感性情欲而將天理與人欲截然對立。

宋代儒家同樣本著「天人合一」的思維方式來看待和處理人與世界的關係，但以程朱為代表的理學則使「天」成為不容懷疑與違背的客觀之理，「宇宙之間，一理而已，天得之而為天，地得之而為地，而凡生於天地之間者，又各得之以為性，其張之為三綱，其紀之為五常」〔註38〕，「未有天地之先，畢竟是先有此理」〔註39〕。這種客觀之『理』並不是從個體的自覺出發，而是在個體之外存在著一個既外在於個體又主宰個體的絕對權威，即所謂的『天理』，個體對之必須無條件地服從，因為「命猶令也，性即理也，天以陰陽五

〔註37〕《荀子‧禮論》，《新編諸子集成‧荀子集解》，中華書局1997年，第346頁。
〔註38〕《朱子文集》卷七十。
〔註39〕《朱子語類》卷一。

行，化生萬物，氣以成形，而理亦賦焉，猶命令也。」〔註40〕這一法則在明前期由於統治者的政治制度得到了進一步強化，直到陽明心學的出現，二者間的關係才又重新成為人們思索的問題。

　　從先秦儒家到董仲舒，再到宋代程朱理學，對個體人格的尊重呈現出日益淡化的趨勢。人與強制性道德律令間的矛盾衝突也愈益深化與突出。儘管上述哲學思想均出於對人與世界間分裂關係的清醒認識，也均體現出以「天人合一」的理想來調和二者間的衝突，彌合由分裂產生的痛苦的努力，但這一努力至程朱理學對天理的極端強調而走上了相反的傾向，天與人、理與欲間的二元對立及矛盾衝突由此被放大凸顯。因此，程朱理學對天理人欲的二分實質在一定程度上已突破了傳統的「天人合一」宇宙觀和思維方式，正如有學者所言「在王陽明以前，由朱熹集大成的正統理學片面突出了普遍性原則，並由此賦予理以超驗的性質，這不僅導致了世界的二重化，而且把理歸結為與主體對峙的外在強制。」〔註41〕「天」「人」間的矛盾與衝突遂由原來的被遮蔽與調和狀態走向了暴露與不可調和，從而為人們思索作為感性個體的人在社會、在歷史、在其文化生存境遇中的悲劇性命運提供了理論契機。滲透到戲曲領域，最直接地表現在對戲劇衝突的設置上，忠與孝、情與理等悲劇性衝突既表現了大禮與小禮間的矛盾，也表現了人欲與天理間的對抗，而這正是劇作家面對世界二重化的現實，對人與世界間的關係有了更為清醒的認識和更為深沉的悲劇性感受的結果。還應注意的是，程朱理學對士人人格修養方面的負面影響，如「過分執著於倫理理想使士人在現實的政治中缺乏應有的適應能力等」〔註42〕也或深或淺地加劇而非彌合了文人士子與社會政治、儒家理想與文化現實之間的矛盾衝突，從而為戲曲創作提供了深富悲劇色彩的現實素材及人物原型，如周順昌等形象，同時也為劇作家思索悲劇產生的根源提供了現實依據，如《桃花扇》中對整個文士集團的反思等。

二、現實因素的影響

　　明清社會政治現實與文人的生存困境。從明到清，中國文人經歷了極不

〔註40〕《四書集注・中庸注》卷一。

〔註41〕楊國榮《王學通論——從王陽明到熊十力》，華東師範大學出版社 2003 年，第 63 頁。

〔註42〕左東嶺《王學與中晚明士人心態》，人民文學出版社 2000 年，第 68 頁。

尋常的文化生存困境。帝王專制的空前強化所帶來的勢道之爭、八股取士對文人人格心態的扭曲、廠衛制度帶來的血腥恐怖、閹黨奸臣當道的黑暗殘暴、外族入侵的隱憂等等，使有明一代的文人士子付出了極爲慘烈的代價。在「無一日無過之人」〔註43〕的高壓恐怖境況中，高啓、楊基、宋濂、劉伯溫、方孝孺、解縉、于謙以及因大禮義事件、反對剷除嚴氏奸黨及閹黨的鬥爭所遷連的一大批文官及東林黨人的悲劇性遭遇最典型地暴露出文人士子極端惡劣的文化生存處境。而明清易代則將這極度黑暗、動蕩與絕望的困境推向了空前的程度。隨時可能存在的性命之憂、社會政治環境的動蕩不安不僅給文人士子的生存帶來了極爲尷尬的境況，還對他們的精神和人格心理造成了巨大衝擊。從明到清，包括個人晉升在內的文化理想的受挫與幻滅、挽救時代危機的艱難探索、個人操守與民族氣節、興亡之痛、故國哀思、華夷之辯等一系列問題深深困惑糾纏著文人士子的心靈。對此，我們可從三個著名文人的心聲中感受一二：

> 學道人須是韜光斂跡，勿露鋒芒，故曰潛曰密。若逞才華，求名譽，此正道之所忌。夫龍不隱鱗，鳳不藏羽，網羅高張，去將安所？此才士之能患，學者尤宜痛戒。〔註44〕

> 啓予足，啓予手，八十年履薄臨深；不怨天，不尤人，百千秋鳶飛魚躍。〔註45〕

> 蓋弟既不得志於時，多感慨；又性喜豪華，不安貧窘；愛念光景，不受寂寞。百金到手，頃刻都盡，故嘗貧；而沉湎嬉戲，不知樽節，故嘗病；貧復不任貧，病復不任病，故多愁。愁極則吟，故嘗以貧病無聊之苦，發之於詩，每每若哭若罵，不勝其哀生失路之感。〔註46〕

除卻網羅高張，去將安所的殘酷，更有避禍遠害，如履薄冰的心有所悸，還有失路的悲哀，生存的煩愁，平靜的語氣深藏著人生的深悲巨痛。除此，李開先、梁辰魚、康海、徐渭、李贄、湯顯祖、洪昇、孔尚任、吳偉業、尤侗等一大批文人作家的生平遭際以及流露在他們創作中那種面對社會文化現實困境時的悲劇感受、時代惶惑都強有力地說明了文人士子們所處文化生存境

〔註43〕《明史》卷147，《解縉傳》。
〔註44〕袁宏道《德山麈談》，《袁宏道集箋校》卷44。
〔註45〕陳繼儒臨終遺訓，陳夢蓮《眉公府君年譜》。
〔註46〕袁宏道《敘小修詩》，《袁宏道集箋校》卷四。

遇的悲哀程度。這一切在時代文化思潮的撞擊下不僅促成了劇作家悲劇心理的形成，而且促使劇作家對這一生存境遇進行了深刻的文化反思，爲悲劇意識在敘事文學中的成熟提供了現實契機。

　　明代心學及李贄「童心說」對文人劇作家的影響。陽明心學的產生是明代儒學應對時代困境的結果，其本意與前代儒家一樣是爲彌合天人分裂所帶來的現實矛盾與痛苦，因此，在對待個體欲求與儒家天理的問題上，王陽明仍在強調個體對普遍性原則的服從，不同的是他更看重個體自我能動性的發揮，通過「致良知」達到個體性與普遍性的統一。然而，陽明哲學將心分爲「道心」和「人心」，即天理和人欲，以「道心」克制「人心」，二者卻又不可分離，從而使宋儒所強調的超越感性之天理日益滲入了感性現實的內容，使「原來處於主宰、統治、支配地位的邏輯的『理』反而成了『心』、『情』的引申和派生物。於是，由『理』、『性』而『心』倒過來成了由『心』而『理』……『道心』與『人心』既不能分，『心』與『身』又不能分，這樣，『理』『天理』也就愈益與感性血肉糾纏起來，而日益世俗化了」〔註 47〕對此，有學者同樣指出「儘管王陽明在實質上始終將吾心置於普遍天理的抑制之下，但他既然賦予良知以個體性與普遍性之雙重規定，那就無法阻止個體性原則以他並不企望的形式展開。」〔註 48〕而個體原則的擡頭在泰州學派「造命卻由我」「意爲心之主宰」的主張中得到了進一步的強化。王艮在論及人與天的關係時明確主張「反求諸身，上不怨天，下不尤人」〔註 49〕，在闡述自我與萬物的關係上又進一步強調了主體的作用，「是故身也者，天地萬物之本也，天地萬物，末也」〔註 50〕「天地萬物依於己，不以己依於天地萬物」〔註 51〕，可以說充分肯定了主體意志的能動性與自主性，不僅很大程度上消解了普遍原則對個體意志的制約作用，而且將個體意志擡到主宰地位，從而使個體主體性得到了張揚。泰州學派對個體之意的強調在李贄手中被推向了極端。

　　李贄對泰州學派個體性原則的發揮充分體現在他的「童心」說中。「夫童心者，眞心也。若以童心爲不可，是以眞心爲不可也。夫童心者，絕假純眞，

〔註 47〕參見李澤厚《中國古代思想史論》，天津社會科學院出版社 2003 年，第 232 頁。

〔註 48〕楊國榮《王學通論》第 164 頁。

〔註 49〕王艮《勉仁方書壁示諸生》，《王心齋先生遺集》卷一。

〔註 50〕王艮《答問補遺》，《王心齋先生遺集》卷一。

〔註 51〕王艮《答問補遺》，《王心齋先生遺集》卷一。

最初一念之本心也」〔註52〕將童心直接與名教義理、六經聖學對立起來，並將義理六經視爲童心喪失的根本原因。童心的提出目的在於突出個體性原則，而對個體性原則的看重則建立在他對心與物、個體與世界關係的看法上，「豈笑吾之色身，泊外而山河，遍而大地，並所見之虛空等，皆是吾妙明眞心中一點物相耳」〔註53〕，將心視爲萬物的本體，有力衝擊了正統理學以先驗之理爲宇宙本體的觀念；「夫天生一人，自有一人之用，不待取給孔子而後足也。若必待取足於孔子，則千古以膠無孔子，終不得爲人乎？」〔註54〕，是以個體的存在價值強調了個體的自立原則，區別於從普遍原則來看待個體價值的傳統觀念。而「今之人，皆庇於人者也，初不知有庇人事也。居家則庇於父母，居官則庇於官長，立朝則庇於宰臣，爲邊帥則求庇於中官，爲聖賢則求庇於孔孟」〔註55〕「是故，視之如草芥，則報之如寇讎，不可責之謂不交」〔註56〕，則進一步突出了個體與世界、與傳統間的對立衝突，指出了普遍性原則對個體性的抑制以及由此帶來的個體價值的喪失。面對個體與世界的對立和矛盾，他提出了爲己原則：「士貴爲己，務自適。如不自適而適人之適，雖伯夷、叔齊同爲淫僻；不知爲己，惟務適人，雖堯舜同爲塵垢秕糠」〔註57〕而「不必矯情，不必逆性，不必昧心，不必抑志」〔註58〕以及「莫不有情，莫不有性，而可以一律求之哉！」〔註59〕的提倡則將個體性原則擡到第一位，反對用普遍性原則來人爲地扼殺個性。

王陽明「致良知」的提出可以說是對程朱理學片面強調天理的外在強制性的糾偏，但其賦予良知以個體性和普遍性的雙重規定，就不可避免地使個體意志得到了某種程度的解放，經泰州學派的發揮，再至李贄對童心的強調，個體性原則逐漸代替普遍性的天理成爲認識和處理人與世界關係的首要原則，個體主體性得到了前所未有的張揚，對晚明的文學領域產生了極爲重要的影響。許總曾在《理學文藝史綱》中將心學對明代戲曲創作的影響歸納爲四個方面：叛逆精神、懷疑精神、由重理向重情的發展傾向、平民意識的滲

〔註52〕李贄《童心說》，《焚書》卷三。
〔註53〕李贄《解經文》，《焚書》卷四。
〔註54〕李贄《答耿中丞》，《焚書》卷一。
〔註55〕李贄《別劉肖甫》，《續焚書》卷一。
〔註56〕李贄《序篤義》，《續焚書》卷二。
〔註57〕《焚書》，增補一《答周二魯》。
〔註58〕李贄《失言三首》，《焚書》卷二。
〔註59〕李贄《讀律膚說》，《焚書》卷三。

入等。〔註 60〕而從個體性原則的突起與悲劇意識的成熟這一點來看，心學尤其是「童心說」對文學的影響則主要表現在四種精神的促成上：即叛逆精神、懷疑精神、批判精神和現實精神。

如前所述，悲劇意識在敘事文學的成熟一般要具備兩個質素，只有當劇作家作為個體來看待世界人生時才可能清醒深刻地體認到人與生存環境之間既依附又衝突的悲劇性關係。然而，中國文藝的「風教觀」以及對「天人合一」理想的追求使作家在文藝中自覺承擔起正常秩序的捍衛者，倫理法則的堅守者，往往作為倫理實體的代表來看待世界人生，因此總是以對天道正義的信仰來補償黑暗不公帶來的苦難，以道德律令來彌合個體欲求慘遭現實否定的痛苦與悲哀。在這種對天理的信仰和服從中，劇作家對現實人生悲劇性的一面可能有清醒的體認，但對悲劇的產生很難從自身所處的文化體系中去尋找根源，而上面四種精神卻在一定程度上改變了這一狀況。懷疑、叛逆與批判正體現出懷抱著理想的劇作家面對不合理的黑暗現實所產生的憤懣、不滿乃至對抗衝突以及思索文化困境，積極探尋出路的努力，這一切均深化著劇作家對現實人生的悲劇性感受，對悲劇產生根源的文化反思，使作家對現實與理想、欲望與道德、存在與虛無之間必然存在的不可調和的矛盾對立有了更為深刻清醒的認識，在強烈的現實精神的召喚下自覺將此作為了審美對象並客體化為悲劇境遇的營造，從而最終推動了悲劇意識在戲曲文學中的成熟，也推動了戲曲文學悲劇傑作的誕生。

〔註 60〕參見許總《理學文藝史綱》，江蘇教育出版社，2001 年，第 1071～1072 頁。

第二章　從大團圓到悲劇化：文人救世理想與戲曲悲觀風格的形成

　　儘管大團圓是中國古代戲曲一貫的美學追求，並使民族精神的樂天性得到了充分的彰顯，但如前所述，隨著戲曲文人化程度的加深，經文人提升成為頂峰的作品幾乎均為悲劇之作或者具有濃郁的悲劇色彩，其審美趣味與敘事觀念在逐漸走向成熟的過程中不約而同地指向了悲觀主義，並以悲觀幻滅為其總結性的美學風格。從戲曲營造的藝術世界來看，古代戲曲可以說經歷了一個從大團圓到悲劇化的過程，具體可從大團圓模式本身的內涵及其背後的文化精神由樂觀到悲觀的變遷中呈現出來。筆者認為在這一風格形成、發展與演變的過程中，文人劇作家的救世理想是一個重要的影響制約因素。救世理想自身的文化特點既成就了古代戲曲面對悲劇性人生現實時積極樂觀的精神態度，也同樣導致了劇作家面對理想破滅，人生無所憑依時所產生的悲劇心理及其戲曲創作中的悲觀幻滅風格。對此，本章擬分三節論析。

第一節　大團圓模式與文人救世理想

一、團圓——拯救——救世

　　大團圓結局是古代戲曲最重要的結構模式，也是自王國維以來中國古典悲劇研究中最具爭議的問題。它之所以備受關注，正在於悲喜相錯的美學特徵使中國戲曲沒有產生西方式「純正」的悲劇與喜劇。喜劇是不需要特別強

調團圓的，只有在悲喜劇和悲劇中，團圓模式才會引人注目，因為它直接影響著一部戲的總體風格。其實，中國古代戲曲不僅不缺乏悲劇色彩，先離後合，始困終亨的情節構鑄模式決定了大多數戲曲與苦難、痛苦、焦慮與感傷等悲劇性因素結下了不解之緣，而團圓則意味著苦難得到補償，善惡終有報應。從悲劇意識角度言之，它恰是中國戲曲用以拯救苦難，彌合痛苦最重要的方式，體現了人類希望從困頓、失序、苦難與痛苦中被解放出來的共通心理，而這種拯救意願從某種角度來看可以說正是以文人救世理想為其核心內涵的。如湯顯祖就宣稱「世總為情，情生詩歌，而行於神。天下之聲音笑貌大小生死，不出乎是。」〔註1〕「道心之人，必具智骨；具智骨者，必有深情」，〔註2〕「人生而有情……可以合君臣之節，可以浹父子之恩，可以增長幼之睦，可以動夫婦之歡，可以發賓友之儀，可以釋怨毒之結……」〔註3〕，直接將情視為了宇宙的根本和黑暗現實最理想的拯救者。而馮夢龍同樣視情為正常社會的維繫者，提出「自來忠孝節烈之事，從道理上做者必勉強，從至情上出者必真切。夫婦其最近者也，無情之夫，必不能為義夫；無情之婦，必不能為節婦。世儒但知理為情之範，敦知情為理之維乎」〔註4〕。《桃花扇》「為末世之一救」的題旨，《龍沙劍》「世人都把神仙敬……哪曉得救世安民是內景」〔註5〕的表白也均流露出強烈的救世情懷，無論是情、道或者理可以說均是文人劇作家救理想在戲曲創作中的具體體現。

古代文人的救世理想是以儒家思想為主導的中國文化的重要組成，賦予了中國文化極為濃郁的現世品格，其核心思想是儒家所倡導的憂患意識。憂患的對象不僅包括人生、生命本身，更包括了對文化與社會政治的憂患，《論語》中就有多處提到過「憂」，如「不患無位，患所以立」「不患人之不己知，患其不能也」「德之不修，學之不講，聞義不能徙，不善不能改，是吾憂也」「仁者無憂，知者不惑，勇者不懼」等等〔註6〕。孔子所關注的主要是君子個

〔註1〕 湯顯祖《耳伯麻姑遊詩序》《湯顯祖詩文集》卷三十一，上海古籍出版社1982年，第1050頁。

〔註2〕 湯顯祖《睡庵文集序》，《湯顯祖詩文集》卷二十九，第1015頁。

〔註3〕 湯顯祖《宜黃縣戲神清源師廟記》，《湯顯祖詩文集》卷三十四，第1127頁。

〔註4〕 《情史類略》卷一《情貞類》總評，見陳國斌《馮夢龍全集》第七冊，江蘇古籍出版社1993年，第36頁。

〔註5〕 參見郭英德《明清傳奇宗錄》下，第1135頁。

〔註6〕 以上見《論語・里仁》《論語・憲問》《論語・述而》《論語・子罕》，引自《十三經注疏》，第2471、2458、2481、2491頁。

人的修身，憂的是如何成「人」，如何進德，如何成爲仁者，而孟子則在繼承
的基礎上將這種憂患擴大到「不患寡而患不均，不患貧而患不安」的王政理
想中，憂患意識遂有了個體之憂與天下之憂兩層內涵。徐復觀先生就曾將憂
患意識視爲中國文化精神的核心，並認爲這是探尋中西方文化精神差異的重
要切入點〔註7〕。他指出：

> 憂患意識，不同於作爲原始宗教動機的恐怖、絕望。……憂患與恐
> 怖、絕望的最大不同之點，在於憂患心理的形成，乃是從當事者對
> 吉凶成敗的深思熟考而來的遠見；在這種遠見中，主要發現了吉凶
> 成敗與當事者行爲的密切關係，及當事者在行爲上所應負的責任。
>
> 在以信仰爲中心的宗教氣氛下，人感到由信仰而得救；把一切問題
> 的責任交給於神，此時不會發生憂患意識；而此時的信心乃是對神
> 的信心。只有自己擔當起問題的責任時，才有憂患意識。這種憂患
> 意識，實際是蘊蓄著一種堅強的意志和奮發的精神。
>
> 在憂患意識躍動之下，人的信心的根據漸由神而轉移向自己本身行
> 爲的謹慎與努力。這種謹慎與努力，在周初是表現在「敬」、「敬德」、
> 「明德」等觀念裏面。尤其是一個敬字，實貫穿於周初人的一切生
> 活之中，這是直承憂患意識的警惕性而來的精神斂抑、集中及對事
> 的謹慎、認眞的心理狀態。這是人在時時反省自己的行爲，規整自
> 己的行爲的心理狀態。〔註8〕

由此可見，憂患意識給中國文化至少帶來三點影響：一是使中國文化非常
重視人自身的主體性力量，即徐先生所謂的敢於自己承擔起問題的責任；二是
促使中國文化特別看重人的道德，其主體性最鮮明地體現爲一種道德主體性，
即上文中所說的以「敬」、「明德」等爲表徵的時時反省、規整自我行爲的心理
狀態；三是萌生了中國文化強烈的救世情懷，成爲古代文人文化心理結構的重
要組成，並貫穿於整個文化歷史的發展過程中。最能體現這一情懷的正是歷代
士人通過「我善養吾浩然之氣」與「博施濟眾」等兩個層面的道德修養，以達
到內聖外王之道，從而實現修身、齊家和治國、平天下的文化理想。

〔註7〕　參見徐復觀《儒家精神的基本性格及其限定與新生》，《中國人文精神之闡
　　　　揚》，中國廣播電視出版社，1996年，第141頁。
〔註8〕　參見徐復觀《中國人性論史（先秦篇）》，上海三聯書店2002年7月，第18
　　　　～19頁，第20頁。

作為文化心理結構的組成部分，救世理想對古代文人的影響不僅體現在日常政治、社會生活之中，更滲透在其文藝創作之中，教化、風世、文以載道的觀念在傳統文藝創作及其理論倡導中無一不烙上了鮮明的印記，也同樣對古代戲曲產生了深遠的影響。對此，我們可大致歸納為以下幾個方面：

一是形成了勸善懲惡，有益風化的文藝價值觀。諷世、勸世成為文人劇作家創作時的自覺追求，可以說風教觀貫穿了整個戲曲發展史，這在文人劇作家的創作中表現非常明顯。如李開先《寶劍記》第一齣【鷓鴣天】「誅讒佞，表忠良，提真作假振綱常。」張堅《梅花簪》第一齣《節概》「綱常宇宙誰維繫，千秋節義情而已。……新詞非市價，稗語關風化。」《忠孝福》《轉天心》等單從劇作名中即可知其創作題旨。張錦的《新西廂》則因為「恐誤人間兒女子」而翻改原作中對崔張私情的描寫。丁耀亢對戲曲創作提出七要，其中就有要「皆有度世之音，方關名教，有助風化」〔註9〕，而其《表忠記》更是奉順治御敕而作，「信當順治十四年，在清國聖明天子御筆親題《表忠記序》，頒行天下。」〔註10〕可以說均有著鮮明的有益風化的創作目的。而戲曲品評中也同樣體現了這一觀念：

> 傳蘇道春者凡三，以此為最下：然盡去風情，獨著忠烈，猶不失作者維風之思。（祁彪佳《遠山堂曲品》評謝天瑞《忠烈記》）〔註11〕

> 沈□□闡發古孝子事，每事三折，令人於（？）親（？）猛然驚醒。先生不特有功於行孝也已。（同上，評《十孝》，雅品殘稿）〔註12〕

> 借中山狼唾罵世人，說得透快。當為醒世一編，勿復作詞曲觀也。（《遠山堂劇品》評陳與郊《中山狼》）〔註13〕

> 鍾離令捐奩嫁亡令之女，傳之可以範世。（同上，評汪廷訥《捐奩嫁婢》）〔註14〕

> 老僧說法，不作禪語而作趣語，正是其醒世苦心。（同上，評散木湛然禪師《地獄生天》）〔註15〕

〔註 9〕丁耀亢《赤松遊題辭》，清順治九年刻本。
〔註10〕見《表忠記》第36齣《贈蔭》，清順治十六年刻本。
〔註11〕《中國古典戲曲論著集成》第六冊，中國戲劇出版社1959年，第92頁。
〔註12〕《中國古典戲曲論著集成》第六冊，第126頁。
〔註13〕同上書，第156頁。
〔註14〕同上書，第184頁。
〔註15〕同上書，第186頁。

先儒謂文字無關於世教，雖工何益。是編假一目蓮，生出千枝萬葉，有開闔，有頓挫、有抑揚、有勸懲。其詞即工，而關於世教者不小也，豈特爲梨園之絕響而已乎。（明葉極沙《〈目蓮救母勸善戲文〉篇末評語》）〔註16〕

夫傳奇者，乃稗史之餘，效〈關雎〉之意，樂而不淫，哀而不傷，忠良者獲其福報，姦邪者，蒙其顯誅，賞善罰惡，絲毫不爽，乃天意之巧，不能爲蠱惑，起人嚮往之心，發人忠誠之感，欲其踴躍慕義者也。（清採荷老人《〈三星圓〉凡序》）〔註17〕

……以桃花扇而發嬉笑怒罵，以桃花扇而誅亂臣賊子，以桃花扇而正世人心。至於齣下之編年紀月，齣末之搜才係士，不書隱公即位之筆，得再見矣。嘻！《桃花扇》之義大矣哉。（見《〈桃花扇〉跋語》關中陳四如評語）〔註18〕

　　二是使「發憤補恨」成爲戲曲創作的一個重要題旨。戲曲雖爲「小道」，民間性的源起使其較之詩文等正統文藝更注重娛樂性，但在文人化進程中，「發憤著書」、「不平則鳴」等傳統的文學創作論仍爲文人劇作家所強調和繼承，加之對社會功用的特別看重，使得創作本身對劇作家而言更具白日夢的性質，即戲曲不僅被視爲實現文化社會理想的輔助手段，同樣是文人劇作家喪失實踐理想機會或能力後所尋找的一種替代物，補恨遂成爲戲曲創作中一個重要題旨，由此才會出現一批類似《南桃花扇》改變原作悲劇性結局而令生旦當場團圓的作品。對此，祁彪佳、王國維的評論可謂一針見血，如「馬嵬埋玉，此是千秋幽恨。榭園欲爲之泄恨耶？」〔註19〕「若《牡丹亭》之返魂，《長生殿》之重圓，其最著之一例也。西廂記之以《驚夢》終也，未成之作也，此書若成，吾烏不知其不爲《續西廂》之淺陋也？……有《桃花扇》矣，曷爲而又有《南桃花扇》？」〔註20〕。如果說顧彩等人對原作結局的改變更多出於喜樂惡悲的審美心理的話，那麼《十孝記》《救精忠》《萬里圓》《南

〔註16〕引自吳毓華《中國古代戲曲序跋集》，中國戲劇出版社1990年，第80～81頁。
〔註17〕同上書，第549頁。
〔註18〕同上書，第445頁。
〔註19〕《遠山堂劇品》評葉憲祖《鴛鴦寺冥勘陳玄禮》，《中國古典戲曲論著集成》第六冊，第159頁。
〔註20〕見《紅樓夢評論》，第三章。《王國維文集》，北京燕山出版社1997年，第213頁。

陽樂》以及周樂清《補天石傳奇》(包括《宴金臺》《定中原》《河梁歸》《琵琶語》《碎金牌》《如鼓》《波弋樂》八個雜劇)等劇對史事的翻轉則將補恨心理發揮到了極致,正如《遠山堂劇品》中評祁麟佳《救精忠》所說「閱宋史,每恨武穆不得生。乃今欲生之乎?有此詞,而檜、卨死,武穆竟生矣。」〔註21〕而呂天成評《精忠》《十孝》時同樣流露了這一心理「予欲作一劇,不受金牌之召,直抵黃龍府,擒兀術,返二帝,而正秦檜法,亦一大快事也。」〔註22〕「有關風化,……末段徐庶返漢、曹操被擒,大快人意。」〔註23〕類似的看法也不少,如「抱經濟之才,而猶浪跡江湖,珠光劍氣埋沒風塵。其一腔憤懣,滿腹牢騷,聊復寄之於幻境也!雖無關舉業,而忠孝節義之詞,亦維風化俗之一端云」。〔註24〕尤侗、吳偉業等人對陶寫心中不平憤懣之悲的提倡也均屬這一類。毛聲山則在評點中直接提出了筆補缺憾之說:「凡作傳奇者,類多取前人缺陷之事,而以文人之筆補之。如元微之於雙文,既亂之,不能終之,乃託張生以自寓,反以負心為善補。此呈大可恨也。故作《西廂》者,特寫一不負心之張生以銷其恨。」〔註25〕即將戲曲創作視為人生缺憾之補償手段,同樣是一種救世情懷的體現或者延伸。

從上述兩方面影響出發,我們就不難理解古代戲曲為何會出現過多的以團圓來補償痛苦的情節方式,為何會產生團圓模式與悲劇性內涵之間往往發生分裂的現象,可以說正是強調風化的文藝功用觀與「發憤補恨」的創作動力共同作用的結果,是「作家在藝術創作中不自覺地流露出來的潛在思想感情與他為追求功利目的而強加到作品中去的思想感情形成了真假混雜、表裏牴牾的矛盾,從而引起思想感情本身之間以及情感與藝術形象之間的內在分裂。」〔註26〕

三是促使文人劇作家自覺總結和反思歷史,興亡之歎不僅成為戲曲三大主題之一,而且賦予戲曲文學以深厚的文化意蘊與悲劇色彩。對歷史的總結和反思是明清時期特別是易代之際整個社會文化發展的一大特色,這單從全祖望

〔註21〕見《中國古典戲曲論著集成》第六冊,第 165 頁。
〔註22〕呂天成《曲品》能品九,《中國古典戲曲論著集成》第六冊,第 227 頁。
〔註23〕呂天成《曲品》新傳奇品,同上書,第 229 頁。
〔註24〕許永昌《綴白裘·八集序》,見吳毓華《中國古代戲曲序跋集》第 502 頁。
〔註25〕毛聲山《第七才子書琵琶記·總論》,清康熙間刻本。
〔註26〕譚帆《試析中國古代文論中的價值觀念》,《文藝理論研究》1991 年第 4 期。

「明季稗史，不下千種」〔註27〕之言中已可略知一二。修史之風的盛行，以及敘事文學對歷史包括當代史的關注則是社會心理的使然，正如有學者指出：「令人吃驚的是實錄性的戲曲與歷史小說與明代個人修史之風同步興起，並在晚明、易代之際同步發展。這種巧合不能不讓人感慨社會心理的巨大作用。」「戲曲的徵史尚實和歷史小說的『羽翼信史而不違』是明清文學的獨特現象，在這一現象背後是封建社會末世社會心理的危機感、迷茫感，以及希望在歷史中尋找到排解途徑的表現。」〔註28〕歷史在中國文化中本具有極為重要的地位，徐復觀先生就曾指出，比之西方對宗教的重視，中國古代是「以人文成就於人類歷史中的價值，代替宗教中永生之要求，因此而加強了人的歷史的意識；以歷史的世界，代替了『彼岸』的世界。宗教係在彼岸中擴展人之生命；而中國的傳統，則係在歷史中擴展人之生命。宗教決定是非賞罰於天上；而中國的傳統，是決定是非賞罰於歷史。」〔註29〕通過歷史的得失興衰來印證天道循環，賞善罰惡的發展邏輯在現實世界中的合理性和有效性，從而為混亂的現實找尋一條新的出路，這在孔尚任的《〈桃花扇〉小引》中有著鮮明的體現：「《桃花扇》一劇，皆南朝新事，父老猶有存者。場上歌舞，局外指點，知三百年之基業，隳於何人？敗於何事？消於何年？歇於何地？不獨令觀者感慨涕零，亦可懲創人心，為末世之一救矣。」然而，隨著歷史本身的悲劇不斷上演，這種歷史觀與第一章所論及到的世界觀一樣走向了悲觀與不確定。因此，歷史劇包括涉及當代史的時事劇的創作同樣循著由樂觀、堅定到悲觀、迷惘的軌跡發展，這從《鳴鳳記》《精忠旗》《清忠譜》到《千忠戮》《桃花扇》的風格演變中就可明顯地感受到。可以說，正是劇作家以強烈的徵實尚史精神對歷史予以不斷的反思促動了戲曲文學中歷史觀的最終變化。

　　四是促使古代戲曲文學總體風格向悲觀幻滅發展。古代戲曲文學自元雜劇後，至晚明清初再次達到創作的頂峰，不僅誕生了一批優秀的悲劇傑作，而且使中國文化中的悲劇意識得到了前所未有的總結和凸顯，這些特點，筆者以為最主要是通過對儒家救世理想徹底破滅過程的展示以及對文人劇作家永遠無法彌合的心靈創痛和生存困境的揭示來完成的。

〔註27〕　參見謝國禎《增訂晚明史籍考‧序》，上海古籍出版社，1981 年。

〔註28〕　參見郭延禮主編，《中國文學精神》明清卷，山東教育出版社，2003 年，第228 頁、238 頁。

〔註29〕　參見徐復觀《中國人性論史（先秦篇）》，上海三聯書店，2002 年，第 49 頁。

　　對此，筆者擬進一步從團圓模式的三種類型及其內涵的變化以及從拯救者形象的演化軌跡中梳理出戲曲悲觀風格走向的形成過程並發掘其深層的文化成因。

二、團圓模式的三種類型及其內涵的變化

　　我們說救世理想是戲曲拯救意識的核心內涵，具體到戲曲敘事中，劇作家總是會設計一個甚至多個拯救者形象來充當苦難的見證者和挽救者，大團圓則是拯救行動成功的直接標誌。然而，中國戲曲的寫意原則使得劇作家強烈的拯救意願對敘事本身往往造成了過度的干預，從而使用以彌合痛苦的大團圓也呈現出較爲複雜的內涵性質。具體可從三方面來看：

　　一是眞實團圓，表現爲拯救行動的完全成功，主人公的意願得到實現或部分實現，所遭遇的苦難獲得了補償，團圓的喜慶最終主導了全戲的情緒體驗，無論是主人公還是觀衆的悲劇性感受在劇末都得到了釋放。這類戲不缺乏悲劇色彩，但往往被最後的團圓所消解，可以歸入好事多磨一類。一般來說，古代戲曲拯救者形象大致可分爲兩種類型：一類是專門的拯救者，其在戲曲中只作爲苦難的解救者出現，而不是苦難的承受者，如清官、皇帝等等，類似於今天戲劇觀念中正劇的救難者形象；一類是自我作爲拯救者，主人公既是苦難的承受者，也同時是自身命運的挽救者。學界公認的戲曲悲劇以及具有較強悲劇色彩的戲曲多以主人公自我作爲拯救者，因爲這種類型的拯救者一般更能突出主人公與自身所處生存環境間不可調和的矛盾與對抗，因而較之以他人作爲拯救者的戲曲更具悲劇性。眞實團圓中的拯救者多表現爲他者拯救，如馬致遠的《薦福碑》、關漢卿的《蝴蝶夢》等。這類戲的悲劇色彩是頗爲濃郁的，從戲曲描繪的主人公命運遭際來看，《薦福碑》中張鎬的坎坷遭遇不僅在元代具有代表性，同時也是歷代失意文人的縮影，而馬致遠則用其憤激之筆將千古文人不遇的悲哀與怨歎發泄得淋漓盡致，然而，戲的後半部，主人公的飛黃騰達則使其悲劇命運由原來的必然性、普遍性轉變爲一種偶然性、暫時性的苦難事件，因而，這種苦難與困頓終將在范仲淹之類的拯救者的幫助下獲得解救，由此帶來的團圓結局也沖淡了全劇的悲劇色彩，盡管馬致遠在戲中多次表達了對黑暗現實的強烈不滿與悲憤情緒，如「這壁攔住賢路，那壁又擋住仕途。如今這越聰明越受聰明苦，越癡呆越享了癡呆福，越糊塗越有了糊塗富」，可謂是其悲劇感受的集中抒發，但從全劇的情緒體驗

來說，拯救的成功、主人公意願的最終實現給予了苦難以希望，無論是主人公還是觀眾的悲劇感都得到了釋放。《蝴蝶夢》同樣如此，劇中有對權豪勢要橫行的災難性現實的揭露，有對王婆犧牲親子以救其他二子性命的悲劇心理的刻劃，也有死亡的痛苦與威脅，而以包公爲代表的清官拯救者最終解救了這一切。至於明清戲曲中這一類團圓也不少，如孟稱舜的《桃花人面》，儘管劇中將主人公對愛情的追求描寫得「字字帶血痕」，但作爲自我愛情的拯救者，主人公的至情至性終使有情人成爲眷屬，可以說愛情意願實現的喜慶補償了生離死別的悲劇體驗。

　　任何文藝產品都是時代社會風尚與傳統文化精神共同作用的結果，上述團圓最能體現出中國傳統文化中的樂觀精神，主人公所經歷的一切苦難最終均獲得了解救，願望得到了實現，劇中強烈的悲劇性也被團圓的喜慶所沖淡消解，劇作家所要表達的正是天道正義終會勝利的世界觀，在這一觀念的支撐下，全劇最終體現出一種理性的樂觀色彩。如《薦福碑》中冒名頂替者受到懲處，有眞才實學者終登黃榜，而《蝴蝶夢》第四折的唱詞則將這種樂觀主義精神推至頂點：「九重天飛下紙救書來，您三下裏休將招狀責，一齊的望闕疾參拜。願的聖明君千萬載，更勝如枯樹花開。捱了些膿血債，受徹了牢獄災，今日個苦盡甘來」。《趙氏孤兒》《精忠旗》《清忠譜》《崖山烈》等均有著此類文化精神。

　　二是勉強團圓，有兩種類型：一類是主人公的意願得到部分或全部的實現和滿足，但貫串於全戲的劇作家的拯救願望卻並未眞正實現，這一類拯救多爲自我拯救；另一類是主人公從苦難中被成功地拯救出來，但其意願並未實現或者其悲劇性遭遇所造成的精神傷害並未眞正得到補償，這一類拯救也多屬於他者拯救。第一類可以《牡丹亭》等戲爲代表。《牡丹亭》究竟應歸入悲劇還是喜劇，學界曾有過熱烈的探討﹝註30﹞。劇中奇幻的情節構想歷爲人所驚泣，但最能撼動人心，發人深思的還是蘊藉劇中的哲學追求。從人物的命運遭遇來看，杜麗娘生生死死的愛情追求充滿了濃郁的悲劇色彩，而其對情的執著最終獲得了愛情的圓滿，成爲自身命運的挽救者之一。但全戲的總

﹝註30﹞鄭振鐸稱其爲「離奇的喜劇」，《插圖本中國文學史》；趙景深則視其爲悲劇，《〈牡丹亭〉是悲劇》，見《江蘇戲劇》1981年第1期；葉長海認爲其是「悲劇和喜劇揉和在一起的」悲喜劇，《中國古代悲劇喜劇論集》，上海文藝出版社1983年第103～112頁。

體風格之所以引起眾多學人的爭議，正在於人物大團圓結局的喜劇性並未能沖淡瀰漫於戲中的悲劇色彩。從湯顯祖謳歌「至情」的創作題旨來看，團圓反而暴露了劇作家無法排遣的現實悲劇感。面對理學的桎梏與現實的黑暗混亂，湯顯祖渴望的是一個有情之天下的到來，並將挽救的希望寄託在至情理想之中，因此他將杜麗娘作為了這一理想的化身，然而在借戲曲來表達這一願望時，走在時代思想前衛的湯顯祖在藝術形式的選擇上卻未能跳出時代的局限，杜麗娘超越生死的愛情為取得現實的合法性仍不得不屈從於她曾用生命反抗過的「理」，因此，湯顯祖讓理的最大代表——皇帝成為全劇最關鍵的拯救者。由此為情而死，又因情而生，一切以生命為代價的行動在與理的媾合中實質獲得的不是肯定而是否定。湯顯祖的可貴之處在於他用那個時代的方式暴露和提出了時代的問題，即團圓不僅未能瀰合情理衝突帶來的痛苦，反而凸顯了至情理想在理法世界中必然的悲劇性命運，揭示出團圓主義背後的文化悲劇意蘊。

第二類可以楊顯之的《瀟湘雨》為典型。張翠鸞由於父親的解救擺脫了被發配、謀害的悲劇命運，但夫妻團圓的結局不僅不可能瀰合她精神上的創痛，重新與薄情寡義的崔通生活在一起反而增強了主人公命運的悲劇色彩。該劇的拯救者是有權勢的張父，因此較之其他受清官、皇帝等象徵天理王法的拯救者解救庇護的受害者來說，張翠鸞的獲救過於偶然，也過於脆弱，一旦她所倚仗的權勢不存在了，她有可能重新陷入悲慘的境遇之中。一些研究者指出該戲以團圓收場，「比一般的大團圓結局尤其顯得不合理」〔註31〕，這種不合理一方面反映出劇作家主觀意願對客觀敘事的干預過度，一方面也暴露出劇作家面對悲劇性社會現實時無法尋求到新的解救辦法時的無奈，這一類戲在團圓的背後同樣包含著深沉的悲劇性。

從文化精神來看，此類團圓中的文化精神隨著世界觀的變化已有了不同，《瀟湘雨》中天道正義實已讓位於權勢，張翠鸞的獲罪、獲救以及夫妻重圓，試官之女最後淪為奴婢的遭遇，人物的沉浮經歷中不是天道正義而是權勢官位起了決定作用。在這樣的世界圖景下，無辜善良卻無任何權勢的人遭受痛苦和死亡威脅就成為一種必然，人們可以依賴的只有偶然的好運、意外的巧合。可以說，不可捉摸的命運之迷代替了天道正義的理性法則而成為世

〔註31〕參見章培恒、駱玉明主編《中國文學史》下冊，復旦大學出版社 1996 年，第57 頁。

界的支撐，由此劇中流露出的只是對不確定世界圖景的深深困惑和迷惘。人生的偶然性主宰一切的觀念在《魔合羅》《朱砂擔》等元雜劇以及明清傳奇中一些劇作對巧合、錯認等技巧的青睞背後其實仍可追尋到世界觀念的細微變化，至少說明偶然性因素在個人命運中的重要地位已為這些作品所關注，只是在悲劇色彩濃郁的劇作中這一特色更容易顯明。而《牡丹亭》則因為描繪了陰陽、情理、夢想與現實兩種世界圖景使其呈現出兩種不同的情緒體驗及風格。情理的尖銳對抗、對至情的執著信仰，對現實的無奈與屈從等等，劇中雖不乏至情必勝的喜劇，但更多流露出的則是面對現實的無力與無奈，是試圖打破理性法則卻終究不得的深深困惑與痛苦，可以說一種揮之不去的感傷情懷已彌漫於戲中。

　　三是團圓的逐漸打破，表現為拯救的無力或失敗，主人公遭受肉體或者精神上的毀滅。中國古代戲曲中團圓結局被徹底打破的只有《桃花扇》一劇，大部分戲曲均以虛幻的團圓來補償現實的破碎，主要表現為夢圓、仙圓、冥報等等，而以洪昇的《長生殿》最具典範意義。與許多戲不同的是，該劇用了二分之一的篇幅為這種虛幻的團圓作鋪墊，目的是宣揚至純至真之情感金石、迴天地的拯救力量。與《牡丹亭》一樣，劇作家將這種至情理想寄託在主人公身上，讓楊玉環成為純情的化身，通過她在人、鬼、神三界採取的一系列追求與捍衛愛情的行動使其成為自己悲劇命運的挽救者，最終得以與李隆基天上重圓。情節上的衝突在理想世界中得到解決，而結構上的衝突，即前半部的現實界與後半部的虛幻界的矛盾卻無形中得到了強化，如《重圓》中有「仙家美眷，比翼連枝，好合依然。天將離恨補，海把怨愁填。蒼蒼可憐，潑情腸翻新重建」的詠歎，而作者在自序中卻發出了「情緣總歸虛幻」的浩歎，由此更凸現出馬嵬埋玉的慘痛現實，陰陽兩隔的永恒悲劇。因而以純情作為拯救的意願在現實世界中隨著它的化身——女主人公的香消玉殞不能不變得極其脆弱與無力，正如有學者所言洪昇雖選擇了團圓，但「其實早已在心理深層將其徹底打破」。〔註32〕

　　古代戲曲深具悲劇色彩的劇作大多都存在著夢圓、仙圓等結局，即使是《竇娥冤》《漢宮秋》《嬌紅記》《千忠戮》《清忠譜》等被學界公認的戲曲悲劇也均有著此類結局。與其它兩類團圓相比，這類團圓的悲劇性無疑是最強

〔註32〕參見任曉潤《情緣悲劇與歷史悲劇的交彙融合——〈橋杌閒評〉、〈長生殿〉、〈桃花扇〉悲劇意蘊探尋》引自《社會科學戰線》1992 年第 4 期。

烈的，它展示了人類正常合理的欲求在實踐過程中慘遭現實否定和毀滅的命運。楊貴妃對專一摯誠愛情的渴望與其社會身份、政治地位之間，竇娥的至貞至孝與黑暗現實之間，建文帝的政治理想與殘酷的權力鬥爭之間等等均構成了不可調和的矛盾衝突，在此過程中，人物主體為實現自己的意願，挽救自身的命運都進行過或強或弱的掙扎、反抗，但最終只能走向毀滅，或付出生命代價，或被迫放棄自己的理想，或重新與現實媾合。虛幻的團圓確可暫時給觀眾以情緒上的緩衝，精神上的慰藉，但並不能以偏概全地將此歸結為瞞和騙，歸結為中國文化悲劇意識的淡薄。戲曲的俗文藝特徵使其不能不考慮觀眾的審美趣味，團圓模式遂成為戲曲創作中必須遵循的文學慣例而很難輕易打破。同時，中國文藝一貫追求含蓄婉約之風格，藝術形式與其所表達的內涵之間往往存在著悖反現象，所謂長歌當哭，寓悲於喜均是這一美學追求的具體表現。王國維先生曾在《屈子文學之精神》中用「歐穆亞」一詞來概括這種精神，即主體處於不願屈服又無法逃離的兩難境況中的一種自我慰籍方式，內心深處的痛苦借遊戲詼諧的外在形式來抒發（詳見本書第四章第三節），宗白華先生也有類似的見解〔註33〕。古代戲曲團圓模式與其內涵之間同樣存在著形式與內涵分裂這一特點，尤其是文人劇作家往往有著複雜的文化心理結構，在滿足大眾審美要求的同時，其作為文化傳承者面對不合理的現實人生所產生的憂患、悲哀以及對解救之路的探尋在戲曲創作中都會或隱或顯地暴露出來，因此以虛幻的團圓來彌補現實的破碎，將拯救意願的實現寄託在超人間的虛幻之境只不過是為絕望的現實增添一點繼續活下去的勇氣，可以說正從反面暴露出劇作家始終徘徊於希望與絕望之間，掙扎於想要超越悲劇性的現實人間卻又無法超越的矛盾痛苦心理。當這種矛盾痛苦發展到救無可救的徹底絕望時，劇作家滲透在戲曲中的悲劇感就會衝破固有的大團圓模式，使其創作內涵與表達形式走向風格的統一，《桃花扇》對團圓模式的打破正是這一發展傾向的必然結果。可以說在一個個破滅與死亡的悲劇世界中，傳統的價值準則以及理性的樂觀精神遭到了質疑和挑戰，團圓模式的徹底打破則宣告了這一樂觀精神的終結，悲觀幻滅遂成這一類團圓背後的總體風格傾向。

　　作為中國文化用以拯救苦難、彌合痛苦的一種方式，團圓模式也是以儒家

〔註33〕參見宗白華《悲劇的與幽默的人生態度》，《藝境》，北京大學出版社 1989 年，第 75～76 頁。

思想爲主導的傳統文化樂天精神最顯明的體現。早在上個世紀初，王國維先生
對此已作過精闢的總結「吾國人之精神，世間的也，樂天的也，故代表其精神
之戲曲小說，無往而不著此樂天色彩：始於悲則終於歡，始於離者終於合，始
於困者終於亨；非是而欲厭閱者之心，難矣！若《牡丹亭》之返魂，《長生殿》
之重圓，其最著之一例也……」〔註34〕這種樂天精神滲透在敘事藝術中，表現
爲劇作家描繪了一個終極意義上的樂觀主義藝術世界圖景，儘管其中不乏苦
難、悲傷甚至是毀滅和死亡，但天道正義的道德邏輯使一切的苦難變成了偶然
性、暫時性的事物。任何形式的背後都包含了一定的社會文化意蘊，大團圓模
式正是上述樂天精神在藝術中的一種呈現方式，正如有學者指出的那樣：「在
今天的人看來純屬虛幻的『大團圓』結局，是當時人們的世界圖景中不可缺少
的一部分。王法和天道的存在使任何現實的痛苦、罪惡都變成了一種偶然，變
成了天道循環的一個過渡環節，正義終歸會取得勝利。這個世界圖景所表達的
是樂觀主義的世界觀。不僅《竇娥冤》如此，《趙氏孤兒》、《琵琶記》、《精忠
旗》等許多悲劇都是『大團圓』式的結局，有的即使情節本身不能導致『大團
圓』，也要以虛幻的方式或具有心理補償、抵銷悲劇氣氛的方式結束，如《漢
宮秋》結尾斬毛延壽、《嬌紅記》結尾羽化成仙。總之悲劇主人公們所遭受的
苦難、所經歷的傷感經驗，在古典的世界圖景中最終都要被證明屬於偶然的或
局部的現象，只有正義、天道才是永恒的，因此，這些悲劇歸根到底體現的是
一種屬於典型的中國傳統的樂觀主義世界觀。」〔註35〕

　　從民族的樂天精神來闡釋大團圓確實精闢地抓住了作爲俗文藝的戲曲敘
述模式所包蘊的文化精神。然而沒有一成不變的傳統，時代風雲的動蕩，三
教合流的思想發展趨勢使傳統本身受到了巨大衝擊，這些都會促使人們重新
面對和思索傳統，尤其是明代中後期的個性解放思潮更引起了人們對傳統的
懷疑、對抗、思索甚至否棄。這些變化都會被劇作家帶入到戲曲創作之中，
最終通過敘述模式的悄然變化由隱而顯地表現出來，因此，大團圓作爲一種
敘述模式雖相對固化，但其背後的文化精神仍存在著一個細微的變化過程，
而這一過程恰是通過劇作家所描繪的世界圖景及其傳達出的世界觀念的微妙

〔註34〕參見王國維《紅樓夢評論》第三章，引自《王國維文集》，北京燕山出版社1997
　　　年，第213頁。
〔註35〕參見高小康《市民、士人與故事：中國近古社會文化中的敘事》，人民出版社
　　　2001年，第140頁。

變化具體呈現出來。從上述分析中我們已可以看出，儘管團圓模式體現了中國文化的樂觀精神，但其並非一成不變，而是呈現出從積極樂觀向悲觀幻滅發展的一種跡象，儘管這一跡象相對整個戲曲史來說是比較微弱的。

第二節　從拯救者形象的演化看古代戲曲的悲劇化傾向

　　我們對大團圓的三種類型作了橫切面的梳理分析後發現團圓模式的內涵及其背後的文化精神實質有一個從喜到悲、從樂觀到悲觀的漸變過程，這一變化具體到戲曲文本中最鮮明地體現在拯救者形象的演變上，通過拯救者形象所代表的拯救理想內涵的變化傳遞而出。根據大團圓結局呈現的多種方式如「理圓」、「情圓」、「仙圓」「佛圓」等，我們大致可將古代戲曲中的拯救理想分爲倫理拯救、情拯救及宗教拯救三類。本節即想通過對拯救者形象演變軌跡的梳理，進一步從縱向上勾勒出古代戲曲悲觀幻滅風格形成的邏輯發展過程。

一、倫理拯救

　　倫理拯救是古代戲曲最富民族特色的一種類型，是傳統文化濃厚的倫理特徵在戲曲中的藝術呈現，而天道正義觀念則是這種倫理道德內涵的集中表達，具化到戲曲敘事層面，根據不同的劇作題旨就出現了不同類型的拯救者形象。

　　清官拯救者。多見於公案戲，如關漢卿的《魯齋郎》《蝴蝶夢》、無名氏的《陳州糶米》等。這類戲中的主人公大多是善良弱小的社會小人物，面對惡勢力強加給自己的災難和痛苦，他們惟一能倚仗的就是自身的善良無辜等道德因素。以包公爲代表的清官則是王法的維護者，天道正義的體現者和執行者，而拯救的成功爲濃郁的悲劇氛圍注入了一絲亮色和希望，如前所述在一定程度上消解了戲曲的悲劇感。

　　受害者自己作爲拯救者。戲劇主人公一般有完善的道德人格，並以此作爲對自身悲劇命運抗爭的武器，以《竇娥冤》爲代表。竇娥的感天動地實出於對天道正義的信仰與堅守，正是這種完美的道德促使由於黑暗勢力的破壞和遮蔽而產生分裂的「天」「人」再次合一，即天道正義與人間司法公正的重

新合一。王國維先生曾將其悲劇產生根源歸結爲「出於主人翁意志」，這裏的意志實質並非指叔本華哲學中的生命衝動，而是劇中人物的倫理道德意志，《火燒介子推》《張千替殺妻》、《豫讓吞炭》等元雜劇悲劇均屬這種拯救者類型。

　　忠臣義士作爲拯救者。以正邪、忠奸鬥爭爲主題的戲劇爲代表。從元雜劇中的《趙氏孤兒》到明清傳奇中的《鳴鳳記》《精忠旗》《清忠譜》《崖山烈》《冬青樹》等戲都體現了這一特點。從戲劇的情節架構看，忠臣義士爲正義遭受的所有苦難、殺戮最終均由雖一時被奸臣蒙蔽，卻依然是正常秩序與神聖法則代表的皇帝的醒悟而得到補償，實際上，撥雲見日，塗除苦難，恢復正常秩序的正是忠臣自身合於天道正義的完美品質與捍衛這一正義法則的毫無畏懼的鬥爭精神。就此而言，這類拯救者前赴後繼的行動同樣出於其人格構成中的倫理道德意志。從其擔負的功能看，類似於清官拯救者，都是天道正義的捍衛者和執行者，但二者卻有本質的區別，即前者同時作爲苦難的承受者，而後者僅作爲苦難的挽救者。

　　英雄作爲拯救者。可以關漢卿的《西蜀夢》《哭存孝》以及明清之際蘇州作家群創作的《萬里圓》《如是觀》《牛頭山》等劇爲代表。《西蜀夢》全劇始終籠罩在一片悲風愁霧之中，劇末雖有關張鬼魂囑咐劉備要爲自己報仇雪恨的強烈復仇願望，卻已沒有了英雄在世時的干雲豪氣，取而代之的是英雄死於小人之手的無奈與悽愴。《哭存孝》同樣如此，儘管最後小人得誅，沉冤得雪，英雄死於小人之手的事實所帶來的悲劇性情感體驗卻是任何東西無法補償和消解的。從敘事表層看，這類戲中的拯救者並不明晰，而從整個劇作題旨來看，兩劇均取材於亂世英雄的故事，且反覆渲染英雄在世時的神勇英武，可以說對英雄遇害的痛惜實際上隱含了對英雄的期盼與呼喚，將英雄作爲了亂世的拯救者。關漢卿是有著強烈的英雄救世情懷的，這一點已爲研究者所認同〔註36〕。然而在上述兩劇中很難感受到《竇娥冤》《魯齋郎》以及其他以忠奸正邪鬥爭爲主題的悲劇性戲曲中作家觀念層面的樂觀色彩，英雄作爲拯救者類似於自我拯救者，同樣屬於拯救者自身的悲劇，具有濃郁的悲劇色彩。不同的是，劇中更多的是悲哀的歎息，因而這類戲所呈現出的是柔婉、憂傷乃至悲觀的風格特徵。英雄爲小人所害的事件本身充滿了悲劇色彩，劇中採

〔註36〕參見董上德《關劇神髓臆説》，轉引自《中國古代戲曲與古代文學研究論集》，
　　　　中華書局 2001 年，第 170 頁。

用人物不斷的回憶，造成今昔、生死強烈的對比，不僅揭示了英雄拯救者自身的悲劇性命運，同時也透露出作家面對混亂黑暗現實時的無力與悲觀情緒。因此，英雄作為拯救者也只屬於過去，存在於作家的回憶情結之中，一切的豪情與繁華都隨著英雄的死而逝去，留存於現實空間的惟有深深的歎息與悲愴。這類拯救者在西方戲劇中是很難見到的，因為戲劇採用即時性的時間結構，而立足現在，卻以回憶時間為主體多為抒情詩和小說的敘述方式，這一特點恰是中國戲曲曲本位的創作觀念以及兼有代言體和演述體的敘事方式所致（詳見本書第三章）。

同樣是企盼英雄救世，蘇州作家群的創作雖表現出與關劇迥異的樂觀色彩，如《牛頭山》《如是觀》寫岳飛抗金故事，有著強烈的政治激情和深沉的現實感慨，但在挽狂瀾於即倒的英雄豪情背後浸透的仍是山河破碎、迴天乏力之痛，《牛頭山》中嶽飛曾感歎到：「我想如今的世界，真個好費經營也」「聲悲咽，生來不幸逢斯劫，逢斯劫，草侵陵寢，棘生宮闕，偏安江右衣冠列，羈棲塞北風霜列，風霜列，千行血淚，一腔熱血。」可以說借助英雄之口將這種痛苦表達得淋漓盡致，而在《萬里圓》中史可法「一點丹心不死，千行血淚如泉，龍去鼎革，鵑啼蜀國，此日邦家誰奠」的唱詞對明清易代痛苦的抒發更具代表性。蘇州作家群生活在烽煙四起的時代，農民起義、清軍入關，朝廷昏弱，所有這些令他們不能不像關漢卿那樣將力挽乾坤的希望寄託在忠心耿耿的英雄身上，於是，現實中的史可法、歷史中的岳飛成了他們創作中著力塑造和歌頌的人物形象，但現實的殘破與不可逆轉的歷史潮流使他們的激昂慷慨中仍無法遮掩住內心深處的悲愴與無奈。

下層民眾作為拯救者。以明代後期至清初戲劇為最，從蘇州作家群的市民劇及義僕形象到南洪北孔的劇作中均呈現出這一特點。在國破家亡、惡勢力橫行之時，在讀書人、治國者喪失禮義廉恥之際，往往是倡優樂工、販夫走卒這些底層小市民挺身而出，以高潔的品格和生命的代價體現和捍衛著傳統的道義理想。儘管他們不是劇中最後的拯救者，但以低賤身份擔負起士大夫階層的使命可以說是儒學平民化的一個產物，也反映出特定時代，文人劇作家在探索社會出路過程中既將希望寄託於市井小民身上，同時又無法擺脫固有的傳統理念，因而使其成為自身拯救理想的代言人。

通過以上梳理不難發現，倫理拯救一般發生在王法正義被踐踏，正常的綱紀秩序被破壞的社會背景之中，因此這一類戲多屬於社會問題劇，體現出

較強的現實憂患感。都是以傳統的倫理道觀念作爲拯救所憑依的武器，元雜劇中的拯救內涵較之明清戲曲體現出更多的民間觀念，劇中雖也包含了許多儒家的思想觀念，如追求人物主體道德的完美——竇娥的孝與貞，程嬰與公孫杵臼的忠義，包公的清正廉潔等等，但其理解相對淺顯，如對清官形象的刻畫主要集中在其爲民申冤，替民做主上，而明清戲曲中對清官的塑造更多體現了儒家理想對忠臣義士的要求，剛正不阿，憂國憂民，爲國除奸而不惜性命等是其主要特點，如《鳴鳳記》《寶劍記》《人中龍》《萬里圓》等劇，這種異同可以說是戲曲文人化及戲曲的長篇體制刻畫人物更爲充分等特點帶來的直接影響。元代劇作家如關漢卿等人雖是受過正統儒家教育的失路文人，但其混跡勾欄瓦肆的閱歷使其更能深入地瞭解民間的生活及其要求，從文化人格來講，也更多徘徊於正統與民間文化之間，因此，無論是對清官、孝婦貞女還是對忠臣義士的刻畫都更多體現出民間的理解，即較爲簡單化、類型化，當然類型化特徵是中國戲曲塑造人物的主要手法，但比之明清傳奇人物形象的相對豐滿，除了雜劇自身體制的限制，民間的理解與觀念應是形成這一特點的一個重要因素。值得注意的是，倫理拯救在明清戲曲中最主要地體現在以忠奸鬥爭爲主題的戲之中，這同樣是明清社會政治黑暗動蕩的使然，一定程度上折射出儒家正統觀念體系遭到巨大衝擊並日益走向衰退的現實。

　　倫理拯救給古代戲曲帶來的影響主要表現在三個方面：首先是賦予了戲曲以崇高悲壯的風格特徵，不論是《竇娥冤》《趙氏孤兒》還是《精忠旗》《清忠譜》，人物主體以自身的道德意志甚至不惜生命代價來對抗強大的邪惡勢力，竭力恢復和捍衛正常合理的社會文化秩序，體現出知其不可爲而爲之的巨大勇氣與意志力量，從而使戲曲呈現出崇高悲壯之美。其次是由慷慨昂揚逐步走向悲觀幻滅。如第一章所述最突出地表現在由對天道正義觀念的堅執信守轉向懷疑與否定，儘管這種悲觀情懷在元明清戲曲中均有表現，但以明清戲曲最爲顯明。如《千忠戮》中的血腥屠戮宣告了以忠臣殉道爲典範的倫理拯救的徹底失敗。第三，正是面對傳統倫理道德理想的幻滅，市民作爲下層人士才成爲戲曲拯救者中的一員。對此現象，許多研究者認爲是市民階層壯大的結果，但筆者認爲這恐怕只是原因之一。傳統的英雄歷史觀使下層市民不可能成爲亂世最後的拯救者，即使塑造了眾多忠義節烈的下層市民形象的《長生殿》《桃花扇》也不例外，因而，以倡優樂工作爲拯救者形象之一，原因仍在於作爲文化傳承者的士大夫階層自身對文化理想的踐踏使劇作家不

能不產生深深的失落，如《長生殿》中雷海青「罵賊」一出將喪盡禮義廉恥的士大夫群像描繪得淋漓盡致，而孔尙任則在歷史的反思中，不僅勾畫了馬士英、阮大鋮等輩的嘴臉，對清流文人們尙空談而缺乏實際的政治才能，國家危難之際仍耽於聲色享樂等致命弱點同樣予以了深刻揭露，因此他們才會欣喜地發現傳統倫理道德在下層市民的身上依然熠熠生輝。

二、情拯救

以情爲拯救是明代中期以後中國戲曲創作中一個鮮明的特色，是明代中後期個性解放思潮和文學創作中的浪漫傾向在戲曲領域中的直接體現。「爲情作使」「因夢成戲」的湯顯祖無疑是這一傾向的代表人物，對後來的戲曲產生了極爲深刻的影響，產生了一批宣揚至情理想之戲，其中不乏悲劇性傑作，《嬌紅記》《長生殿》等戲即是代表。這些劇繼承了湯顯祖「忠孝節烈皆從至情者出」的觀念，將情視爲人世苦難和不合理世界的拯救者，具體表現在兩個方面：

首先，《牡丹亭》主要以主人公作爲自我愛情與命運的拯救者，使其後以情爲拯救的戲均承襲了這一特點，如王嬌娘、楊玉環等人在愛情追求過程中表現出的驚泣鬼神的行動。其次，《牡丹亭》中存在著兩個彼此矛盾的拯救者，即作爲至情化身的杜麗娘與「至情」所反抗的「理」的代表——皇帝。在倫理拯救類型中，或許一部戲中會出現幾個拯救者形象，但所有拯救者的品格都具有高度的一致性，而《牡丹亭》中卻存在兩個品格截然不同甚至存在尖銳矛盾的拯救者，這裏既反映出作家主觀意圖與戲劇客觀敘事間的矛盾，同時也暴露出作家思想中情理關係的矛盾性和複雜性。皇帝是禮法與權勢的最大代表，湯顯祖讓他承擔起最後的拯救者至少說明，湯氏雖反對理法對情的絕對壓制和排斥，卻未必宣導完全以情來取代理，正如有學者所說：「依湯氏看來，這世界是由理勢情三者構成的。但在他的時代，卻最缺乏情，只有禮法與權勢充斥在社會中，弄得人們動輒得咎，沒有自由，整個社會也毫無生氣，所以他要大聲爲情呼喚，以期一個有情世界的到來……其理想狀態也許應該是，情理並行而以情助理，最終達到以『人情之大寶，爲名教之至樂』的創作目的」〔註37〕，換言之，在湯顯祖的世界觀中，情理之間既有尖銳對

〔註37〕參見左東嶺《明代心學與詩學》，學苑出版社 2002 年，第 349～350 頁。

抗的一面，又有相互輔助，能夠調和的一面，儘管《牡丹亭》的創作題旨突出了前者，但其拯救者間的矛盾又潛在地揭示了後者。正是這種矛盾造成了《牡丹亭》在情節層面（悲喜劇）和哲理層面（悲劇）迥異的存在形態，也使其後戲曲中情拯救的內涵及性質發生了一定的改變。具體體現為作為情拯救者化身的主人公在自身的情感追求中都有一個處理情理關係的過程，均有向雅正回歸的傾向，可以說既接過了湯顯祖「至情」理想的大旗，又在一定程度上調和了《牡丹亭》中情理間尖銳的對抗。因而，與湯顯祖不同的是，這些戲中的拯救者從敘事表層看相對單純，《嬌紅記》中嬌娘與申純「始若不正，卒若歸正」最終贏得了兩家的合家，也贏得了作家節義的稱頌。《長生殿》中的楊玉環以不放情的堅執及虔誠的懺悔成就了與明皇的天上重圓，以郭子儀為代表的忠臣義士更以其至忠至誠之情平定了叛亂，使混亂的秩序重新得以恢復。儘管也有情理間的矛盾，但這一矛盾並非如《牡丹亭》那樣是造成主人公悲劇的關鍵性衝突。王嬌娘與申純的悲劇最主要是源於封建家長的專制勢利以及權勢階層的迫害。楊玉環悲劇產生根源則主要來自於人物強烈的情感欲求與其社會地位及身份間必然的矛盾所致。至於清代蔣士銓等人的戲曲創作，如《空谷香》《香祖樓》等，劇中主人公一生的遭際雖充滿了濃郁的悲劇色彩，但已見不到情與理、個體欲求與社會規範間不可調和的矛盾衝突，而是將情更為自覺的納入到理的規範中去，追求著「千秋節義情而已」[註38] 的創作意圖。這些戲中人物苦難的拯救者仍可說是主體自身的至情至性，但完全可以納入到倫理拯救者中而又豐富了倫理拯救者的內涵。

以情為拯救為古代戲曲帶來了至少兩點影響：一是豐富了中國戲曲拯救者的類型，從哲學上為古代戲曲提供了倫理之外的拯救方式，但同時也使拯救者形象進一步走向理想化和虛幻化。與倫理拯救一樣，情拯救同樣經歷了一個從相信至情必勝的樂觀堅定到最終認識到情緣總歸虛幻的悲觀絕望，從而為中國戲曲文學悲觀主義審美走向的形成起了重要的推動作用。

二是對悲劇產生根源的揭示從客觀社會轉向了主人公自身，由此賦予了戲曲中情愛內涵的近代甚至現代色彩。以往的愛情戲，悲劇根源主要是外在於人物主體的，多為惡人肇禍、遭逢亂世或者礙於世俗禮法等，從《牡丹亭》起，對悲劇根源的揭示開始發生了變化。其實在此之前的戲文《琵琶記》、傳奇《浣紗記》等劇已通過人物內心的矛盾揭示出悲劇性衝突的內在根源，這

[註38] 張堅《梅花簪》第一節《節概》，見《玉燕堂四種曲》，清乾隆間刻本。

在上章中已有論及，但均偏重於各種文化指令自身的矛盾在人物身上的呈現，而這裏的內轉不僅限於此，其近代色彩是指人物性格及生存意志與倫理道德間的衝突。同樣是以情爲拯救，《紫釵記》中造成霍李二人分離的仍是外在的權勢禮法，《牡丹亭》中強大的理法已不單純作爲外在於主人公的社會力量存在著，同時還作爲主人公人格心理構成的一部分存在著。《嬌紅記》中悲劇的發生除卻主人公所處的客觀環境的迫害，其自身在處理愛情過程中的弱點也是悲劇心理產生的重要原因。到了《長生殿》，亂世等外在因素已退居其次，造成楊妃悲劇最主要的根源恰恰是人物自己，是人物主體過於強烈的情感要求與其自身所處的身份、地位發生不可調和的矛盾所致，從而更多呈現出的是情感與責任、本我與超我間的衝突。因此，作爲情拯救者的化身，《長生殿》已呈現出人物主體自身的分裂，悲劇衝突是內在的，在這一點上它更多承續並強化了《漢宮秋》中的悲劇衝突和境遇，人物主體的悲劇性境遇與命運也顯然要比《嬌紅記》等劇遠爲深刻和普遍，可以說劇作家在讚頌楊妃對情的執著時，也在一定程度上揭示了個體欲求與現實社會之間永恆的衝突，提出了具有普遍意義的人生困境，從而使該劇染上了近代甚至現代色彩。

三、宗教拯救

宗教拯救是指通過對宗教的皈依將主人公從苦難、痛苦中拯救出來的方式。從其精神內涵來看可分爲兩種類型：一是純粹以度脫爲創作題旨的戲曲，如馬致遠的《馬丹陽三度任風子》、屠隆的《曇花記》、陳與郊的《櫻桃夢》、謝國的《蝴蝶夢》等神仙道化劇，這些劇以宣揚宗教思想爲主，其中不乏人世苦難的描述，但幾乎不展示主人公尋求解脫的痛苦歷程，更多表現的是個體在皈依宗教中獲得的恬淡自適，儘管一些劇作在解脫情節的背後往往蘊含著作家悲世、憤世與棄世的悲劇情懷，但情節本身的悲劇色彩卻較爲淡薄。

第二類展示了人世一切美好希望包括至情與倫理理想的徹底破滅，由此帶來主人公對人世乃至存在本身的否棄過程，這一類戲曲所透示出的是濃郁的悲觀主義審美趣味。馬致遠的《黃梁夢》等劇已露端倪，而在晚明至清初達到極至，以湯顯祖的《邯鄲夢》《南柯夢》、孔尚任的《桃花扇》、方成培的《雷峰塔》等劇爲代表。第一類戲中的拯救者形象較爲單純，一般純以點化者面目出現的，如呂洞賓等。第二類則又可分爲兩小類，其一是作爲劇中人物形象，一般不參與戲劇的主體情節，而是在主人公尋求解脫的痛苦歷程中

作爲點化者和輔助者出現的，如《南柯夢》中的契玄大師，《邯鄲夢》中的呂洞賓，《桃花扇》中的張瑤星道長，《雷峰塔》中的法海禪師等，其功能等同於度脫劇中的拯救者，也類似於倫理拯救類型中的清官拯救者；其二是主人公自身在人世的苦痛中幾度掙扎最終皈依於宗教之途，完成了自我解脫的歷程，可以說宗教歸宿無形中否定了人物自身面對人世苦難所做的一切掙扎，也否定了人世生活的所有價值和意義

　　比之倫理拯救與情拯救的單純與執著，第二類宗教拯救無疑有著雙重內涵和意義的，它不像神仙道化劇那樣單純尋求人物自身的解脫自適，而更多將筆墨放在了個體解脫歷程的痛苦掙扎上，展示的是徘徊於入世與出世間的痛苦，可以說突破了傳統的倫理層面而上升至更高的哲理層面，直指人生存在的價值意義。如馬致遠的《黃粱夢》通過呂岩斷絕酒色財氣的悲劇性歷程否定了現世人生的一切。在此過程中不僅展示了儒道間的衝突，且在存在與虛無的對抗中追問著人生的價值與意義。由此，劇中的悲劇性不僅滲透在呂岩解脫過程中所經歷的苦難遭遇，更體現在戲後無窮的回味之中，因爲它折射出的正是古代文人始終掙扎於入世與出世兩難困境中的悲劇心理。賈仲明在爲李時中寫的弔詞中說：「東籬翁頭折冤，第二折商調相從，第三折大石調，第四折是正宮，都一般愁霧悲風。」〔註39〕所謂的愁霧悲風正鮮明地揭示出馬致遠等文人一方面嚮往著道教虛靜無欲的世界，以宗教的解脫來否定塵世的一切；一方面卻又通過主人公被迫拋棄紅塵的無奈流露出對塵世的感傷眷戀之情，從而強化了劇作家始終不能忘情於世的痛苦心理。這一特點在晚明清初得到進一步地延續和深化並繼而走向無路可走的虛無和幻滅。

　　《南柯夢》《邯鄲夢》對歷代士人一生追求奮鬥的建功立業之實質所作的揭示與嘲諷從根本上否定了其價值與意義，同時也爲士人理想的幻滅唱了一首輓歌。《桃花扇》在整個王朝的覆滅中埋葬了主人公所有的拯救理想與努力，連同主人公個人情緣的美好與意義也一同風流雲散，留下的惟有無盡的遺憾與揮灑不去的哀傷，正如梁廷枏所云「曲終人杳，江上峰青，留有餘不盡之意於煙波縹緲間，脫盡團圓俗套。」〔註40〕。《雷峰塔》隨著許宣對愛情的背棄，對佛門的皈依，使白娘子對人世情愛的追求與失敗，許宣對人世幸福的渴望以及由此帶來的處於夾縫中的痛苦，都在佛家四大皆空中同歸於寂

〔註39〕賈仲明《凌波仙》弔詞，浦漢明《新校錄鬼簿正續編》，第100頁。
〔註40〕《滕花亭曲話》卷二，《中國古代戲曲論著集成》之八，第271頁。

滅。可以說悲觀虛無成爲第二類宗教拯救的主導情緒，即使是入道升仙，也浸透了人生寂滅的悲觀虛無思想。《桃花扇》中的悲劇結局即是代表，侯李二人的悟道不可能獲得眞正的個體自適，因爲家國理想的殘破已吞噬了生命中的一切意義，正如《入道》一齣所批「非悟道也，亡國之恨也」。當傳統的倫理理想與新的理想——情均被現實的風雨所催折後，留給文人劇作家的惟有去宗教的世界尋找心靈的棲所。解脫意味著覺悟之後的忘卻，但一切苦難過後始終不能忘情於世必然將主體逼入救世與自救的兩難困境之中，造成內心無法平復的創痛，其皈依的背後所浸透的對人世救無可救的絕望與悲哀也就更加深沉而強烈了。可以說這類拯救者始終處於自我分裂狀態，即掙扎於自我解脫與對人世的眷戀之間，從而賦予戲曲濃郁的悲劇色彩，呈現出心理悲劇特點。夏志清先生曾說《紅樓夢》的悲劇在於「愛和自我拯救這兩個對立要求的激烈衝突之中」〔註41〕，而這也同樣是《南柯夢》《桃花扇》等劇具有強烈悲劇性的重要原因。

以上我們對中國戲曲中的拯救者形象按其內涵和特點作了粗略梳理，從戲曲史的發展來看，三種類型雖在具體文本中有交織現象，但仍大致呈現出倫理→情→宗教拯救的歷時性發展態勢。除卻情拯救者爲明清戲曲所特有外，其他兩類在元雜劇和明清傳奇中均有體現。拯救者形象在古代戲曲中呈現出從有形到無形，從民間性、大眾化到抽象性、哲理化的演變軌跡，而這一特點恰是伴隨著戲曲的文人化進程出現的，並且隨著文人化進程的加深，人物自我作爲拯救者的特點也日益明顯，拯救的結局也由成功漸漸趨向失敗，故事背後所洋溢的樂觀精神也漸由悲觀主義所代替，戲曲的悲劇性意蘊也越來越強烈。儘管學界公認元雜劇中有著勘與西方悲劇相媲美的悲劇傑作，王國維先生更有「明以後，傳奇無非喜劇」〔註42〕的片論，但無可否認的是從拯救的成功到失敗，從對理想的堅信希望到悲觀破滅，從對人世的強烈關懷到救無可救的絕望否棄中，拯救者的演變軌跡清晰地揭示出古代戲曲悲劇化的發展態勢，具體表現爲團圓模式的逐漸打破，即使仍以團圓作結，也多勉強的人爲色彩；從美學風格上看，悲觀幻滅漸漸代替了以往的樂觀積極，並成爲戲曲美學的總結性特徵。

〔註41〕參見夏志清《中國古典小說史論》，胡益民等譯，江西人民出版社 2001 年，第 307 頁。

〔註42〕王國維《宋元戲曲史》，轉引自《王國維文集》，第 153 頁。

第三節　從中西拯救意識的異同看文人救世理想對戲曲風格的影響

　　通過上面兩節的論析，我們說大團圓是中國古代戲曲用以拯救苦難的重要方式，而文人的救世理想是其核心內涵，這種理想在戲曲中具體體現為倫理理想、至情理想與宗教理想，倫理理想的困窘和失敗導致了對至情的探索，而至情理想的破滅又走向了宗教拯救，三者的命運均以拯救失敗而告終，由此使戲曲風格由樂觀漸漸走向悲觀，即打破大團圓結局擁有西方經典悲劇模式之後卻走向了與西方悲劇截然相反的風格特徵，可以說這一邏輯指向既反映出文化與現實本身的困境，也體現出文人劇作家走出困境的渴望和艱難探索的努力。那麼，積極的救世理想帶給古代戲曲以樂觀精神的同時，最終又使其走向無法逃避的悲劇世界，其深層的文化根源無疑是值得我們進一步思索和發掘的。對此，本節擬從中西拯救意識的異同比較中予以分析探究。

一、中西戲劇中拯救意識的異同

　　從悲劇意識角度言之，以大團圓為表徵的拯救情懷是中國文化悲劇意識的重要組成，不同文化的悲劇意識由於其文化背景的差異對其文藝創作從內涵到形式自然產生了不同的影響，那麼從悲劇的西方源起來看，悲劇意識多產生於正常秩序遭到破壞，人類生存陷入嚴重困境之中，因此，強烈的拯救意識同樣是西方悲劇的重要組成，正如雅斯貝爾斯對這種拯救情懷所作的描述：「人被遺棄在世界上，遭受一切艱難困苦，面臨迫近的滅亡而毫無出路，渴望得到拯救，不論是人世的救助還是永恆的幸福，不論是從眼前的苦難中解放還是徹底從苦難中解救出來」、「每個人在其環境中與同伴共同進行的實踐活動都是爭取拯救」〔註43〕，可以說拯救情懷同樣是西方文化悲劇意識的重要組成，是人類面對苦難時共通的心理渴望。與中國的大團圓相似，拯救意願在藝術中的呈現方式不僅直接影響著一齣戲劇的美學風格，對悲劇性起著強化和消解的作用，同時也影響著悲劇存在的可能性和合法性，因為任何成功的救贖都有可能成為悲劇的大敵，意味著悲劇性的喪失，這一點已為諸多西方理論家所共識，如德國闡釋學哲學家加達默爾就曾指出：「凡是在過失和贖罪以一種似乎合適的程

〔註43〕　參見雅斯貝爾斯《悲劇知識》，劉小楓主編《人類困境中的審美精神》，第474頁。

度彼此協調的地方，凡是在道德的過失賬被償還了的地方，都不存在悲劇」〔註44〕，而雅斯貝爾斯也認為：「悲劇觀念是一種形而上學地固定看人類苦難的方式」「意味著與超驗同時的一種解救。在悲劇知識中渴望解救不再只是渴望從苦難中獲救，而是渴望在超驗中從悲劇的存在狀況中解救出來。根本的區別在於：解救是否在悲劇中發生，或者是否發生了從悲劇中的解救。或則是悲劇繼續存在，人堅持下去，在其中變化，從而解放了自己；或則是彷彿悲劇本身被解救，悲劇終止存在」，並由此指出基督世界與黑格爾的理論體系中之所以沒有真正意義上的悲劇，恰是因為前者救贖的成功與後者永恒正義的勝利觀念都在終極意義上消解了悲劇性。〔註45〕

與中國古代戲曲一樣，西方戲劇中的拯救意願也是通過拯救者形象來體現和完成的，而拯救願望與悲劇性的關係在西方悲劇中體現地最為充分和集中，因此，筆者想先通過分析西方文學史上不同歷史時期具有典範意義的悲劇作品，來看一看西方悲劇中拯救者形象的特點及其對戲劇風格的影響，由此來見出其與中國古代戲曲的異同所在。

古希臘悲劇《俄狄浦斯王》，這是悲劇理論之父亞里士多德最為稱道的一部作品，主人公俄狄浦斯本為逃避神諭所說的弒父娶母的命運，卻在不知情的狀況下殺死了自己的父親——忒拜國國王，並娶了該國王後，即自己的母親。從戲的一開始他就在通過自己的意志和行動來預防和阻止悲劇性命運的發生，在忒拜城發生瘟疫時又義無反顧地承擔起解救者的責任，並不惜一切代價追查殺死老國王的兇手，以期用自己的努力解救國家的苦難，最終卻發現一切的行動和努力反而將自己推向了無可避免的悲劇性命運當中。《安提戈涅》中的主人公同樣因自己的拯救行動完成了悲劇性的命運，不僅是安提戈涅本人，就是因一己之固執而失去妻兒的城邦統治者克瑞翁也是在維護自身所認定的正義法則，在拯救失序的混亂過程中因自身的行動導致了毀滅和失敗。至於《美狄亞》《普羅米修斯》等劇，主人公的悲劇性命運也均是在積極挽救自身或者人類命運過程中發生的。對此，批評家 E.R.多茲在評論《俄狄浦斯》時的一段話頗具總結意義的，他指出：「俄狄浦斯毀滅的直接原因既不是『命運』也不是『神』——神諭沒有說他必須發現真相——也更不是他自己的弱點——招致

〔註44〕參見加達默爾《真理與方法》上卷，上海譯文出版社 2002 年，第 170 頁。
〔註45〕參見雅斯貝爾斯《悲劇知識》，劉小楓主編《人類困境中的審美精神》，第 450～477 頁。

他毀滅的是他自己的力量和勇氣，他對特拜的忠誠，對眞理的眞誠。他是個自由的行動者，自殘和自我放逐也都是自由的選擇。」〔註46〕

　　莎士比亞的悲劇作品同樣如此，以《哈姆萊特》爲例，劇中哈姆萊特自覺將自己放在拯救者的位置上，追查父王的死因，挽救混亂的丹麥王國，既在挽救自己的命運，也在拯救乾坤，可以說他自身採取的行動對其命運起了決定性作用。而西方現代悲劇的存在與否雖備受質疑，但拯救的觀念同樣存在於具有代表性的作品中，儘管有些劇作給觀眾帶來的不是振奮，而是拯救的無力或喪失，如奧尼爾的作品《進入黑夜漫長的旅程》，狄龍一家不斷陷入對過去的回憶，相互指責與自責，全劇充滿了憂傷、陰鬱與絕望，但所有的家庭成員對過去的糾纏與悔恨恰恰體現出改變現狀的渴望，儘管這種拯救是無力的、灰色的。《上帝的兒女都有翅膀》中一對不同種族的青年在充滿種族歧視的環境中企圖通過愛、通過嘗試著接受對方的宗教信仰甚至試圖改變膚色等種種努力來達成彼此幸福地生活在一起的願望，儘管最終換來的是情感的破碎與精神的分裂，但在挽救自身、拯救悲劇性命運的渴望並付諸努力這一點上是承襲了古代悲劇傳統的，正如奧尼爾本人給友人的信件中所表述的那樣：「我想用生活來闡釋生命，而不只是用角色來生活……意識到人類的永恒悲劇就在於他光榮而自我毀滅的努力以便讓這股力量來表達自己」。〔註47〕

　　通過上述分析，我們可以看到，西方悲劇中的拯救者具有兩個特點：其一是承受苦難的悲劇主人公就是自身悲劇性命運的拯救者；其二是拯救的失敗。悲劇主人公雖出於自身的某種意志、願望和要求採取了一系列挽救乾坤、避免災難性命運的行動，但最終仍是救無可救，反而因此走向更加苦難的深淵而導致自身的毀滅。換言之，西方悲劇中的拯救是一種救無可救，以此或徹底揭示人類的生存困境，或暴露人類自身無法克服的的性格弱點，或質疑和追問現存秩序的合理性，以探究困境產生的根本原因，證明人的主體意志的存在，即常被人所稱頌的西方悲劇精神，可以說最能體現西方文化悲劇意識的悲劇是用徹底的悲觀主義來燭照世界人生，但在洞悉人生悲劇性本質後，卻又以昂揚的樂觀主義精神來對待苦難和痛苦，從而使整個悲劇呈現出

〔註46〕　參見 Greek Tragedy，Oxford University Press，1983，P183，轉引自任生名《西方現代悲劇論稿》，上海外語教育出版社，1998 年，第 21 頁。

〔註47〕　參見奧尼爾 1925 年致 A.H.奎恩的信，轉引自詹姆斯‧羅賓森《尤金‧奧尼爾和東方思想》，遼寧教育出版社，1997 年。

崇高、悲壯甚至恐怖的風格特色，由此，也可以說拯救觀念在西方戲劇中的呈現方式主要有兩種——成功或者失敗，前者使人生的悲劇性境遇成為一種過渡性存在，屬於正劇的敘述手法，後者讓人看到這種悲劇的必然性和不可避免性，屬於悲劇的敘述手法。

其實在中國古代戲曲最具悲劇色彩的作品中，拯救者形象同樣呈現出以自我為拯救的特點，公認的悲劇傑作也同樣以拯救的失敗為其標誌。唐英的《轉天心》自序中最能突出以自我為拯救的特點：「天之外無所信，心之外無所守，守其心以信天，信其轉以守聖賢之訓，何肯自外釋老之教，亦難妄評。惟即其事以揆理，即其理以揆心，心與理洽，而人心轉矣。理與事宜，而天道合矣。夫人為天之所生，而身心即為天之身心，身心為天之身心，而人心之轉，不即為天心之轉乎。」〔註48〕因此，以往戲曲悲劇研究中認為人物自我作為拯救者是西方悲劇的特點以及古代戲曲悲劇中的人物常被冠之以被動性的結論是有失偏頗的。然而，中西方文化的巨異使其敘述表層的相通相似背後又存在著明顯不同，具體表現在三個方面：一是都以主人公自我作為拯救者，都出自對失序、混亂、苦難與痛苦的拯救意願，即善的願望，西方戲劇的拯救主要出於主人公個體的自由意志，而以儒家為主導的中國文化講求的是集體主體性，因此，古代戲曲中的拯救者較之西方戲劇就遠為複雜，自我拯救者主要是作為倫理實體的代表、個體情欲的要求、宗教解脫的追求以及幾者交融及衝突的產物等出現的，這既是中國藝術寫意原則的影響，也是中國文化的多元性與複雜性在創作主體文化心理結構中投射的結果。二是拯救的成功與否不僅決定著戲劇悲劇性的強弱，也影響著戲劇的總體風格，西方悲劇拯救的失敗帶來的是崇高悲壯美學特徵與對人生充滿希望和肯定的樂觀色彩，而中國古代戲曲悲劇由於形式與內涵間的悖反現象使其呈現出複雜的風格特徵及文化精神。如前所述，從拯救者形象的演變軌跡看，成功的拯救形成了敘述模式上的團圓，不論是理圓還是情圓，在悲劇性情節背後蘊含的往往是令人振奮的樂觀主義，相反，當中國古代戲曲中拯救的徹底失敗，敘述模式與西方悲劇相似時，其背後所蘊含的反而是西方古典悲劇無法接受的悲觀、幻滅風格甚至虛無主義思想。由此可見，學界公認的古代戲曲悲劇的風格是頗具多樣性的，既有以崇高悲壯風格見長的，如《趙氏孤兒》《竇娥冤》《清忠譜》等，這些戲無論在戲劇衝突、風格特徵還是文化精神上均與西

〔註48〕清刊本《古柏堂傳奇‧轉天心》。

方古典悲劇有著極爲相似之處，但其拯救的成功及其所帶來的團圓模式卻又與西方悲劇迥異。也有以悲觀幻滅風格爲其特色的，如《千忠戮》《桃花扇》等，同樣有著毀滅結局，其文化精神卻完全不同，但在風格上又與西方現代悲劇發生了某種暗合，如奧尼爾的悲劇等。從悲劇角度言之，可以說西方悲劇三個階段的特徵在中國古代戲曲悲劇中均可見到。三是西方戲劇的寫實精神使劇作家的悲劇感主要通過人物的行動客觀展示出來，而中國古代戲曲的寫意原則以及形式與內涵的悖反使劇作家的悲劇感不僅滲透在人物的行動命運之中，而且滲透在作家的創作態度中，具體通過超越情節的大量抒情詩句噴泄而出。由此才出現了前文提到的拯救命運與團圓模式之間複雜的關係，甚至使戲劇呈現出兩種相反的風格特徵，如從情節層面看，人物作爲自我拯救者在追求自我理想實現過程中的行動賦予了戲曲以崇高悲壯風格，如《嬌紅記》《長生殿》，但從劇作家創作態度層面看，作品透露出的又是極爲感傷無奈的情緒特徵；有時則使劇作產生了迥異的存在形態，如《牡丹亭》在情節層面上是喜劇，而在哲理層面上則可視爲悲劇等。（關於此問題的論述詳見本書第三章）

　　中西方戲劇拯救意識及其呈現方式的差異自然是二者迥異的文化土壤造成的。西方悲劇意識有著極爲深厚的宗教背景，尤其是基督教原罪觀念使沉淪救贖成爲悲劇意識的核心內涵，「悲劇意識的暴露困境與現實矛盾同基督教的否定現世與生活秩序就具有某種深層的同構關係。」〔註49〕滲透在悲劇文學創作中則要求「通過人的行動和精神超越人所面對的事實世界而進入價值意識領域」〔註50〕，因此，西方悲劇性文學雖直視苦難，強調毀滅，但更爲看重的是通過悲劇主人公的毀滅來滌除原罪，從而在自由永恒的靈魂彼岸拯救了人本身。可以說它正視現實世界，卻又追求對現實尤其是世俗世界的超越，由此達到對人類生存境遇及人性自身的哲學思索與探求。相比之下，中國古代戲曲中所映像出的悲劇意識則呈現出鮮明的世俗特點，無論是倫理拯救、情拯救亦或是宗教拯救都烙上了深濃的現世色彩，最突出地體現在以忠奸鬥爭爲主題的戲曲悲劇中，如《鳴鳳記》《清忠譜》等，許多悲劇研究者認爲這類戲曲悲劇無論是戲劇衝突還是藝術風格與西方古典悲劇有著極其相似之處，但這些戲最終以拯救獲勝爲其結局，並沒有對現存秩序合理性的懷疑，

<hr>

〔註49〕參閱王本朝《西方文學悲劇意識的宗教背景》，《文藝研究》1996 年第 3 期。
〔註50〕同上。

也沒有人性弱點的暴露，困境的產生只是由於姦邪對道義的踐踏，拯救成功意味著姦邪被誅，混亂的秩序重新得以恢復，如果用西方經典悲劇的標準來看，此類戲劇恰「是最缺乏悲劇意味的戲劇」〔註 51〕。這一特色形成的根本原因正是儒家文化強烈的救世情懷長期影響滲透的結果。因此，如果說「基督教文化對西方的首要影響是『沉淪救贖』說」〔註 52〕，那麼儒家以道德倫理為核心的救世理想則賦予了中國文化悲劇意識濃郁的現世色彩，使苦難——拯救成為其核心內涵。

二、古代戲曲悲觀幻滅風格走向的文化成因探析

通過上面的比較分析可以見出，積極的救世理想賦予了古代戲曲以大團圓為拯救標誌的樂觀精神的同時，也導致了戲曲悲觀幻滅風格的走向，從而在藝術風格與形式上形成了與西方經典悲劇迥異的特色，而對這一風格走向的深層文化成因，筆者認為可從以下四方面來看：

首先，補天意識導致了悲劇的循環。無論是以丘濬和蘇州作家群為代表的對倫理道德的呼喚與宣揚，還是以湯顯祖為代表的對至情理想大旗的高舉，實質均未跳出固有的文化體系而另覓新途。中國文化的現世品格及「天人合一」的思維方式使其始終關注一個世界，即現實世界，一個世界的設置使文人劇作家的救世理想不能不呈現為補天意識，即使有對舊有秩序的深刻懷疑與衝擊，但對歷史和傳統的重視與遵從使文人劇作家往往從過去設定的準則中去追尋理想的依據，歷次變革幾乎都需借助復古之名才得以成功的原因也即在於此。然而，企圖從固有的文化體系中、從文化傳統中找尋新的文化理想注定是悲劇性的，最終的結果只能導致悲劇的循環與繼續，「飛了一大圈又轉了回來」正是一些團圓主義背後不能不蘊含悲劇性的根本原因。

其次，儒家文化先賢在為士人設定理想之時就已經預設了中國文化的悲劇性質，即在處理「心」「物」關係時往往先從心出發，嚴格以心中之理想去建構社會，實踐人生，正如梁漱溟先生所言：

> 社會之發育成長，身心兩面原自相關，因亦常相推引而共進。
>
> 但由於西洋是從身到心，中國是從心到身，中西率各落於一偏⋯⋯

〔註 51〕 參見張法《中國文化與悲劇意識》，中國人民大學出版社 1998 年，第 142～146 頁。

〔註 52〕 參見王本朝《西方文學悲劇意識的宗教背景》一文。

西洋文化從身體出發，很合於現實。中國文化有些從心發出來，便不免理想多於事實，有不落實之病……從心發出的中國文化——中國之社會人生——就恆不免這樣慈孝仁義，最初皆不外一種理性要求，形著而為禮俗，仍不過示人以理想之所尚。然中國人竟爾以此為其社會組織秩序之所寄，缺乏明確之客觀標準，此即其不落實之本。……卒之，理想自理想，現實自現實，終古為一不落實的文化。〔註53〕

文人的救世理想最突出地體現了這種從心出發來建構理想社會的特點。修齊治平是士人付出一生來實現、維護和捍衛的儒家理想，而以對個體道德人格完善的追求作為前提則是從心出發建構社會秩序的典型。更為重要的是「天人合一」的思維方式為這一理想的實現提供了另一個假設性的前提保障——「天道無親，常與善人」，即賦予天以人間的道德性格，可以說救世理想所依賴的一切支撐，哪怕是其最後的庇護神——莫測強大的「天道」也不過是一種烏托邦式的理想，它雖體現了人們的善良意願，卻帶有過於強烈的主觀色彩。因此，面對風雲變幻的客觀現實，不能不導致理想在實踐過程中慘遭否定的命運。以心學為例，無論是王陽明還是其弟子王龍溪都力圖在救世濟民的社會責任與個體自我的存在價值之間找到平衡，王陽明的「致良知」學說將對人生價值意義的判定標準引向了個體自我的內心深處，目的即在於為士人在官場失意後找到另一條同樣可實現其救世理想之路，其中有對個體價值的充分肯定，有對人生自適的追求，但始終以儒家的救世精神為其立身之本，其「萬物一體論」對個人所負社會責任的強調即說明了這一點。而王龍溪繼承了其師的良知學說，在人生的價值取向上將「圓而通之」作為其自覺的追求，即「一面絕不放棄儒家萬物一體的濟世責任，一面又要追求個體存在的價值與受用」〔註54〕然而，「致良知」與儒家先賢的思想一樣是一種講求自我修養的學說觀念，同樣是企求從心出發來匡正和改變現實，同樣在追求依於己而不依於人，依於心而不依於物的聖者境界。正如有學者所言：「它可以在一定程度上影響現實，卻不能從根本上改變現實，因為它沒有制度上

〔註53〕 參見《中國文化要義》，引自《梁漱溟文選》上卷，中國文聯出版公司 1996年，第 208、192～193 頁。

〔註54〕 左東嶺《論王畿心學理論所體現的人生價值取向》，見《明代心學與詩學》，第 74 頁。

的保障與可供操作的統一模式。」〔註55〕因而面對日益黑暗的現實，無論是王陽明還是王畿企圖平衡救世與自適的理想都難以實現，反而爲文人帶了兩種影響：一是在救世與自適之間，對自適的追求日益強烈，心學漸成爲個體追求自我解脫之學，晚明的個體放縱之風某種程度可以說是其負面影響的產物；二是使文人劇作家始終夾處於救世與自適的之間，糾纏在兩不相得的痛苦之中，而不斷地失敗最終只會導致對這一理想自身的懷疑，懷疑之後又無新的出路，產生悲觀幻滅之感也就無可避免了。戲曲創作中對倫理拯救、情拯救以及宗教拯救的渴盼實際都不過是面對現實的挫折，從一種理想轉向另一種理想，而其在實踐過程中通過劇中人所表現出的諸如氣節、勇氣等確令人產生崇高悲壯之感，但說到如何將理想轉化爲現實的具體行動，劇作家是茫然的，或者抱著已然僵化的傳統理想以一死作爲對現實的抗爭，如周順昌等；或者仍與現實媾合，將叛逆導入正軌，如以情爲拯救的戲曲明顯經歷了一個以情抗禮到回歸雅正的發展歷程。

　　文學家的責任是提出問題而非解決問題，然而強烈的救世願望使文人劇作家中的優秀分子不能不同時扮演起救世主的角色，期望以戲曲的形式提供一條擺脫文化現實困境的理想之途，因其如此，現實探索中理想的幻滅所帶來的悲觀絕望不能不影響到藝術的總體風格。

　　三是中國文藝的教化觀念在作爲俗文學的戲曲領域得到了極限的發揮，由此，即使中國文化中有可以使文人找到個人與社會、理想與現實之間的緩衝地帶，在文人劇作家身上也很難實現。以徐渭、湯顯祖爲例，前者的離經叛道、追求個性自由在中國文學史上獨樹一幟，後者則深受泰州學派的影響，然而，徐渭在評《琵琶記》時將「興觀群怨」引入戲曲批評領域則體現出對傳統詩教觀的自覺繼承，湯顯祖也認爲戲曲創作的最終目的是「以人情之大寶，爲名教之至樂」，可以說兩個思想前衛的劇作家在戲曲價值取向上均烙上了鮮明的傳統色彩。而另一些文人，如公安派在面對社會與個體的關係時，儘管對現實存在著不滿，但並未與之產生對抗性的矛盾，袁宏道曾言：「處世眞妨達，歸山無那貧。且收魚鳥韻，檢點做時人」〔註56〕，對現實社會壓抑、阻礙個體之眞

〔註55〕左東嶺《論王畿心學理論所體現的人生價值取向》，見《明代心學與詩學》，第78頁。

〔註56〕袁宏道《德州舟中逢沈何山》，見錢伯城箋校《袁宏道集箋校》，卷四十六，上海古籍出版社1358頁。

性情可謂感慨頗深，但為了生存仍自覺選擇做一個「時人」，而並不如李贄那樣有意與社會形成對抗，希冀改變不合理的現實。然而，即使是狂放的李贄，對自我個性的注重達到了極致，當面對俗文學的戲曲時，其觀念仍未跳出傳統的教化觀念，這在對《紅拂記》《拜月亭》等劇的評點中可略見一二：「樂昌破鏡重合，紅拂智眼無雙，虬髯棄家入海，越公並遣雙妓，皆可師可法，可敬可羨。孰謂傳奇不可以興，不可以觀，不可以群，不可以怨乎？」「詳試讀之，當使人有兄兄妹妹，義夫節婦之思焉。蘭比崔垂名，尤為閒雅，事出無奈，猶必對天盟誓，願始終不相負，可謂貞正之極矣。」〔註57〕。

　　四是儒道、儒佛間的矛盾至中晚明后期在文人劇作家文化心理結構中深化與凸顯的結果。無論是儒、道、佛實質均有著救世宗旨，只是在對人生根本的看法及救世方式上有著本質的區別，突出表現為前文所提到的入世與出世、救世與自適的矛盾。任何哲學思想總是要與人的文化生存困境緊密相連方有生存與發展的可能性，明代中後期起，社會政治現實的日益黑暗動蕩，文化生存困境的日漸突出，面對這一現實，挽救傳統與時代的危機不僅成為儒學探索的焦點，同樣也為佛道所關注。加之理學在明代由於教育與科舉的推動以前所未有的程度影響著社會生活的方方面面，佛教與道教的發展也不能不受其影響，三教合流趨勢非常強烈，而強烈的救世情懷也成為其表徵之一。這在對湯顯祖產生過重大影響的紫柏禪師身上有著鮮明地體現。紫柏並非不問世事的世外高僧，而是一位熱心的社會活動家，曾為救因反對重斂礦稅而身陷大獄的南康太首吳寶秀親至京師，並言「礦稅不止，則我救世一大負」〔註58〕，其入世精神與救世願望的強烈可見一斑。他的佛學思想同樣體現這一精神，尤其在對儒、佛、道三家終極目標的認識上，他認為三教本同：「儒也，釋也，老也，皆名焉而已，非實也。實也者，心也；心也者，所以能儒能佛能老者也。……而有不同者，名也，非心也。」也就是說儒、佛、道只是名，而其實乃人之心，都是人心所創，思想內容雖有不同，其根本都在於教化民眾，有益於世，即救世的終極目標是相同的。而明末的道人林兆恩創立三一教，強調三教的合一，同樣以「儒為立本」。〔註59〕在某種程度上

〔註57〕李贄《焚書》評《紅拂》《拜月》，中華書局1961年，第196頁。
〔註58〕參見德清《達觀大師塔銘》，轉引自張學智《明代哲學史》，北京大學出版社2003年，第629頁。
〔註59〕參見黃宗羲《林三教傳》，《南雷文案》卷九。

也體現了儒家救世理想對佛道的滲透。在這樣的社會、思想背景下，文人劇作家有著過於強烈的入世、救世願望也就不足爲奇了。馮夢龍的言論無疑具有代表性：「我死後不能忘情世人，必當作佛度世，其佛號當云多情歡喜如來。有人稱讚名號，信心奉持，即有無數喜神前後擁護……」〔註60〕馮氏也是主張三教合一的，他的合一仍以救世爲終極目標，因而無論是生是死，是儒是佛，均無法割捨強烈的入世救世情結。

然而，混亂動盪的年代同樣會激發和深化儒釋道思想在人生根本問題上的矛盾，從而造成劇作家文化心理結構的內在分裂。中國文人本可在儒道、儒佛之間找到較好的平衡點，以此使個人能在理想與現實、時代與傳統的矛盾中始終保持一種平和的心態，蘇軾的曠達自不必說，即使是馬致遠的劇作中雖有一腔的憤世之情，但其《任風子》等度脫劇在徹底棄世後仍爲心靈找到了另一處息肩之所。而梁辰魚的《浣紗記》雖對天道正義本身產生了深刻懷疑，但男女主人公泛舟太湖的歸宿同樣在個人與社會間找到了一種和諧，某種程度上也體現了傳統的「達則兼濟天下，窮則獨善其身」的處世理想。然而至晚明、清初，這種和諧背後的矛盾與困惑日益凸顯，一方面延續著人生如夢，萬緣皆幻的悲觀主義思想傳統，如屠隆在《曇花記凡例》中所言「世間萬緣皆假，戲又假中之假也。從假中之假而悟諸緣皆假，則戲有益無損」，一方面卻又達不到無夢的至人之境，更無法沉淪至無夢的愚人之境，始終糾纏於想超越又無法超越的困境之中。因此才有即使遁入宗教之途仍無法慰藉心靈分裂的痛苦，正如明清人觀《邯鄲夢》時的感慨「《邯鄲》曲罷酒人悲，燕市悲歌變柳枝。醉覓荊齊舊徒侶，侯家一嫗老吹篪。」〔註61〕「場下盧生太息頻，回頭誰是息機人？世間憂樂知無定，好夢元來太苦辛。」〔註62〕。而袁宏道《邯鄲夢記‧總評》：「一切世事俱屬夢境，此與《南柯》可謂發泄殆盡矣。然仙道尚落夢影，畢竟如何方得大覺也？我不好言，當稽首問之如來。」〔註63〕同樣流露了這一情懷。清初的薛旦在《續情燈敍》中也發出了

〔註60〕《情史類略》卷首，《情史序》，《馮夢龍全集》第七冊，第1頁。

〔註61〕錢謙益《辛卯春盡，歌者王郎北遊告別，戲題十四絕句，以當斬柳。贈別之外，雜有寄託，諧談無端，讔謎間出，覽者可以一笑也（錄二首）》《有學集》卷四，《四部叢刊》集部。

〔註62〕羅有高《聞尊居士集》卷七《觀劇三首次立方先生韻》，《國朝文錄》清光緒石印本。

〔註63〕毛效同編《湯顯祖研究資料彙編》下冊，上海古籍出版社1986年，第1244頁。

類似的感歎：「余《續情燈》之作，乃所以平天地間有情之憾乎？請觀景韶之遇尹停霞，秦堅之遇馮娟娘，彼此相投，如磁石之引鐵，琥珀之吸草，抑何其用情之至，而作合之奇耶？作者之意，蓋謂情不至則連者可斷，情一至則斷者可續。燈者，光之生於情者也，有情即現，無情則滅，讀者須會其意，若天地間真有是燈，如癡人說夢矣。」〔註64〕一面是對至情的謳歌，堅信，一面卻又清醒地看到它在現實中的虛幻，可以說老莊、佛家的悲觀主義哲學使文人劇作家看到了人生真相併深入思索著人生真相，渴望通過宗教方式來達到對悲劇現實的超越，但儒家救世理想已化為其人格心理的重要組成，使其始終立足於人世，希望在一切理想幻滅之後，為人的存在本身尋找到一個合理的文化境遇來代替黑暗的現實，從而也為個體存在尋找到一種新的理想寄託。以湯顯祖為例，湯顯祖的後二夢通過人物一生的沉浮展示了王術理想從實現到幻滅的歷程，可以說遊仙與成佛不但沒有帶來擺脫世間一切煩惱後的灑脫，反而更增強了戲劇的悲劇性，因為在個體解脫的背後飽含著作家對其王術理想從熱切追求到親手毀滅的痛苦。然而湯顯祖強烈的救世願望使其在至情理想破滅後，還企盼著宗教救世，這在《南柯夢》中淳于棼燃指為香，以求親人、愛人及大槐安國一眾生天的行動中尤為明顯，由此更加凸顯出敘事表層背後創作主體始終掙扎於入世與出世兩難困境中的悲劇人格和悲劇心理，正如湯氏自己對這種痛苦心境的告白：「詞家四種（「臨川四夢」），里巷兒童之技。人知其樂，不知其悲！」〔註65〕

綜上所述，古代戲曲團圓模式的逐漸打破，審美風格的悲觀主義走向可以說是傳統文化自身的悲劇性質與戲曲教化觀共同作用的結果：從心出發的救世理想在現實中注定要慘遭否定，而補天意識讓文人除卻在傳統中轉圈子外根本找不到新的出路，即使暫時彷彿找到，心物關係的顛倒同樣會導致悲劇的循環。當清醒地意識到救無可救後企求以宗教的信仰來獲得完全的個體自由，教化的文藝觀念卻又使其始終無法忘情於對社會和文化的責任，可以說尋尋覓覓最終帶來的只能是寂滅的痛苦和痛苦的寂滅，前者是一切破碎後的被迫忘卻，後者則是無法忘卻的破碎。因此，古代戲曲的悲觀主義走向絕不單純是佛家四大皆空觀念的感性顯現，而是有著對人生無所憑依的悲劇性

〔註64〕董康等《曲海總目提要》卷19。

〔註65〕湯顯祖《玉茗堂尺牘·答李乃始》，見《湯顯祖全集》卷四十六，徐朔方箋校，北京古籍出版社，1998年。

本質的深刻體驗的。儘管中國民族的樂天性自近代以來已成為研究者的共識，但這種樂觀主義並非對人生世相的悲劇性本質一無所知或者視而不見，相反是對現實的悲劇性看得太多太透後的一種超越，這也正是中國文藝無論是抒發個體的感傷情懷還是富有喜劇性的大團圓，始終不曾流於淺薄的重要原因。

　　就此而言，誠如許多悲劇研究者所指出的那樣，大團圓結局使人物的苦難得到某種方式的補償，也使觀眾在情感體驗上獲得了一定程度的緩解甚至補償，由此弱化了悲劇性衝突，也遮蔽了不合理的、本該受到質疑的一些社會制度或文化理想，使戲劇的思想深度不能不打折扣，但大團圓所蘊含的拯救理想及其形式的演化軌跡恰恰又在另一方面暴露出中國文化深層的悲劇性質。李澤厚先生曾說：

> 樂感意識來自假設，無超越的外力支持，所以更為悲苦，是以才有憂患意識、敬德修業、戰戰兢兢、內省不已，此即「依自不依他」（章太炎），與神人二分之基督教原罪傳統不相同。〔註66〕

西方文化二元對立思維使其特別強調彼岸的宗教精神，其拯救的力量始終來源於外在的人格神，而中國文化對一個世界的強調，缺乏最終的彼岸的拯救，使其文化傳承者面對現世的混亂時往往只能求助於自身的道德修養，企求通過完善人類自我的人性來拯救自身的文化困境〔註67〕。當其所依憑的理想在現實的不斷衝擊下受到質疑甚至否棄時，也就意味著構成其文化人格本身的支撐喪失了最後的拯救力量。因而，從戲曲拯救者形象的演化軌跡中，從團圓到勉強團圓再到在拯救理想的徹底幻滅中，我們不難窺見文化本身的悲劇性以及文化傳承者在這一理想的追求、捍衛和最終破滅中必然的悲劇命運，比起純粹揭示人類困境，展示人的主體力量的西方悲劇，其悲劇性無疑更加深沉和強烈，對此李澤厚先生作了極為透闢的說明：

> 人生艱難，又無外力（上帝）依靠，純賴自身努力，以參自造化，合天人，由靠自身樹立起樂觀主義，來艱難奮鬥、延續生存。現代學人常批評中國傳統不及西方悲觀主義之深刻，殊不知西方傳統有全知全能之上帝作背景，人雖渺小但有依靠；中國既無此背景，只好奮力向前，自我肯定，似乎極度誇張至「與天地參」，實則因其一無依傍，

〔註66〕李澤厚《論語今讀》，安徽文藝出版社 1998 年，第 413 頁。
〔註67〕參見杜維明《論儒學的宗教性》，武漢大學出版社 1999 年，第 115～116 頁。

悲苦艱辛，更大有過於有依靠者，中國思想應從此處著眼入手，才知
「樂感文化」之強顏歡笑、百倍悲情之深刻所在。〔註68〕
當然拯救理想對中國戲曲敘事的過度干預往往在單個作品中遮蔽了這種悲劇
性的深度和厚度，我們必須在一種歷時性的總體觀照中方能見出。

〔註68〕參見李澤厚《論語今讀》第 159 頁。

第三章　悲情敘述者與主體的分化：戲曲敘述方式與悲劇意蘊的表達

　　在第一章中我們對戲曲抒寫人生苦痛的方式作了一種動態性的描述，認為古代戲曲悲劇性表達方式以悲情苦境為主，但仍有一個向悲劇性境遇演變的發展軌跡。而從靜態描述來看，悲情苦境以及由此帶來的柔婉哀怨的陰柔風格、具有深沉強烈的悲劇感和親切感而非崇高感和距離感等論斷已為學界所共識，並成為古代戲曲最鮮明的民族特色。任何藝術形式的產生都與其背後的創作原則及創作精神密不可分，「曲本位」的戲曲觀及寓言寫意的敘事觀自然是形成上述特點的直接原因，對此，學界也多有論述。然而，這種戲劇觀及敘事觀在具體的敘述行為中究竟起了何種作用，並進而對戲曲抒寫人生苦痛方式產生了怎樣的影響，使其呈現出上述特點的問題無疑是值得更為深入細緻的探究的。比起其它文類，戲劇有其自身的文體形態與表述形態，有著自己獨特的話語類型、結構方式以及交流系統，這些正是戲劇區別於其他敘事藝術最本質的因素。儘管古代戲曲與西方戲劇從文體形態到創作精神都存在著巨大差異，但其作為戲劇的一種，在具體的敘述行為中，上述三方面因素同樣對其藝術形式及風格面貌起著決定性影響。自我的形象特徵往往需借助他者的眼光才會理解得更為全面、深入和明晰，因此，本章即想從以上三方面出發，以西方戲劇作為參照，通過中西戲劇的異同比較來見出古代戲曲在敘述方式上的民族特色，並進而考察這些特點對悲劇性意蘊表達方式的影響。

第一節　古代戲曲敘述方式的三大特點

　　古代戲曲在敘述方式上的突出特點大致可歸納爲三個方面：

一、抒情話語與敘述話語相結合的話語類型

　　話語，是指用於交流的言語活動，在文學藝術中，任何文類均有著自己的話語類型，話語的功能往往決定著文體的特徵。戲曲作爲戲劇文類中的一種，其話語既有著作爲戲劇而存在的特徵，更有著自己鮮明的特色。

　　從西方對話語類型的認識來看，自亞里士多德開始就將話語分爲抒情話語、敘述話語和戲劇話語，它們分屬於抒情詩、敘事文學（小說與敘事詩）和戲劇文學等三大文類，儘管在一種文類、一個文本中，不同話語類型存在著共存交織現象，但其中總有一類佔據著主導地位，對文體起著決定性影響。從廣義敘事學角度出發，戲劇雖同樣屬於敘事藝術，但經典的西方戲劇話語類型與小說、敘事詩有著本質差別，即戲劇話語是以人物之間相互作用的對話爲主導來展示故事的，一般只能看見人物的反應，劇作家的反應則隱藏起來，而小說及敘事詩則主要通過敘述者以第三人稱來敘述故事的，既有人物的反應，也有通過敘述者表現出的作者的反應，可以說沒有敘述者是西方戲劇與其它敘事藝術在敘述層面的一個明顯區別。當然，除卻對話體的戲劇話語，西方戲劇中同樣可以看見敘述話語的蹤影，人物的旁白自不用說，古希臘悲劇中的歌隊即在承擔著敘述者的功能，如《安提戈涅》中第三合唱歌尾聲：「我看見安提戈涅去到那眾生安息的新房（指墳墓），再也禁不住我的眼淚往下流」，引出下一場人物。「退場」中「國王回來了……這件禍事不是別人惹出來的，只怪他自己作錯了事」，對克瑞翁行爲進行評判，而《俄狄浦斯》「退場歌」既有對俄狄浦斯的肯定，又有面向觀眾所作的訓誡式的人生感慨。在對人物行動或稱讚或否定的評論干預中，在引出下一場人物並預示劇情中都使歌隊成爲一個旁觀者見證並評價劇中人物與他們的悲劇故事。莎士比亞戲劇中的開場詩也同樣存在著敘述話語，如《羅密歐與朱麗葉》中致辭者所作的開場詩：「故事發生在維洛那名城，有兩家門第相當的世族，累世的宿怨激起了新爭，鮮血把市民的白手污瀆。是命運注定這兩家仇敵，生下了一雙不幸的戀人，……把一對多情的兒女殺害，演成了今天這一齣戲劇。交待過這幾句挈領提綱，請諸位耐著心細聽端詳。」可以說作爲一個明顯的敘述者來預先敘述著故事情節。而與詩結緣的抒情話語在西方戲劇中也佔有著一席

之地，希臘悲劇中歌隊的詠歎、莎翁戲劇中人物大段的內心獨白等等。比之敘述話語和戲劇話語，抒情話語既不需要敘述者作為中介，也不關注人物與人物間的關係，它往往成為作者的代言人直接面向讀者觀眾抒發內心的情懷感受。隨著時代的發展，西方戲劇中的敘述與抒情話語日益被對話體的戲劇話語所取代，儘管歌隊的消失、詩體話語的日漸衰退被席勒以及今天許多批評家們視為悲劇甚至整個戲劇衰落的重要原因〔註1〕，但這畢竟是西方戲劇高度成熟的標誌。

　　相比之下，抒情傳統的深遠、戲劇文學的晚出以及中國古人對「詩變而為詞，詞變而為歌曲，則歌曲乃詩之流別」〔註2〕的認識就已決定了抒情話語在戲曲中的主導地位。從文體角度言之，抒情話語是詩歌的主導話語，而戲曲畢竟是以「歌舞演故事」的敘事藝術，曲白相生的觀念以及對代言體的認識使敘述話語同樣成為戲曲話語類型中不可缺少的重要組成。代言，是戲劇話語的共通特徵，但在關於誰為誰代言、代言的功能與意義等問題的認識上則反映出中西不同的戲劇觀，並由此影響了對話語的採用類型。西方戲劇是演員進入角色直接為人物代言，通過人物之間的對話來完成對衝突、性格、故事的展示。而中國戲曲的代言卻有著自身的特點。代言作為敘事文學的一種言說方式，一般是作家代人物立言，在古代詩、文、小說中均有運用，後經明清曲家的探索，逐步成為戲曲劇本創作中採用的一種敘述方式，而將其提升為代言體並視之為戲曲的文體形式則是近現代戲曲研究的產物。王國維先生就曾在《宋元戲曲史・元雜劇之淵源》中指出：「元雜劇之視前代戲曲之進步，約而言之，則有二焉。宋雜劇中用大曲者幾半。大曲之為物，遍數雖多，然通前後一曲，其次序不容顛倒，而字句不容增減，格律甚嚴，故其運用亦頗不便。其用諸宮調者，則不拘於一曲。凡同在一宮調中之曲，皆可用之。顧一宮調中，雖或有聯至十餘曲者，然大抵用二三曲而止。……其二則由敘事體而變為代言體也。宋人大曲，就其現存者觀之，皆為敘事體。金之諸宮調，雖有代言之處，而其大體只可謂敘事。獨元雜劇於科白中敘事，而曲文全為代言。雖宋金時或當已有代言體之戲曲，而就現存者言之，則斷自元劇始，不可謂非戲曲上之一大進步也。此二者之進步，一屬形式，一屬材

〔註 1〕 參見席勒《論悲劇中合唱隊的運用》，轉引自席勒《秀美與尊嚴》，文化藝術
　　　　出版社 1996 年，第 356～357 頁。
〔註 2〕 何良俊《曲論》，《中國古典戲曲論著集成》第四冊，第 6 頁。

質，二者兼備，而後我中國之眞戲曲出焉。」〔註3〕將代言視爲戲曲的進步，視爲眞戲曲的開始，是對戲曲作爲一種獨立的敘事文體所應具備條件的自覺認識，其實這種文體意識自晚明開始，已在曲論家那裏有了較爲清晰的表述。王驥德就認爲「須以自己之腎腸，代他人之口吻。蓋一人登場，必有幾句緊要說話，我設以身處其地，模寫其似」〔註4〕。孟稱舜也提出劇作家要「化身爲曲中之人」〔註5〕，而李漁則作了更爲深刻的論述：「言者，心之聲也。欲代此一人立言，先宜代此一人立心。若非夢往神遊，何謂設身處地？無論立心端正者，我當設身處地，代生端正之想；即遇立心邪辟者，我亦當舍經從權，暫爲邪辟之思。務使心曲隱微，隨口唾出，說一人，肖一人，勿使雷同，弗使浮泛，若《水滸傳》之敘事，吳道子之寫生，斯稱此道中之絕技。果能若此，即欲不傳，其可得乎？」〔註6〕然而，細究起來不難發現，無論是明清曲論家亦或是王國維對代言的認識和闡發均只從文體差別角度看到了戲曲與其他敘事文在運用語言方式上的不同，還未能對戲劇與其他敘事言語的本質區別加以辨別。我們並不是在強求古人，但自王國維先生以來直到 20 世紀 90 年代學界才眞正開始在中西互參的基礎上，對戲劇話語與敘述話語的根本差異作了論析，而這恰是更爲深入明晰地從敘述方式上認識中西戲劇不同風格特徵及其內在成因的關鍵所在。

前文已述，對話性是西方戲劇話語最重要的特點，那麼，以代言體爲核心的古代戲曲的話語又呈現出怎樣的性質？王國維先生認爲代言體區別於敘事體，但「代言」在他的論述中又具有不同的涵義。從《宋元戲曲史·元雜劇之淵源》中「賓白敘事」、「曲文代言」的斷語來看，其敘事僅指對戲曲故事的敘述功能，代言也僅指曲文的言說方式，而並非指戲曲整體上的敘述方式。而在《宋元戲曲考》中，王氏認爲「眞戲劇」是綜合歌、舞、科白而以「代言」表演故事的，這裏的「代言」才指整個戲曲的敘述方式。上述兩方面涵義在王氏之後的研究者那裏均有所承續，或將代言體視爲戲曲的一種搬演形式，或將其視爲戲曲的整體搬演形式。然而，無論古代的曲論家，還是王國維及其後來的許多研究者均未將戲曲話語在人物間的互動關係作爲他們

〔註3〕《王國維文集》，北京燕山出版社 1997 年，第 116～117 頁。
〔註4〕王驥德《曲律》卷三，《中國古典戲曲論著集成》第四冊，第 138 頁。
〔註5〕孟稱舜《古今名劇合選序》，吳毓華《中國古代戲曲序跋集》第 198～199 頁。
〔註6〕李漁《閒情偶寄》卷三《詞曲部·賓白第四·語求肖似》，《中國古典戲曲論著集成》第七冊，第 54 頁。

考察的對象，可以說西方戲劇對話性的話語類型一開始就未能進入曲論家及王氏的視界，這既是戲曲創作實踐的使然，也是「曲本位」的戲曲觀及寓言寫意敘事觀作用的結果。曲本位使得戲曲的核心部分——曲文實質主要呈現出抒情話語類型，而居於次要地位的賓白則呈現出敘述話語類型，即以敘述者口吻交待故事背景、人物品性等，突出表現在「家門大意」、「定場白」等程序之中，其功能類似於西方戲劇中的旁白、獨白、開場詩等，如《琵琶記》「副末開場」「（副末上）秋燈明翠幕，夜案覽芸編，古往今來，其間故事幾多段？……論傳奇，樂人易，動人難……（問內科）且問後房子弟，今日敷演誰家故事？那本傳奇？（內應科）三不從琵琶記。（末）原來是這本傳奇，待小子略道幾句家門，便見戲文大意。【沁園春】趙女姿容，蔡邕文業……一夫二婦，旌表門閭。」由此，我們不難發現，古代戲曲的代言體無論是作為戲曲的一種搬演形式還是作為戲曲整體的搬演形式，其話語類型均不是像西方戲劇那樣的對話類型，而是抒情話語與敘述話語的結合。正如有學者所言：「『代言體』，指作者摹似一個個特定身份的人（或人格化的『物』），並以『這個人』的心理、聲口去講『我』（即『這個人』）的所見、所行、所感。」〔註7〕以戲劇人物之口來講「我」之所見、所行和所感，實質將人物自身作為了一個敘述者，來抒發情感，敘述故事與人物自己的性格言行。西方戲劇中的人物實質也是自身言行性格的敘述者，但即時性的時間結構和展示原則使敘述內容的主體與敘述行為的主體合一，由此出現了「人物——敘述者只存在於他自己的言語之中」的現象〔註8〕，即不存在其他敘事文學中超越故事情節並且有著全知全能視角的敘述者。而中國古代戲曲除了明顯的敘述話語，如「定場白」中對人物品性的判語將敘述者的身影暴露無遺外，曲文同樣也擔負著重要的敘述功能，即人物的性格、心理等不是通過人物與人物間的關係呈現出來，而是通過人物自己的敘述來告訴觀眾。下面的選段就很好地說明了這一點：

> 【普天樂】晚妝殘，烏雲軃，輕勻了粉臉，亂挽起雲鬟。將簡帖兒
> 拈，把妝盒兒按，拆開封皮孜孜看，顛來倒去不害心煩。（旦怒叫）
> 紅娘！（紅做意云）呀！快撤了也！（紅唱）俺厭的早挖皺了黛眉，

〔註7〕李昌集《中國古代散曲史》，華東師範大學出版社1991年第217～218頁。
〔註8〕參見托多羅夫《文學作品分析》，轉引自王泰來等編譯《敘事美學》，重慶出版社1987年版，第36頁。

（旦云）小賤人，不來怎麼！（紅唱）忽的波低垂了粉頸，氲的呵改變了朱顏。

引自《西廂記》第三本《張君瑞害相思》

【山坡羊】亂荒荒不豐年稔的年歲，遠迢迢不回來的夫婿。急煎煎不耐煩的二親，軟怯怯不濟事的孤身己。衣盡典，寸絲不掛體。幾番要賣了奴身己，爭奈沒主公婆教誰管取？

引自《琵琶記》《糟糠自咽》

【繞池遊】（旦引貼捧書上）素妝才罷，緩步書堂下。對淨几明窗瀟灑。（貼）昔氏賢文，把人禁殺。恁時節則好教鸚哥喚茶。

引自《牡丹亭》《閨塾》

上面三段曲文均在人物的抒寫情懷中或從旁觀者角度描述了主人公的外形、情緒的變化，如紅娘對鶯鶯的敘述；或交待了遭災遇難的困窘情形，如趙五娘的介紹；或對自身動作、周圍環境作了敘述，如杜麗娘。可以說古代戲曲中的人物不僅是故事的承受者、行動者，情感的抒發者，更是人物性格、行爲的敘述者，人物既活動於故事中，又超越於故事本身，成爲全知全能的劇作家的代言人。因此，古代戲曲與西方戲劇在敘述方式上一個巨大差異除卻濃郁的抒情色彩外，就是始終存在著敘述者的身影，其表現方式主要有三種：一是嚴格意義上的劇中人以旁觀者身份充當敘述者，如《桃花扇》中的老贊禮；二是劇中人有時會潛變爲「行當」充當敘述人，出現敘述學中的跨層現象——人物跨出情節層進入敘述層，代作者言志抒情；三是純粹由「行當」代言，充當敘述者。如《漢宮秋》楔子中毛延壽上場「（詩云）爲人雕心雁爪，做事欺大壓小；全憑諂佞奸貪，一生受用不了」；《竇娥冤》中賽盧醫上場詩「死的醫不活，活的醫死了」；《精忠旗》中秦檜上場「兩隻手薑煮過，舒來拿住權綱；一條腸砒霜製成，用著摧殘儕輩」等，貶損醜化之詞溢於言表，既揭露了人物的德行之劣，價值評判立場也十分鮮明，因此它不可能出自人物之口，只能由「行當」充當敘述代言人來交待人物性格、評判人物品行。有學者曾從戲曲的表述形態指出元雜劇包括明清傳奇中存在著演述者現象〔註9〕，實際上，從敘述方式來看，他所說的演述者類似於筆者所說的敘述者。敘述者的存在使古代戲曲的文體呈現出獨特風格，即從今天的戲劇觀來

〔註 9〕 參見陳建森《元雜劇演述形態探究》，南方出版社 1999 年。

看，古代戲曲在敘述方式上往往呈現出小說與戲劇共存的現象，儘管後者始終佔據主流，而這恰是形成迥異於西方戲劇審美風格的另一個重要原因。正如有學者所言：「代言性敘述不同於純粹的敘述，它是劇中人物的話語，它的主體是具有雙重身份的演員，既是劇外敘述者又是劇中人物。而純粹的敘述則是故事之外的敘述者的話語。代言性敘述又不同於戲劇性對話，雖然戲劇性對話也是一種代言形式，但它的意義不在於敘述外在或內在的動作，而是通過言語的相互作用完成某種動作。在戲劇性對話中，劇中人物之間保持著『我』與『你』的直接交流關係，觀眾只是旁聽者，演員與觀眾構成話語中的『我』與『他』的關係。在代言性敘述中，演員與觀眾構成話語中的『我』與『你』的關係，演員向觀眾直接表白，相反，劇中人物之間，卻呈現出『我』與『他』的關係。」〔註10〕

當然，古代戲曲作為一種戲劇文類，同樣也存在著對話性較強的戲劇話語，如《清忠譜》《罵像》一齣既具有較強的對話性，也體現出人物對話的互動關係：

　　【脫布衫】（生）俺生平勁節清操，怎肯向貂璫屈膝低腰！（老）叩
　　拜的也頗多，你怎地獨自崛強？（生）一任哪吠村莊趨承權要，俺
　　只是守孤忠，心存廊廟。

　　【小梁州】（生）他逞著產、祿兇殘勝趙高，比璜、瑗位肆貪饕。

但這樣的話語類型始終處於輔助地位，這裏既有體制的原因，更是抒情傳統與講唱文學影響的結果。元雜劇一人獨唱的體制就已決定了戲曲話語對話性的薄弱，無論是抒寫情懷還是敘述性格、行為均使其話語類型呈現出抒情性和敘述性而不是對話性；《西廂記》發展到眾角色皆可唱，但除了第四本第四折、第五本第四折外，每一折中基本保留了一角獨唱到底的體制，同時即使有對話性較強的場面或可能呈現出強烈對話性的場面，如《賴婚》一場，本可產生劇烈的衝突，但抒情話語仍佔據了主導地位，因為劇作家更為重視的是主人公此時此境的內心感受，而不是他們與老夫人間的衝突關係。西方戲劇對話中同樣有著抒情性極強的段落，這在具有濃郁抒情色彩的莎士比亞戲劇中尤為突出，《哈姆萊特》、《李爾王》等劇就隨處可見，但這種抒情往往能

〔註10〕周寧《敘述與對話：中西戲劇的話語模式比較》，《中國社會科學》1992 年 9
　　　月第 5 期。

夠納入到對話性中，當然也有某些抒情段落脫離對話性而直接抒發人物的內心感悟，如《麥克白》中麥克白聽到夫人死後所發出的人生感歎：「她反正要死的，遲早總會有聽到這個消息的一天。明天，明天，再一個明天，一天接著一天地躡步前進，直到最後一秒鐘的時間；我們所有的昨天，不過替傻子們照亮了到死亡的土壤中去的路。熄滅了吧，熄滅了吧，短促的燭光！人生不過是一個行走的影子，一個在舞臺上指手劃腳的拙劣的伶人，登場片刻，就在無聲無息中悄然退下；它是一個愚人所講的故事，充滿著喧嘩和騷動，卻找不到一點意義。」然而這種脫離對話的純粹抒情話語在西方戲劇話語中並不多見。值得注意的是，對話性的加強勢必會減弱話語的抒情性，因此，西方戲劇在對話性話語幾乎佔據整部戲的同時，抒情性也在日益喪失。這一點在中國古代戲曲中也有所體現，如《琵琶記》《糟糠自厭》一齣，【前腔】「滴溜溜難窮盡的珠淚」、【孝順歌】【前腔】「糠和米」、【前腔】「思量我生無益」等幾支曲子抒發了人物內心的痛苦之情，具有濃郁的抒情性，屬人物獨白自然不具對話性，而【前腔】「這是穀中膜」【前腔】「你耽饑事公姑」等幾支曲子雖對話性較強，但抒情也較之前幾曲相對減弱。而「曲本位」的戲曲觀使劇作家不可能過多地犧牲抒情性而照顧對話性，因此，抒情話語在戲劇中必然佔據絕對的主導地位。還應注意的是，講唱文學的敘述方式始終影響著古代戲曲，即使在戲曲成熟後仍被繼承並保留了下來，因而，正如有學者所言：「戲曲不重對話，也不重人物話語之間的相互作用、衝突，一段敘述與另一段敘述之間的聯繫，只是所敘述的劇情發展的聯繫，代言性的敘述體制不過是同一段故事，由參與者大家分著說，依舊是書會遺風。」〔註11〕這也是對話性始終未能成為古代戲曲主導話語的一個重要原因。

概言之，古代戲曲中包含了敘述話語、抒情話語以及具有展示性的戲劇話語，以前二者為主導，而從敘事藝術角度言之，古代戲曲的話語類型則呈現出敘述與展示共存，而以敘述為主的特點。

二、獨白型藝術中的史傳式結構和一元化的敘述視角

一般而言，獨白一詞有兩種涵義，一種指僅限於語體層面的敘述方式，多見於戲劇小說中人物獨自抒寫敘述內心情思，一種指作家與其在文本中所

〔註11〕周寧《比較戲劇學》，上海社會科學院出版社1993年，第50頁。

構鑄世界的關係。〔註12〕而本論文此處的獨白主要指第二種涵義。

　　西方戲劇雖以對話爲主要表現手段，但在本質上仍屬獨白型藝術，正如巴赫金所言「對話本身也表現出不同人物價值層面之間的鬥爭」，但「劇情依靠的是一個統一的世界」，「作者不直接露面」，「劇中人全部對抗式的現實主義反應」都被包容在「作者」所賦予的「統一節奏中」，換言之，西方戲劇類似於獨白型的傳統小說，所有角色的意識與反應統一於「作者」的價值觀中。而這一法則同樣適用於中國古代戲曲。因爲無論是戲曲風教的價值取向還是寫意抒情的創作原則，都賦予了古代戲曲獨白型藝術的特性，即劇作家的主體意識是統攝文本世界的絕對權威。這一特性具體通過史傳式結構方式及敘述視角的一元化體現出來。

　　關於戲曲的結構問題，前輩時人已多有論述，如點線結合的線性結構，時空的自由轉換等，而如果從話語類型的角度來看，古代戲曲與西方戲劇結構的巨大差異無疑可視爲兩種文體的差別。前文已述，不同文類均有著自己的話語類型，而話語的功能往往決定著文體的特性。通過上文的分析，我們發現，古代戲曲並非以對話性話語爲主，而是以抒情性與敘述性相結合的話語爲其特色，由此使得戲曲中始終存在著一個承擔著抒情功能的敘述主體，即敘述者的身影，儘管這種身影是以或隱或顯的方式出現的，從而賦予了戲曲的結構以獨特的風貌，突出體現在迥異於西方戲劇的線性情節與自由時空兩個方面。楊絳先生曾通過對這兩方面因素的分析指出「我們傳統戲劇的結構，不符合亞里士多德所謂的戲劇結構，而接近他所謂的史詩的結構。李漁關於戲劇結構的理論，表面上或脫離了他自己的戲劇實踐看來，儘管和《詩學》所說相似相同，實質上他所講的戲劇結構，不同於西洋傳統的戲劇結構，而是史詩的結構」〔註13〕楊絳先生雖看到了中西戲劇在結構上的本質不同，但以西方的史詩來比附古代戲曲未免隔靴搔癢，對此，近年來有學者進一步從戲曲與古代敘事文學傳統的關係指出，古代戲曲從結構而言實質與史傳非

〔註12〕　注：巴赫金將文學作品分爲兩類，一類是作家的意識統治並淩架於文本世界之上，稱爲獨白型藝術；另一類是作家的意識與文本世界構成平等的對話關係，作家不再是作品意識形態及價值觀念的絕對權威，請參見巴赫金《審美活動中的作者和主人公》、《陀思妥耶夫斯基詩學問題》，《巴赫金全集》第一卷、第五卷，河北教育出版社 1998 年。

〔註13〕　楊絳《李漁論戲劇結構》，《比較文學論文集》，張隆溪、溫儒敏選編，北京大學出版社 1984 年，第 66 頁。

常接近〔註 14〕。本論題完全同意此種觀點。從情節的安排設置來看,西方史詩並非線性結構,西方戲劇更是板塊式結構,雖然同樣注重情節的整一性,但在情節處理中最強調的是要抓住事件發生激變的關鍵時刻,而不是對所有相關成份均予以重視,惟此才能做到亞里斯多德所謂的突轉和發現,正如戲劇家阿契爾認為「一部戲劇在一定程度上是在命運或處境中的一次急劇發展的激變,戲劇在一個場面又是激變中的一個激變,它將明顯地把劇情引向最終的結局。戲劇可以稱為激變的藝術,而小說是漸變的藝術。」〔註 15〕「一般可以說,戲劇的處理方法是乾淨利落的、斷奏式的,而不是平穩的或者連奏式的。」〔註 16〕將情節納入激變的框架之中勢必需要打破事件發展的自然時間長度和順序,將之嚴格限定在事件發生激變的那個時空之中,由此,「三一律」才會成為長時間統治西方戲劇最重要的法則,而史詩與小說等敘事文學的時空卻是可以自由轉換的。相比之下,中國古代曲論家最重視的卻是情節的發展要「務如常山之蛇,首尾相應」〔註 17〕,這種首尾相應則使情節發展不僅呈現出平緩的、連奏式的節奏,而且情節的時間長度也往往與事件本身的時間長度相當。除此,古代曲論家還要求對故事中的所有人和事均予以照應,交待前因後果,從而使情節安排無斷續之痕,「每編一折,必須前顧數折,後顧數折。顧前者,欲照其應;顧後者,便於埋伏。照應、埋伏、不止照應一人,埋伏一事,凡是此劇中有名之人,關涉之事,與前此、後此所說之話,節節俱要想到。」要做到無斷續之痕,就要「非止一齣接一齣,一人頂一人。務使承上接下,血脈相連,即於情事截然絕不相關之處,亦有連環細筍,伏於其中,看到後來方知其妙……」〔註 18〕由此可見,古代戲曲除卻時空設置與西方史詩等敘事文學相類外,情節安排上卻大有差別,而對戲曲同樣產生影響的古代史傳文學無論從情節結構還是從時空設置來看卻均有著極為相似之處。

古代史傳結構方式有兩種類型:一種是編年體,「以年月時序為經,以事

〔註14〕 參見何輝斌《戲劇性戲劇與抒情性戲劇——中西戲劇比較研究》,中國社會科學出版社 2004 年,第 46 頁。

〔註15〕 Willia Archer,Play-Making,轉引自何輝斌《戲劇性戲劇與抒還情性戲劇》第 37 頁。

〔註16〕 同上。

〔註17〕 王驥德《曲律》卷三《論套數》,《中國古典戲曲論著集成》第四冊,第 132 頁。

〔註18〕 李漁《閒情偶寄》,《中國古典戲曲論著集成》第七冊,第 16 頁。

實爲緯，對於歷史人物和事件的星移斗轉，對於歷史大潮的此伏彼起，可以作連貫的記敘」；一種是紀傳體，「對於歷史人物的生平以及以人物爲中心的事件可以作連貫而又完整的記敘，可以對某些重大的歷史場面進行從容不迫的繪聲繪色的描寫，因而能夠局部地再現歷史場景。」〔註19〕而戲曲無論是元雜劇的但「摭一事顚末」還是明清傳奇的「備述一人始終」，其情節的線性發展以及首尾連貫均很好地體現出上述結構方式，只不過情節安排更爲集中、緊湊。可以說這種結構方式不僅從文體上體現出對傳統的自覺承續，而且突出了古代戲曲的價值取向，即情節的線性發展保證了故事的完整性，從而顯示出善惡有報的天理法則；而時空的自由轉換使全知全能敘述者能夠自由超越事件本身的時空來敘述故事及人物，從而保證了敘述主體的價值觀牢牢統攝全劇，以此達到勸懲風世的功能。正如姚華在《曲海一勺》中所言：「考雜劇、傳奇所標題目，或命曰記，命曰傳，次曰譜，其次曰圖，史職自居。」而傳奇劇作家們所倡導的「以曲爲史」的創作宗旨也同樣突出了這一特點。

　　與史傳式結構相應的是敘述視角的一元化。視角，顧名思義是看視世界的角度與方式，在其背後都或有意或無意地包含了看視者的價值觀念及其評判。本論題此處所論及的視角不僅指一種看視方式，更指其背後的價值觀念。傳統敘事文學無論東西方，其敘述視角往往體現出「以一統多」的特點，即作品中所有人物通過其看視方式所表達出的價值觀念均應統一於作者的價值觀念之中，因此，從敘述主體言之，一元化的敘述視角正是獨白型藝術最大的特點之一，以此來保證作者的價值觀貫穿始終。然而，中國古代寫意抒情的創作原則以及敘述者的存在使作者的敘述視角對人物視角造成了過度干預，從而出現了與西方一元視角截然不同的情況。儘管西方戲劇中每個人物的視角一般也都包容在作者的視界中，但每個人物卻有著自己的視角，而且是限知視角，而古代戲曲視角的一元化在作者的過度干預下往往體現爲人物沒有了自己的視角，均爲作家的全知全能視角，人物不僅代作家立言，而且作家的道德評判處處可見，突出表現在對人物品性的敘述中，敘述者話語與人物話語交織，甚至人物話語淹沒在敘述者話語之中，由此敘述者的身影也暴露無疑，這一點從前文所歸納的三種敘述者類型中已可見出，這裏不再贅述。

〔註19〕參見石昌渝《中國小說源流論》，三聯書店 1995 年，第 67～68 頁。

三、開放式敘事與外交流系統

　　布萊希特曾非常欣賞並借鑒了中國傳統戲曲的敘述方式，希望在創作實踐中能藉此拆除西方戲劇的第四堵牆，從而達到更好表達宣揚主體意圖的目的，而這第四堵牆的存在與否正是中西方戲劇在不同敘述方式下形成不同交流系統的本質差別所在。任何文本只有進入交流系統才能眞正成爲作品而存在。一般而言，根據敘述者與讀者間的關係，我們可以將文藝作品的交流系統分爲內交流與外交流兩種，前者屬於內斂式敘事，後者則屬於開放式敘事。作爲內斂式敘事，西方戲劇中的人物——敘述者所面對的敘述對象同樣是戲劇中的其他人物，因而人物與人物之間構成了我與你的關係，而人物——敘述者與觀眾則構成了我與他的關係，從而形成了一種封閉式的內交流系統，人物敘述者與受眾之間存在著較大的距離。史詩及小說等敘事文學則總有一個敘述者作爲中介向讀者敘述，屬於開放式敘事，從而在敘述者與讀者之間構成了一種外交流系統，敘述者與受眾之間的距離較小。中國戲曲不存在西方戲劇的第四堵牆，加之敘述者的存在使戲劇的交流直接面向觀眾，呈現出鮮明的外交流系統特點。無論是家門大意，還是對人物品性中的道德評判，亦或是人物與角色、行當之間的相互潛變來代作家立言均是在面向觀眾作直接的抒寫情懷與勸善懲惡，這從前文所作的論析中已可窺見一斑。

　　以上我們對古代戲曲敘述方式上的三個主要特徵作了簡要論析，而形成這些特點的原因自然是多方面的。戲曲的民間源起使其留存了大量講唱文學的敘述方式，即敘述者的存在、開放式敘事方式、外交流系統等，而程序化的表演體制也對此起到了強化作用。隨著戲曲的文人化進程，這種敘述方式得到進一步承續。從戲曲史的發展來看，從元雜劇、戲文到長篇體制的明清傳奇，不僅均採用了線性情節結構與時空的自由轉換等結構方式，而且由於文人化進程的加深，這種結構方式運用地更爲成熟與完善，敘事的開放性以及敘述者的身影更爲顯明，無疑爲文人劇作家的抒寫情懷與寓言寫意理想的實現提供了更爲直捷便利的載體，也使戲曲在抒寫人生悲劇性感受時形成了獨特的藝術風貌。〔註20〕

〔註20〕此節的寫作參閱了何輝斌《戲劇性戲劇與抒情性戲劇——中西戲劇比較研究》、周寧《比較戲劇學》的部分章節的有關內容。

第二節　戲曲敘述方式對悲劇性意蘊表達方式的影響

　　前章已述，中國古代戲曲不僅不缺乏對人生悲劇性的表現，而且與悲劇性結下了不解之緣，那麼作為一種敘事藝術，古代戲曲獨特的敘述方式對這種悲劇性表達究竟有何影響，具體又是如何表現的無疑是值得探討的問題。對此，本論題想在上節探討的基礎上，仍以西方戲劇作為參照，對此問題作一粗略的梳理及論析。

　　一般而言，敘事文學在表達悲劇性意蘊時呈現出兩種傾向：一種是作家的悲劇意識、悲劇精神通過人物的悲劇性命運及其掙扎行動客觀展示出來，西方悲劇主要體現出這一特色；另一種則是悲劇意識乃至悲劇精神「不是滲透在戲劇的情節裏，而是滲透在作者的創作中」，滲透在作家的創作態度中〔註21〕，這一特點在小說等敘事文學之中較為多見。前者由於觀眾與人物——敘述者之間存在著較大距離，所有的悲劇感受均通過情節與行動的客觀展示而產生，從而使悲劇情景、人物與日常生活嚴格區分開來，由此也就容易造成崇高、悲壯甚至恐怖風格，因為從美學角度言之，只有當觀眾與人物——敘述者之間保持相當的精神距離，崇高感才可能產生。而中國古代戲曲中無論是公認的戲曲悲劇亦或是深富悲劇色彩的作品，其悲劇性的表達往往呈現出感傷歎惋、淒美、悲涼的風格特色。除卻抒情傳統的影響，獨特的敘述方式也是形成以上風格特色的重要促因，突出表現在敘述者的存在，使人物作為劇作家的代言人可以直接向觀眾傾訴其對人生的悲劇性感受，敘述者與觀眾間的距離拉近，觀眾更容易參與到對事件及人物的道德評判之中，參與到劇作家悲劇性情感體驗之中，從而使觀眾體驗到的更多是一種親切感和作家內心深處的悲劇感。除此之外，時空的不同、線性結構的差異等等因素也均使古代戲曲在悲劇性表達方式上形成了迥異於西方的獨特風格，具體可從以下幾個方面來看：

一、時空的自由轉換與感傷流逝之美

　　對流逝之美的感傷歎惋無疑是古代戲曲悲劇美中最動人心弦的一類，《漢宮秋》的淒婉纏綿，《梧桐雨》的感傷失落自不用說，一句「如花美眷，似水流年」就足將這流逝之美的悲哀抒發地淋漓盡致，引逗起無限暇思。而在這

〔註21〕王富仁《悲劇意識與悲劇精神》，轉引自《江蘇社會科學》2001 年第 1 期。

一悲劇美的形成過程中，古代戲曲自由轉換的時空結構則起了不可忽視的作用。感傷、流逝主要是在對已然逝去之美好過去的一種回憶與懷念，或者是在對即將逝去之美好的一種歎惋中所引發的情緒體驗，因而，在通過敘事將這一情緒客體化的過程中，戲曲中的情節、人物就不僅僅立足於當下時空，過去的時空也必然要成爲敘述中的時空主體，惟此方能在過去、現在甚至將來的聯結、對比中突出強化這一情緒體驗，自由的時空結構則無疑爲這一悲劇美的形成提供了最好的載體。相較於西方戲劇，古代戲曲的時間完全是一種主觀化的心理想像時間，人物、情節既可以處在即時性時間狀態中，更可以立足當下，創造出想像時空，從而超越了感知的界限，將現在與過去連成一片，加之敘述者的存在，更保證了敘述時間的自由，使處於過去時間狀態中的人物情節成爲當下敘述的主體，以此在對過去的回憶與傷悼中，賦予戲曲以無限的感傷、無奈與迷惘的情緒體驗，並進而在接受者的心理中將這種對流逝之美的哀傷歎惋無限地加以延展、深化，留下無盡的回味。

可以說，以回憶時間爲主體不僅體現了戲曲對古典詩詞中感傷悼亡一類悲劇性情感體驗的承續，更體現了戲曲在表達悲劇性意蘊中所形成的獨特的敘述方式。《西蜀夢》則無疑是以回憶時間爲主體來表達這一類悲劇情緒較爲典型的一部戲。

關 張 雙 赴 西 蜀 夢 〔註22〕

第一折

【仙呂】【點絳唇】纖履編席，能勾做大蜀皇帝，非容易。宮裏旦暮朝夕，悶似三江水。

【混江龍】喚了聲關、張仁弟，無言低首淚雙垂。一會家眼前活現，一會家口内掂提。急煎煎御手頻捶飛鳳椅，撲簌簌痛淚常淹衰袞龍衣。每日家獨上龍樓上，望荊州感歎，閬州傷悲……

【金盞兒】關將軍但相持，無一個敢欺敵。素衣匹馬單刀會，覷敵軍如兒戲，不若土和泥。殺曹仁十萬軍，刺顏良萬丈威。今日被歹人將你算，暢則爲你大膽上落便宜。

【醉扶歸】義赦了嚴顏罪，鞭打了督郵死，當陽橋喝回個曹孟德。倒大個張車騎，今日被人死羊兒般剁了首級，全不見石亭驛。

〔註22〕《新校元刊雜劇三十種》上冊，徐沁君校點，中華書局 1980 年。

【金盞兒】俺馬上不曾離，誰敢鬆動滿衣身？恰離朝兩個月零十日，勞而無役枉驅馳。一個鞭挑魂魄去，一個人和的哭聲回。宣的個孝堂裏關美髯，紙幡兒漢張飛。

【賺煞】殺的那東吳家死屍骸堰住江心水，下溜頭淋流著血汁。我交的茸茸蓑衣渾染的赤，變做了通紅獅子毛衣。殺的他敢血淋漓，交吳越托推，一霎翻爲做太湖石。青鴉鴉岸兒，黃壤壤田地，馬蹄兒踏做搗椒泥。……

第三折

【中呂】【粉蝶兒】運去時過，誰承望有這場喪身災禍？憶當年鐵馬金戈：自桃園三結義，把尊兄輔佐，共敵軍擂鼓鳴鑼，誰不怕俺弟兄三個！

【醉春風】安喜縣把督郵鞭，當陽橋將曹操喝，共呂溫侯配占九十合，那其間也是我！壯志消磨，暮年折剉，今日向匹夫行伏落。

【紅繡鞋】九尺軀陰雲裏惹大，三縷髯把玉帶垂過，正是俺荊州里的二哥哥。咱是陰鬼，怎敢陷他？唬的我向陰雲中無處躲。

【迎仙客】居在人間世，則合把路上經過，向陰雲中步行因甚麼？往常爪關西把報圍繞合，今日小校無多，一部從十餘個。

【石榴花】往常開懷常是笑呵呵，絳雲也似丹臉若頻婆，今日臥蠶眉瞅定面沒羅。卻是爲何，雨淚如梭？割捨了向前先攙逐，見咱呵恐怕收羅。行行裏恐懼明開破，省可裏倒把虎軀揳。

【鬥鵪鶉】哥哥道你是陰鬼，兄弟是甚麼？用捨行藏，盡言始末：則爲帳下張達那廝廝嗔喝，兄弟更性似火，我本意待侑他，誰想他興心壞我！

【上小樓】則爲咱當年勇過，將人折剉，石亭驛上袁襄怎生結末？惱犯我，拿住他，天靈揳破。虧圖了我怎生饒過！

【麼篇】哥哥你自暗約，這事非小可。投至的曹操、孫權，鼎足三分，社稷山河。筋廝鎖，俺三個，同行同坐，怎先亡了咱弟兄兩個？

【哨遍】提起來把荊州摔破，爭奈小兄弟也向壕中臥！雲霧裏自評薄：劉封那廝於禮如何？把那廝碎剮割！糜芳、糜竺，帳下張達，

顯見的東吳躲。先驚覺與軍師諸葛，後入宮庭託夢與哥哥：軍臨漢上馬嘶風，屍堰滿江心血流波。休想逃亡，沒處潛藏，怎生的躲？

【耍孩兒】西蜀家氣勢威風大，助鬼兵全無坎坷。糜芳、糜竺共張達，待奔波怎能地奔波？直取了漢上才還國，不殺了賊臣不講和。若是都拿了，好生的將護，省可裏拖磨。

【三煞】君王索懷痛憂，報了仇也快活。除了劉封，檻車裏囚著三個。並無喜況敲金鐙，有甚心情和凱歌。若是將賊臣破，君王將咱祭奠，也不用道場鑌銛。……

第四折

【正宮】【端正好】任劬勞，空生受，死魂兒有國難投。橫亡在三個賊臣手，無一個親人救。

【滾繡球】俺哥哥丹鳳之具，兄弟虎豹頭，中他人機彀，死的來不如個蝦蟹泥鰍！我也曾鞭督郵，俺哥哥誅文醜，暗滅了車冑，虎牢關酣戰溫侯。咱人三寸氣在千般用，一日無常萬事休，壯志難酬！

【倘秀才】往常真戶尉見咱當胸叉手，今日見紙判官趨前退後，元來這做鬼的比陽人不自由！立在丹墀內，不由我淚交流，不見一班兒故友。

【滾繡球】那其間正暮秋，九月九，正是帝王的天壽，列丹墀宰相王侯。攘的我奉玉甌，進御酒，一齊山壽，宮裏回言道臣宰千秋。往常擺滿宮綵女在階基下，今日駕一片愁雲在殿角頭，痛淚交流。……

【倘秀才】宮裏身軀在龍樓鳳樓，魂魄赴荊州閬州，爭知兩座磚城換做土丘！天曹不受，地府難收，無一個去就！

【滾繡球】宮裏恨不休，怨不休，更怕俺不知你那勤厚，爲甚俺死魂兒全不相偢！敘故舊，廝問候，想那說來的前咒，桃園中宰白馬烏牛。結交兄長存終始，俺伏侍君王不到頭，心緒悠悠！

【三煞】來日交諸葛將二愚男將引丁寧奏，兩行淚才那不斷頭。宮裏緊緊的相留，快不待慢慢的等候，怎禁那滴滴銅壺，點點更籌。久停久住，頻去頻來，添悶添愁！來時節玉蟾出東海，去時節殘月下西樓。

【二煞】相逐著古道狂風走，趕定長江雪浪流。痛哭悲涼，少添僽
僽。拜辭了龍顏，苦度春秋。今番若不說，後過難來，千則千休！
丁寧說透，分明的報冤仇！……

《西蜀夢》全劇僅有曲文而無賓白，第一折人物爲蜀國使臣，第二折爲
諸葛亮，三、四兩折則爲張飛、關羽的魂魄與劉備。因第二折與第一折均以
對關張生前英雄事跡的回憶爲主，故本節引文將此略去。粗讀上述引文不難
發現，這部戲雖敘述的是劉備夢中與關張相見並要與二人報仇的情節，但戲
的重心卻是通過人物大段的回憶，對英雄生前的豪氣干雲、力挽乾坤能力的
讚歎以及對這種充滿了生機與活力的生命的無限眷戀之情。前兩折通過使臣
與諸葛亮之口對英雄生前的事跡予以敘述，三四兩折雖有對當下情景的敘
述、悲慨，但仍通過人物自己對過去不斷的回憶與眷戀爲主，從而造成了今
昔、生死強烈的對比，可以說對逝去美好時光的追憶反襯出了人物對現實的
無能爲力與無限的感傷痛苦之情，回憶時間中的情節人物實質上成爲全戲的
主體。同時，後兩折也用了較大篇幅來表達復仇願望的迫切，使將來時間中
可能發生之情景同樣成爲敘述主體的一部分，從而使過去、現在與將來連成
一片，由此更加突出了生命永逝、豪情不再的悲哀。可以說，正是時空的自
由轉換使人物面對流逝的過去、無奈的現實所形成的悲劇性情感體驗得到了
充分地延展，並在接受者的情感、心理上留下了無限的回味。

相比之下，以回憶時間爲主體在西方戲劇中是極少見的，儘管西方戲劇
中少不了人物對過去事件、人物的交待與回憶，但因爲其時間是一種客觀存
在的物理時間，這種回憶只能是一種人物現場的敘述。同時，如前所述，固
定的時空是西方戲劇創作過程中需要精心處理的重要元素，西方戲劇中的人
物情節必須處於即時性的時間狀態之中，因而，在表現人生的悲劇性時也往
往會因爲極度的逼眞感和現場感賦予戲劇以令人驚悚的崇高與恐懼之美。當
然在西方現代悲劇中也出現了個別以感傷流逝爲主導情緒的戲劇，如尤金·
奧尼爾的《進入黑夜的漫長旅程》，該劇圍繞母親的戒毒和小兒子患肺結核這
兩件事展開矛盾衝突，通過人物對過去的不斷回憶與懺悔，從而使全劇彌漫
著感傷與無奈的情緒體驗，但物理化的時空使該劇人物、情節仍處於即時性
的時間狀態之中。這從母親瑪麗的一大段臺詞中即可見出：

瑪麗：(夢幻般地) 這藥能止痛。這藥能帶著你往回走——回到很遠
很遠的往昔，直到不再覺得痛爲止。只有過去那些快樂的日子才是

真的，其餘都是假的。(停頓。彷彿她自己的那些話喚起了昔日的快樂，使她整個舉止和臉部表情都起了變化。她顯得年輕了，帶著一種修道院女學生的天眞無邪的神態，含羞帶笑地) 凱瑟琳，你現在覺得蒂隆先生長得漂亮，你最好見見當初我認識他時的那種風度神采。他那時被公認爲最美的美男子之一。修道院裏的女學生，凡看過他演戲或見過他照片的，都對他一片癡心。……我那時多害羞啊，只會滿臉通紅，結結巴巴像個小傻瓜……我看得出來，我們一見面他就喜歡我。(賣弄風情地) 也許我的眼睛鼻子並不紅吧。我那時眞的非常漂亮，凱瑟琳。……這是三十六年前的事，可我仍歷歷地目，彷彿就發生在今晚！從那時起我們一直彼此相愛。在這三十六年中他從來沒有做過什麼丟臉的事……。〔註23〕

儘管瑪麗在回憶，而這種回憶也不斷出現在戲的其它場景之中，但只有在提示性的語言及演員的表演中我們才能感受到人物沉浸在過去之中，而嚴格的時空限制使這一切始終處於現場的敘述之中，這在人物自己的自覺意識中已可見出，因此也就不可能在觀眾的情感心理體驗中達到現在、過去甚至將來連成一片而超越感知現實、充滿詩意與迷惘的效果。

二、史傳式結構方式與興亡之悲

興亡之悲應該是中國古代戲曲悲劇美中最重要的一類，它同樣包含了一種感傷流逝之美，但在對生命流逝的感慨中更多了一份沉重而深刻的歷史意識。從歷史本身在文化傳統中所佔據的地位來看，興亡之悲可以說是中國文化特有的產物，因爲中國古代是「以人文成就於人類歷史中的價值，代替宗教中永生之要求」，並且將是非賞罰於決定於歷史，而西方宗教文化則是將是非賞罰於決定天上〔註24〕。因此，深沉的歷史感成爲中國文化悲劇意識的重要組成，而欲望與懲罰等原罪救贖觀念，如前章所述始終是構成西方悲劇意識的核心內涵，這些特點在雙方的歷史悲劇結構中呈現無遺。

歷史題材的戲曲作品一向在古代戲曲史上佔據著重要地位，不僅數量繁多，且佳篇傑作頻出，而尤以興亡主題爲其突出成就，不僅賦予了戲曲悲劇

〔註23〕 尤金・奧尼爾《天邊外》，荒蕪、汪義群等譯，灕江出版社 1992 年，第 503～505 頁。
〔註24〕 參見徐復觀《中國人性論史（先秦篇）》。

以濃厚的文化歷史底蘊，也使中國文化中的悲劇意識得到了極爲深刻的呈現與總結。從文本的敘述方式來看，史傳式結構無疑爲深刻展現歷史的興亡命運提供了最佳的結構方式。前文已述，史傳式結構使古代戲曲情節安排採用了線性發展結構，特別重視首尾連貫，而明清傳奇「備述一人之始終」的要求使這一特點更趨完善，加之散點透視與焦點透視相結合的時空結構等特點使戲曲在表現歷史的變遷和命運時顯示出獨特的優點，不僅可展示廣闊的社會背景，而且能夠描繪諸多人物，並將所敘述的重大歷史事件的來龍去脈一一加以展現，可以說數十年歷史的前因後果均在戲曲中得以演示，正如古人所言「一勾欄之上，幾色目之中……恍然如見千秋之人，發夢中之事。」〔註25〕，這也正是興亡主題在明清傳奇中才取得了最高成就的原因之一。無論是《浣紗記》《長生殿》還是《桃花扇》，其所展現的一段歷史均有著一定的時間跨度，除卻主人公，所涉及的歷史人物之多，所展示的社會背景之弘闊均很好地刻畫了歷史的興衰變遷歷程，從而在歷史的悲劇中凸顯出個體的悲劇性命運，這既是篇幅短小的雜劇難以企及的，也同樣是西方歷史劇無法做到的。

古代雜劇在情節安排上同樣呈現出線性結構，但因受篇幅的限制也不可能展示出豐富的歷史內容及其變遷的命運，在表現興亡之感時，雜劇更多是借助抒情詩的表達方式，即通過悲情苦境的營造來直接宣泄滄桑之歎和黍離之悲，這在《漢宮秋》《梧桐雨》等劇中已有著鮮明的體現。而明清傳奇雖也離不開濃郁的抒情手法，但這種情感隨著戲曲敘事性的加強進一步客體化，《桃花扇》最後一齣「哀江南」套曲將興亡之悲抒發得淋漓盡致，但之前對南明覆滅的歷程、對身處其中的眾多人物悲劇命運的刻畫與展現則不僅總結了歷史的教訓，更賦予了普泛化的興亡之悲以客觀豐富的現實內容以及深刻沉重的文化歷史反思，從而使古代戲曲對歷史悲劇感的表達達到了前所未有的深度與廣度。對興亡之悲的詠歎是中國傳統文藝中一個經久不衰的主題，但只有在戲曲史傳式結構中才得到了更爲眞實、深刻和完整的表現。

同屬歷史題材，西方戲劇由於聚焦於一人一事，重視的是刻畫主人公的意志與行動，情節安排必須緊扣主人公意志的展開與實現過程，而不能超越人物的意志，呈現出斷奏式方式，加之嚴格的時空限制使其歷史悲劇的創作仍以展示人物的意志及其人性爲主旨，而不可能有足夠的篇幅容納過多的歷

〔註25〕湯顯祖《宜黃縣戲神清源師廟記》，《湯顯祖詩文集》卷三十四。

史內容。無論是莎士比亞著名的歷史悲劇《理查二世》還是《裘力斯・愷撒》均體現了上述特點。兩部戲沒有從頭到尾敘述主人公的一生，而是選取其人生中幾個關鍵片斷，通過人物意志和行動的展開來刻畫人物的性格、命運，以此展示人的主體性力量，探索了人性深處的欲望等問題。可以說西方戲劇的敘述方式決定了其歷史悲劇在展現人性的深度等方面遠勝於中國古代的興亡悲劇，但在描述歷史本身興衰變遷的命運方面則又遠遜於中國古代戲曲。

　　任何藝術形式與其文化傳統及其文化觀念之間均存在著互動關係，迥異的戲劇敘述方式以及由此形成的不同風格正是中西方不同文化歷史觀念作用的結果。中國古代戲曲通過個人的悲歡榮辱來見證歷史的興衰命運，又在對歷史的總結與傷悼中凸顯出個人命運的無常，既體現了歷史是人之歷史，而個人又是歷史中的人這一辯證關係，又體現了「天人合一」思想在戲曲中的滲透，人個命運與歷史興亡密不可分，即徐復觀先生所說的成就人文於歷史，決定賞罰於歷史。西方歷史悲劇卻始終突出的是個體的力量與性格，從個體的命運遭際中並不見出歷史本身的興衰規律，歷史與個人的命運是分離的，而這也正是西方二元對立宇宙觀在戲劇創作中的具體體現。由此可以說，正是對歷史的重視以及史傳式的結構方式使興亡之悲成為中國戲曲悲劇性意蘊表達方式的一個重要特徵。

三、開放式敘事與文本存在形態的複雜

　　古代戲曲由於敘述者的存在以及史傳式結構使其呈現出開放式敘事方式，這一特點給深具悲劇色彩的戲曲帶來了一個直接影響，即文本存在形態的複雜，突出表現在戲曲悲劇研究中一些文本的界定分歧上。文本的存在形態主要取決於受眾的接受活動，一部戲是悲劇、喜劇亦或是悲喜劇往往取決於戲劇的主導情緒體驗帶給接受者怎樣的影響，而上述三種存在形態正是三種基本情感體驗在戲曲中的呈現。然而，儘管從接受角度看，一部戲產生的情感效應具有多種接受的可能性，但我們在接受西方古、近代戲劇特別是悲劇過程中幾乎很少出現爭議性，除卻某些西方現代派戲劇，如《等待戈多》一劇，《中國大百科全書・戲劇卷》就將其同時納入「悲劇」與「喜劇」的條目之中，這與荒誕派戲劇以喜劇手法來表現悲劇內容相關。而這一現象在中國古代戲曲中同樣存在，可以說正是由於悲喜相錯的美學追求使深具悲劇色彩的戲曲在存在形態上遠較西方古、近代戲劇複雜。如對《牡丹亭》，研究者

對其存在形態存在著較大的爭議性，有人認爲是悲劇，有人則認爲是喜劇，也有人折中爲悲喜劇。對此請參見本論題救世理想一章。儘管這樣的分類似乎是在以西方觀念強就古代戲曲，但恰是在這種參照中才見出了深具悲劇色彩的古代戲曲在文本存在形態方面的獨特之處。其實上述三種分類對於《牡丹亭》來說既有合理之處又有不合理處，正如我們在上章中所言，《牡丹亭》在敘述層面可看作喜劇，在哲理層面則應視爲悲劇，而從全戲的主導情緒出發則確可歸入悲喜劇範疇。

　　一般說來，戲劇情感效應的產生是戲劇本身所要表達的情緒與接受者自身審美趣味、人生經驗等因素在接受過程中相互碰撞的結果，而不同的敘事方式則決定了二者的孰輕孰重。內斂式的敘事通過內交流體系爲接受者提供了相對固定的戲劇情緒，它通過故事情節本身的悲慘、人物在展開意志與行動中所表現出的巨大激情等因素來引起觀眾的憐憫與恐懼之情，從而達到情感的淨化作用，劇作家自身的情感態度隱藏在客觀敘述之中，儘管觀眾接受過程中所獲得的悲劇體驗各有不同，但戲劇本身提供的情感體驗就已決定了其作爲悲劇形態而存在。開放式敘事則不同，劇作家通過敘述者直接與觀眾進行交流，在敘述故事、抒發人物情感的同時往往將自己內心深處的眞實情感與矛盾痛苦直接向觀眾作了傾訴，從而使戲劇本身所提供的情感體驗分成了兩個層面：一層是戲劇故事及其人物命運遭際所引起的情緒效應，另一層則是劇作家矛盾複雜的心曲。儘管古代戲曲寫意抒情的創作原則使戲曲人物往往成爲作家的代言人，代作家直抒情懷，這一點在以抒情見長的雜劇中尤爲突出，但隨著戲曲敘事性的加強，戲劇人物的獨立地位也日益受到重視，所謂代人物立心、立言的主張即是明證。加之，古代戲曲程序化的敘述模式一定程度上造成了劇作家所採取的藝術形式與其內心眞實的情感觀念之間存在矛盾的現象，即前章所論及到的敘述形式與其內涵之間產生分裂的問題。隨著作家對現實人生的悲劇性感悟進一步深化，對固有觀念產生懷疑時，這種分裂也會日益顯明，從而使戲劇故事及人物命運所引起的情緒體驗與劇作家內心深處的情感反應之間也產生一定的距離，出現了敘述主體的分化。

　　所謂敘述主體，是指文本「所表達的主觀的感知、認識、判斷、見解等的來源」由「各人物、（各）敘述者」等組成〔註26〕。而主體的分化則指構成主體的各部分之間意見相左或衝突。一般而言，任何敘述中均存在著某種程

〔註26〕參見趙毅衡《當說者被說的時候》，人民大學出版社 1998 年，第 23 頁。

度的主體分化，西方戲劇作為獨白型藝術雖也存在著一定程度的主體分化，但由於封閉式內交流的敘述方式使主體的分化非常隱微，作家的態度均隱藏在客觀的展示之中。而對於以寓言寫意為主旨的古代戲曲來說，由於人物的視野均納入了劇作家的代言人──敘述者的視界中，在這種一元化視角的影響下，主體分化的程度應當說是微乎其微，然而，開放式外交流方式使作家面向觀眾直抒胸懷，由此使主體分化問題比較容易暴露。如元雜劇中的《瀟湘夜雨》《秋胡戲妻》等劇勉強的團圓與人物性格及情節發展邏輯的矛盾之處已一定程度地暴露了主體自身觀念的分化，如前章所述這是作家主觀意願與客觀敘事之間的矛盾所致，即人物與敘述者之間意見相左甚至相衝突的結果。這種現象到了明代中後期隨著劇作家心靈的分裂與矛盾痛苦的加深而日益突出。關於明代後期以後社會現實的極端黑暗與動蕩對文人生存境遇以及文化心理帶來的巨大威脅與悲觀幻滅感，文藝領域內的個性解放思潮對文人劇作家的固有觀念造成的巨大衝擊等問題，學界已多有論述，本論題其它章節也略有論及，此處就不再贅述。正是上述這些因素使本來最不應出現分化的古代戲曲出現了分化現象，並在深具悲劇性的戲曲中得到了彰顯。除卻上文提到的《牡丹亭》外，湯顯祖的《邯鄲夢》也是一個突出例子。粗略翻檢古人對該劇的品賞，不難發現該劇在接受過程中很明顯地分成了兩種觀點，一種是賞其仙圓之趣，而另一種則深諳劇作家內心之悲涼意緒繼而體驗到人生如夢，萬緣皆幻而生命意義何在的形上之悲。前者如馮夢龍認為該劇「四夢中當推第一，世俗以黃梁夢為不祥語，遇吉事不敢演。夫夢則為宰相，醒則為神仙，事孰有吉祥於此者？」〔註 27〕而錢希言也有著相類似的喜劇性情感體驗「劇罷客亦散，城烏下枯桑。樂莫今夕樂，延年壽千霜。」〔註 28〕相對於馮、錢二人，呂天成的評說則意味深長：「《邯鄲夢》窮士得意，興盡可仙。先生提醒普天下措大，功德不淺，即夢中苦樂之致，猶令觀者神搖，莫能自主。」〔註 29〕所謂苦樂之致，令觀者神搖，不正足以說明該劇帶給觀眾的情感體驗不僅僅是馮夢龍等人所體驗到的喜劇感，還可能產生深沉的悲劇

〔註 27〕 馮夢龍《邯鄲夢總評》卷首，見《墨憨齋定本傳奇》，《湯顯祖研究資料彙編》
　　　　下冊第 1305 頁。
〔註 28〕 錢希言《今夕篇・湯義仍膳部席與帥氏從升從龍郎君尊宿叔寧觀演二夢傳奇
　　　　作》，同上書第 1308 頁。
〔註 29〕 呂天成《曲品》卷下《邯鄲夢》，《中國古典戲曲論著集成》第六冊，第 231
　　　　頁。

性感受，如尤侗就說：「曲終人醒，玳筵前，酒杯猶熱。又歸來，獨眠孤館，今夜應添白髮。」〔註30〕其實這種悲情體驗在明清時期的接受欣賞中佔了主流，大多文人雅士在《邯鄲夢》中所品味到的恰恰是人生的悲涼，「一歌雨淙淙，再歌風蕭蕭，三歌四座皆起立，欲招鳴鶴驚潛蛟。……引我萬神之愁腸，生我一夕之二毛。淚亦欲為之傾，心亦欲為之搖。」〔註31〕「伶人歌《邯鄲夢》。伶人者，即巢民所教童子也。……有秦簫者，解作哀音，每一發喉，必緩其聲以激之，悲涼倉兄（愴怳），一座郗歔。」〔註32〕「富貴常悲春夢婆，徒嬌妻妾意云何。奈當得志乘權日，夢醒人稀夢死多。」〔註33〕「哀樂中年味飽經，只今雙鬢已星星。邯鄲枕與中山酒，乞取長眠不願醒。」〔註34〕而吳梅也曾說「無怪清嘉、道間，官場忌演《邯鄲夢》，以為不吉也。」〔註35〕並指出馮夢龍等人的體驗有悖於作家的原意：「玉茗此記為江陵發，篇中憤慨甚多。臧晉叔、龍子猶輩皆未之知，各為刪改，真是夢夢。」〔註36〕盧冀野則在《中國戲劇概論》中引用童伯章的話說明了《邯鄲夢》帶給讀者觀眾怎樣的悲劇性體驗：「全書宗旨，在喚醒富貴中人，使知百年有盡，不如學仙。故此曲，痛言功名富貴與罪戾為鄰……舊謂黃鍾富貴纏綿，此曲，富貴而悲慘矣。」凡此均很好地說明了《邯鄲夢》在接受過程中所造成的悲劇性情感體驗遠遠大於喜劇性體驗。

　　同是文人雅士，甚至是同一時代之人，面對同一部作品卻有著截然不同的情感體驗，這一現象的產生在接受過程中並不奇怪，但對於以寫意為主的古代戲曲來說卻是值得注意的，這種現象的形成不僅與接受者的審美趣味、人生閱歷有關，更主要還與劇作本身複雜的情感內蘊，即劇作家心靈分裂的痛苦在開放式敘述中形成雙層戲劇情感體驗相關。任何文本的解讀都有一個

〔註30〕尤侗《漢宮春·觀演邯鄲夢》，《百末詞》卷四，見《西堂全集》，清康熙刻本。

〔註31〕陳瑚《秦簫歌》《確菴先生詩抄》卷一，毛效同編《湯顯祖研究資料彙編》下冊第 1310 頁。

〔註32〕陳瑚《同人集》卷三《得全堂夜宴後記》，同上書第 1250 頁。

〔註33〕皮錫瑞《再和檜門先生觀劇絕句三十首之二十九》，同上書第 1323 頁。

〔註34〕易順鼎《觀劇絕句·和檜門先生觀劇絕句三十首之二十九》，同上書第 1323 頁。

〔註35〕吳梅《八仙慶壽跋》，《吳梅戲曲論文集》，中國戲劇出版社，1983 年第 401 頁。

〔註36〕吳梅《邯鄲夢》卷末，蔡毅編著《中國古典戲曲序跋彙編》第二冊，齊魯書社 1989 年，第 1267 頁。

追求原意的問題，吳梅對馮夢龍的批評正是認爲其未能領悟湯顯祖的眞實意圖。從馮夢龍的藝術修養及人生閱歷來看，他對現實人生的悲劇性並不缺乏深刻的體驗和感悟，其實他所體驗到更多是情節層所提供的情感效應，可以說也同樣是一種原意，而尤侗、吳梅等人則更多看到了劇作家在情節背後所透出的矛盾心曲。因此，從我們今天的文類觀出發，《邯鄲記》所帶來的情感體驗使其同樣可以同時作爲悲劇或者喜劇亦或是悲喜劇而存在，呈現出存在形態的複雜性，而《長生殿》等劇也存在著這種現象。正如有學者所言：「一部作品具有多種有效的可能性……具有多種有效可能性的悲劇在中國古典文學中較爲普遍，這恰恰說明了中國古典悲劇的複雜性。」〔註37〕張哲俊的觀點對我們認識古代戲曲存在形態的複雜性確提供了有益的啓發，但他只著眼於情感體驗卻沒有進一步從文體特徵及其相應的敘述方式來探討形成這一現象的原因。西方現代戲劇特別是前面所例舉到的荒誕派戲劇存在形態的複雜性其實正與西方戲劇自身的文體及其敘述方式的發展變化有關，恰是因爲 20世紀以來西方文學創作開始打破嚴格的文類規範，文類互滲的提倡和實踐同樣影響滲透了西方戲劇的創作〔註38〕，由此，我們才會看到古代希臘與現代派某些悲劇作品在敘述方式上與中國古代戲曲有著許多契合類似之處，而這也進一步說明文本存在形態的複雜性，即戲劇中的主體分化在古代戲曲開放式的外交流系統中才更容易暴露。

此外，西方古代悲劇與現代悲劇在文體上均存在著「不純」之處，古代戲曲悲劇中存在敘述者以及某種程度的外交流系統是戲劇文體尚未發展到高度成熟時必然的現象，而西方現代悲劇與古代戲曲的一些契合之處卻是劇作家對近代純戲劇觀念予以突破的結果，同時，文體界限的有意模糊也爲中西方戲劇研究找到有效的對話橋梁提供了契機，從而爲避免悲劇研究中的某些誤區提供了有益的啓示。

〔註37〕 參見張哲俊《中日古典悲劇的形式·導論》第 21 頁。
〔註38〕 注：這一點可從小說創作中提倡展示性的戲劇手法，戲劇創作中敘述因素的重新納入等見出，前者如盧伯克要求「小說越戲劇化越好（殷企平《盧伯克小說理論尋幽》《外國語》2001 年第 2 期），海明威等人的小說創作實踐著這一倡導；後者則以布萊希特的「史詩劇」爲代表，即重新給展示性的戲劇加入敘述者。

第四章　悲觀主義：古典悲劇觀的形成

筆者認爲，中國古典悲劇觀的形成並走向成熟大致可從三個層面來看：陳洪綬等人的「怨譜說」以及祁彪佳、呂天成等人對悲情苦境的欣賞趣味是從理論上探討與戲曲悲劇性相關因素的開始，但這種欣賞和思考還主要停留在情致、意境等傳統詩學範疇，其批評觀也並未能跳出傳統的文藝觀念；槃薖碩人的《玩西廂記評》用佛家悲觀主義人生觀來比附「驚夢」結局，卓人月的《新西廂序》則較爲明確地提出了悲觀主義的戲曲觀，金聖歎評點《西廂記》時斷然砍掉第五本，以「驚夢」作結而更心儀「哭宴」同樣透出了悲觀主義的審美趣味，並從悲觀主義人生觀出發對戲曲的本質與功能作出了要求，從而使傳統的敘事文學觀念發生了變異；王國維是中國近代第一個傳播西方悲劇理論的人，叔本華的唯意志論與老莊哲學構成了其悲觀主義悲劇觀的理論支撐，而其文藝思想與卓人月、金聖歎等人的悲觀主義審美趣味又有著諸多相通暗合之處，並借助現代哲學美學對此作了進一步深化與理論上的表達，可以說，王氏用西方話語表述的悲劇觀不僅有著鮮明的本土文化特徵，而且借用叔本華悲劇思想對傳統文化中的悲劇意識作了理論上的初步總結。本章擬通過對上述三個層面的內涵、特點及其在古典悲劇觀形成過程中的作用與意義作一粗略的梳理和探討，希望能以此清晰地勾勒出古典悲劇觀形成並走向成熟的發展過程。

第一節　「怨譜」與「苦境」：悲怨傳統在戲曲批評領域內的承續

儘管中國古代文論沒有明確提出過「悲劇」這一概念，但卻並不乏「悲」、

「怨」、「哀」等包含悲劇性因素的審美範疇，可以說對「悲怨」之美的欣賞
與追求在古代文論中有著深遠的傳統，從《樂記》和鍾嶸的《詩品》開始到
後來的歷代文論中幾乎都有對「悲怨」風格的闡發與總結，而這也恰是「悲
哀是全部中國文化的底色」〔註1〕的重要原因之一。隨著戲曲文人化進程的加
深，劇作家及劇論家開始從理論上自覺對此傳統予以繼承並加以倡導。

　　粗略翻檢明代中葉以來的戲曲評點及理論著述不難發現，評點者、劇作
家對悲怨風格的賞評與推崇呈日益增多的趨勢：

　　首先是戲曲評點領域對戲曲悲劇性內涵及風格的體認與闡發，並將傳統文
論中的「怨」這一範疇引入了戲曲批評領域，提出「怨譜」說的概念。最早將
「怨」與戲曲批評聯繫起來的當屬徐渭，其在《琵琶記》的評點中將傳統的「興
觀群怨」引入了戲曲批評領域，認為《琵琶記》「純是寫怨」〔註2〕，點明了該
劇內容上的主要特點，其後的陳繼儒也從怨的角度闡發了《琵琶記》的悲劇性
內蘊，並指出「讀《琵琶》令人鼻酸」〔註3〕的情感體驗特徵，而此前的李贄
在評點中同樣指出了《琵琶記》具有「一字萬哭」〔註4〕的情感效應。真正對
戲曲悲怨內蘊及藝術風格予以總結並明確提出「怨譜」說的則是陳洪綬，如他
在評點《嬌紅記》「仙圓」一齣時說「淚山血海，到此滴滴歸源。昔人謂詩人
善怨，此書真是一部怨譜也」，而評《合冢》時則說「上逼《會真記》，下壓《牡
丹亭》。一折芳殞，一折雙逝，並此而三，不顧讀者淚濕青衫耶！」〔註5〕如果
說徐渭、陳繼儒等人的論述並未直接表現出對於悲怨之美的審美偏愛，那麼陳
洪綬「上逼《會真》，下壓《牡丹》」的評價對悲怨之美則表現出了明顯的喜好，
即從動人的情感體驗方面來說，《嬌紅記》不僅追步於《會真》《牡丹》，甚至
更勝於二者。有學者認為中國的全部悲劇觀正是以明代的「怨譜」說作為核心
發展起來的〔註6〕，但也有學者認為「怨譜」說主要從情感傾向而非悲劇內涵
上著眼，離真正的「悲劇觀念還有相當距離」〔註7〕。儘管兩者觀點相左，但
都突出了「怨譜」說著眼於古代戲曲注重以情動人尤其是以哀怨之情最能打動

〔註1〕參見王富仁《悲劇意識與悲劇精神》，江蘇社會科學2001年第1期。
〔註2〕成裕堂本《琵琶記》卷首前賢評語。
〔註3〕《鼎鐫琵琶記》卷末總評，明師儉堂刻本。
〔註4〕《李卓吾先生批評琵琶記》，明容與堂刻本。
〔註5〕《節義鴛鴦冢嬌紅記序》，古本戲曲叢刊二集，上海商務印書館1954～1955年。
〔註6〕參見謝柏梁《中國悲劇史綱》，學林出版社1993年，第180頁。
〔註7〕參見華明《悲劇的話語與話語的悲劇》，《中國比較文學》2003年第2期。

人心的詩性特徵。還有一些戲曲評點者雖未直接將「怨」這一傳統詩學範疇引入其批評中，但在對戲曲悲劇性內蘊及風格的賞玩與發掘上則與徐渭等人有相通之處，甚至更爲全面深入。如孟稱舜從藝術風格及情緒體驗角度對深具悲劇色彩的元雜劇進行的評點就進一步深化了陳繼儒等人的觀點，如評《梧桐雨》「此劇與《孤雁漢宮秋》格套既同，而詞華亦足相敵，一悲而豪，一悲而豔，一如秋空唳鶴，一如春月啼鵑，使讀者一悲一痛，淫淫乎不知淚之何從。」評《薦福碑》「半眞半謔，絕無黏帶，一種悲弔情懷，如寒螿夜泣，使聽者淒然」，〔註8〕馮夢龍《灑雪堂・總評》更從情的角度將該劇與其它具有一定喜劇色彩的戲曲進行了比較，認爲「是記窮極男女生死離合之情，詞復婉麗可歌，較《牡丹亭》《楚江情》，未必遠遜，而哀慘動人，更似過之。若當場更得眞正情人，寫出生面，定令四座泣數行下。」〔註9〕可以說從內容、風格以及情感特徵上對深具悲怨之美的戲曲進行了闡發，從而使詩文批評領域內的悲怨傳統在戲曲評點中得到了較爲全面深入地繼承。〔註10〕

其次是戲曲理論論著中對戲曲悲劇風格的欣賞與總結，提出了「苦境」論。「苦境」的概念屢見於呂天成和祁彪佳的論著中，其實在徐復祚的《曲論》中已可窺見其身影，如「西廂後四齣，定爲關漢卿所補，其筆力迥出二手，……且西廂之妙，正在於草橋一夢，似假疑眞，乍離乍合，情盡而意無窮，何必金榜題名、洞房花燭而後乃愉快也？」〔註11〕此段論述雖未刻意著眼於悲情苦境，只是傳統意境理論在戲曲賞鑒中的延伸，但其對戲曲悲劇風格帶來的審美快感的論述仍體現了悲怨傳統在戲曲評賞中的承續，這一特色在呂天成、祁彪佳的理論中進一步得到了凸顯和深化。

據粗略統計，呂天成在《曲品》中涉及到「苦境」及與之相關話語約十餘條，茲錄如下：

永嘉高則誠……志在筆先，片言宛然代舌；情從境轉，一段眞堪斷腸。

境慘情悲，詞亦充暢。（評《雙忠記》，見能品十）

〔註8〕 《古今名劇合選》，古本戲曲叢刊編委會，1958 年影印本。

〔註9〕 《墨憨齋新定灑雪堂傳奇》卷首，古本戲曲叢刊編委會 1955 年影印本。

〔註10〕 此段的寫作參閱了朱萬曙《明代戲曲評點研究》第四章第三節，安徽教育出版社 2004 年。

〔註11〕 徐復祚《曲論》，《中國古典戲曲論著集成》第四冊，第 241 頁。

真情苦境，亦甚可觀。（評《教子》，見能品三）

事情近酸，然苦境亦可玩。（評《分錢記》，見新傳奇品上上品）

書生坎坷之狀，令人慘動。（評《雙魚》，見新傳奇品上上品）

苦處境界，大約雜摹古傳奇。（評《合衫》，見新傳奇品上上品）

描寫閨婦怨夫之情，備極嬌苦，直堪下淚，真絕技也！（評《紫釵記》，見新傳奇品上上品）

境趣悽楚逼真……但事情非人所樂談耳。（評《祝髮記》，見新傳奇品上中品）

元有竇娥冤劇，最苦。美度故向此中寫出，然不樂觀之矣。（評《金鎖記》，見新傳奇品上中品）

悲憤激烈……於虎邱千人石上演此，觀者萬人，多泣下者。（評卜大荒《冬青記》上中品）

情節極苦，串合最巧，觀之慘然。（評《雙珠記》，新傳奇品中中品）

〔註12〕

而祁彪佳在《遠山堂曲品》《遠山堂劇品》中涉及到對悲情苦境的欣賞及論述則約有十八處之多：

傳奇取人笑易，取人哭難。有杜秀才之哭，而項王帳下之泣，千載再見；有沈居士之哭，即閱者亦唏噓欲絕矣。長歌可以當哭，信然。（評《霸亭秋》）

人謂於寂寥中能豪爽，不知於歌笑中見哭泣耳。曲白指東扯西，點點是英雄之淚。（評《簪花髻》）

但馬周窮困之狀，描寫未盡，轉覺乏慷慨之概（評《新豐記》）

忠臣義士之曲，不難於激烈，難於婉轉（評《豫讓吞炭》）

天然情景，不假安排，而別離會合，事事巧湊。然其詞備別離之苦，即會合終是不快，奈何！（評王驥德《兩旦雙環》）

此劇雖不足寫李夫人之生面，而『姍姍』一歌，幾於滿紙是淚矣。（評王驥德《金屋招魂》）

〔註12〕呂天成《曲品》，《中國古典戲曲論著集成》第六冊。

傳情者，須在想像間，故別離之境，每多於合歡。實甫之以驚夢終
西廂，不欲境之盡也。至漢卿補五曲，以虞其盡矣。田叔再補出閣、
催妝、迎奩，歸寧四曲，俱是合歡之境，故曲雖逼元人之神，而情
致終遜於譜離別者。（評屠峻《崔氏春秋補傳》）

作情語者，非寫得字字是血痕，終未極情之至。子塞俱如許才，而
於崔護一事，悠然獨往，吾知其所鍾者深矣。（評孟稱舜《桃花人面》）

王播當不得意時，寄食僧僚，止數莖木蘭花稱相知友。天之困文人，
乃至此哉！迨至碧紗籠蓋，聲光熠熠，癡人方歡羨不已，不知元成
記此正爲之痛哭耳。（評來鎔《碧紗》）

徐野君春波影有『小青翻閱牡丹亭』一境，元成爲之再記數語，無
字不令魂斷。（評來鎔《閒看牡丹亭》）

牢騷怒罵，不減漁陽三弄。此是天孫一腔塊壘，借文長舒寫耳，吾
當以斗酒澆之。（評董玄《文長問天》）（以上見《遠山堂劇品》）

詞之能動人者，惟在眞切，故古本必直寫苦境，偏於瑣屑中傳出苦
情。（評《尋親記》）

近日詞場，好傳世間詫異之事，自非具高識者不能，不若此等直傳
苦境，詞白穩貼，猶得與荊、劉相上下。（評《雙杯記》）

王元美評幽閨有三短，終本不令人墮淚，其一也。若此記，點點是
淚矣。（評《鸞釵記》）

伯彭此記，於李變傭工處，描寫苦狀，聞之令人酸楚；且陳列條暢，
竟可與欽、陸二先生爭勝。（評《紫綬記》）

而借南宋時人以譜之者。備諸苦境，刻肖人情。（評《朱履記》）

傳張、許事，詞意劌切，可以揭忠義肝膽。但睢陽已陷之後，必傳
大創安、史，收復兩京，方爲二公吐氣；乃以陰魂聚首，結局殊覺
黯然。（評《雙忠記》）

大凡情緣一起，必有一種大不快人意處，爲之顛倒，爲之齟齬，方
見吾輩獨有所鍾。（評《靈犀佩記》）（以上見《遠山堂曲品》）〔註13〕

從以上引文中可知，事慘情悲是呂天成、祁彪佳「苦境」論兩個基本質素，

〔註13〕見《中國古典戲曲論著集成》第六冊。

而只有情感的眞實與境遇的悲苦相融合才能起到震撼人心的藝術效果，即要求戲曲中的悲劇性事件應與其引起的主人公悲劇性的感受、心境契合無間，水乳交融。用詩歌的意境理論來探討戲曲藝術的境界問題自王世貞、湯顯祖業已開始，到了呂、祁二人手中則明確用「苦境」來討論深具悲劇色彩的戲曲，從而使悲怨傳統與意境理論在戲曲批評中完美地結合起來。同時，呂祁二人的賞評中還論述了至情理想與悲劇色彩的密切關係，這在祁彪佳的評品中尤爲突出。所謂「作情語者，非寫得字字是血痕，終未極情之至」「大凡情緣一起，必有一種大不快人意處，爲之顛倒，爲之齟齬，方見吾輩獨有所鍾」既重申了悲情更易動人的理論，也強調了至情理想必然包含的悲劇性因素，由此從某種程度上爲我們揭示了明中葉以後伴隨著至情理想在戲曲領域內的推崇，即使最終以喜劇結局的戲曲創作中也多悲劇色彩的一個重要原因。

通過上述粗略的梳理，不難發現戲曲創作中的悲劇色彩自明代中後期起呈現出逐漸增多的**趨勢**，儘管有學者以明清傳奇幾乎沒有一悲劇到底的創作，且明清之際劇壇出現了專門寫喜劇的作家，卻沒有專門寫悲劇的作家這一現象爲由認爲明清傳奇中的悲劇意識呈淡化傾向〔註 14〕，但筆者仍認爲無論是明清的社會政治現實，還是戲曲創作的三大主題都無法從根本上驅除劇作家面對現實時所產生的強烈的悲劇感受，因而也就不可能不在戲曲中表現出或濃或淡的悲劇色彩，即使最後以皆大歡喜終場，這一點從祁彪佳的品評中已可窺見一斑。可以說戲曲本身悲劇色彩的增多吸引了理論家的目光，同時，理論的闡發又推動了創作本身，如祁彪佳自己所作《全節記》，從其序言「試一演之，窮愁蕭瑟之景，與慷慨激烈之概，歷歷如覩。今觀者若置身期間，爲之歌哭憑弔，不能自己……」來看即是一部極具悲劇色彩的戲曲。而善於寫情、傳情的孟稱舜對戲曲悲劇風格的理論闡發同樣滲透到自己的創作之中，其創作不論結局如何，大多都具有較爲濃郁的悲劇色彩，因其如此，祁彪佳在評以喜劇作結的《桃花人面》時才會發出「作情語者，非寫得字字是血痕」慨歎。

對悲劇風格的喜愛與關注帶來的直接後果是戲曲審美趣味的悄然變化。如果說徐渭「如冷水澆背，陡然一驚」的主張對「哀而不傷，怨而不怒」的傳統美學理想的衝擊尚具個別性的話，那麼，到了呂天成、祁彪佳等人的時代，對悲情苦境的欣賞則逐漸成爲審美趣味的發展傾向，這從王元美對《幽

〔註14〕參見羅景之《論明清傳奇悲劇意識的淡化》，《藝術百家》2001 年第 2 期。

閨記》「終本不令人墮淚是其三短之一」的評價以及「傳情者，須在想像間，故別離之境，每多於合歡」的評賞趣味中即可見出，而這種變化隨著社會現實的日益黑暗動蕩以及感傷主義文藝思潮的推動在卓人月、金聖歎那裏則呈現爲自覺以痛苦爲審美對象的悲觀主義審美傾向。

　　悲怨傳統在戲曲批評領域內的承續並深化究其原因主要有兩個方面：一是戲曲的文人化使文人劇作家及戲曲理論家必然將傳統的審美趣味及標準帶入戲曲創作及品評之中，同時，隨著戲曲自身的發展臻於成熟和完善，劇作家及理論家們對戲曲藝術自身發展規律有了更爲清醒和自覺的認識與追求，將傳統的美學追求與新的文藝體裁融合與並使之更新、深化是文學史、文化史發展的必然要求。二是明代中後期戲曲創作中對至情理想的強調促成了悲劇性作品的增多。悲劇性作品的增多或者說戲曲創作中悲劇色彩的增強，黑暗的社會現實與王朝的興衰更替固然是重要促因，而從文學自身的發展來看，對至情的追求與高揚，強調「情有理無」或者「理在情中」，實際導致了對人的主體性尤其是個體主體性的高揚，由此必然引起個體理想與社會現實以及傳統習俗間對抗的加強，即使在湯顯祖之後，情理關係逐漸呈現出調和趨勢。一切「至」的境界其實都是執著的產物，現實世界的無情，才強烈渴望在藝術的有情世界中加以補償，但是主體願望的過於強烈往往會在實踐中受阻，因而至情理想不僅使劇作家對現實人生悲劇性的一面有了更爲敏感、深刻地體悟，當其用這一理想來反觀現實世界時也更容易產生強烈的悲劇心理，因此，無論是湯顯祖、蘇州作家群還是南洪北孔，都無法擺脫這種深沉的悲劇感，從而自覺不自覺地將這種情懷帶入了寫作之中，爲其創作塗上了一抹揮之不去的悲劇色彩。

　　關於「怨譜」說與「苦境」論究竟能否稱作中國古代的悲劇觀問題學界是有所爭論的，而筆者則認爲，無論是「怨譜」說還是「苦境」論雖針對戲曲而發，但其立足點並未脫開傳統的詩文審美標準，即僅抓住了悲劇的藝術風格和情感特徵，卻忽視了戲曲作爲敘事文學在表現悲劇性內蘊時所應有的獨特性，如悲劇主體、悲劇境遇、悲劇產生根源等等。同時，一個民族的悲劇觀念總是與該民族的世界觀、人生觀緊密相聯，因此，成熟的悲劇觀念必須依賴於劇作家及理論家們對人生悲劇性的哲理化感悟並通過文學藝術提升爲整個民族的精神體驗，我們雖反對以西方的觀念硬套中國文學的實際，但這一點上中西方應當是相通的。對「怨譜」與「苦境」的闡發體現了悲怨傳

統及意境理論在戲曲批評中的滲透，也體現了現實人生的悲劇性問題日益為戲曲創作所關注，但這些都還只是停留在對藝術作品的感性經驗上，並未上升到某種人生哲理的高度，諸如人與宇宙、世界的關係，人生的本質問題，人的生存境遇等等。因此，「怨譜」與「苦境」包含了中國古代悲劇觀念的重要因素，是古典悲劇觀形成乃至成熟不可或缺的前提，但稱之為中國的古典悲劇觀卻未必妥當。

第二節　卓人月與金聖歎：悲觀主義審美趣味在戲曲批評領域的形成

　　祁彪佳等人對悲情苦境的欣賞始終立足於傳統的感性鑑賞層面，並未上升至人生哲理層面對戲曲悲劇性內蘊予以申發，其戲曲批評觀念也未能跳出傳統的經世致用文藝觀。而在槃薖碩人、卓人月以及金聖歎手中，這一批評模式則可說發生了根本的改變，突出標誌就是悲觀主義審美趣味開始在戲曲批評領域內形成。

　　作為看待世界、人生的一種思想觀念與方式，悲觀主義向與以儒家思想為主導的中國文化精神相牴牾，前章已述，儒家的風教觀實質要求作家在敘述藝術中所展現的世界圖景最終是樂觀主義的，即所謂否極泰來，始困終亨，惟此才能達到勸懲教化的功效，可以說儒家文藝觀從根本上是要求劇作家有著樂觀的世界觀與人生觀的。而作家悲觀主義世界觀、人生觀向審美領域內的滲透則使傳統文藝觀發生了變異，尤其給以道德勸懲為首務的敘事文學的觀念帶來了巨大的影響，這對中國悲劇性文學的創作及悲劇觀的形成無疑具有重要意義。

一、悲觀主義審美趣味在戲曲批評領域內的具體表現

　　首先是人生如夢、萬物暫有，生命苦痛等悲觀主義世界觀、人生觀成為申發戲曲悲劇性內蘊的重要理論依據，突出標誌是對《西廂記》喜劇結局的質疑與刪改。關於《西廂記》的結局，自明代中葉起就在懷疑其續本及筆力下降問題，但論述主要著眼於藝術風格的統一、藝術境界的高下等方面，而槃薖碩人、卓人月、金聖歎等人對悲劇性結局的偏愛則是上述悲觀主義思想觀念在戲曲批評中的具體演繹和深化。如槃薖碩人在《玩西廂記評》中說「王

實甫著《西廂》至〈草橋驚夢〉而止，其旨微矣。蓋從前迷戀，皆其心未醒處，是夢中也。逮至覺而曰：『嬌滴滴玉人何處也？』則大夢一夕喚醒，空是色而色是空，天下事皆如此矣。關漢卿紐於俗套欲必，終以書錦定娶，則王醒而關猶夢。」〔註15〕對關王的評價並不立足於創作自身的藝術成就，而以能否使人覺悟到人生如夢的創作主旨爲其評價標準。卓人月的《新西廂序》則進一步從人生如夢、生命苦痛出發對戲曲的結構模式提出了要求：「天下歡之日短而悲之日長，生之日短而死之日長，此定局也。且也歡必居悲前，死必居生後。今演劇者必始於窮愁泣別，而終於團圓宴笑，似乎悲極得歡，而歡後更無悲也；死中得生，而生後更無死也。豈不大謬哉！」〔註16〕相對於槃薖碩人，卓人月對人生悲劇性本質有了較爲深入、具體的闡發，同時，以現實人生多悲劇作爲反對戲曲團圓結局的理由，某種程度上是在倡導敘事藝術忠實於生活的寫實精神。

　　金聖歎對《西廂記》的評點則推動了悲觀主義審美趣味在戲曲批評領域的最終形成，而萬物暫有、人生痛苦的思想構成了其悲劇意識的重要內涵，也是其對敘事文學悲劇性內蘊予以哲思解讀的理論支撐。槃薖碩人和卓人月從佛家色空觀出發提出人生如夢、苦多樂少的生活本質，可以說對人生的悲劇性雖有哲理性的感悟，但未能作進一步申發。至金聖歎已不滿足籠統地發出一聲人生如夢的哀歎，而是從人本角度作了進一步的追問：

今夫浩蕩大劫，自初迄今，我則不知其有幾萬萬年月也。幾萬萬年月，皆如水逝雲卷，風馳電掣，無不盡去。而至於今年今月，而暫有我。此暫有之我，又未嘗不水逝雲卷，風馳電掣而疾去也。我今日所坐之地，古之人其先坐之，我今日所立之地，古之人之立之者，不可以數計矣。夫古之人之坐於斯，立於斯，必猶如我之今日也。而今日已徒見有我，不見古人。彼古人之在時，豈不默然知之，然而又自知其無奈，故遂不復言之也。此眞不得不致憾於天地也，何其甚不仁也。既已生我，便應永在，脫不能爾，便應勿生。如之何本無有我，我又未嘗哀哀然丐之曰，爾必生我，而無端而忽然生我。無端而忽然生者，又正是我。無端而忽然生一正是之我，又不容之少住。無端而忽然生之，又不容少住者，又最能聞聲感心，

〔註15〕吳毓華《中國古代戲曲序跋集》第236頁。
〔註16〕同上書第298頁。

多有悲涼。嗟乎，嗟乎，我真不知何處為九原，云何起古人。如使
真有九原，真起古人，豈不同此一副眼淚，同欲失聲大哭乎哉。

天地之生此芸芸也，天地殊不能知其為誰也。芸芸之被天地生也，
芸芸亦皆不必自知其為誰也。必謂天地今日所生之是我，則夫天地
明日所生之固非我也。然而天地明日所生，又各各自以為我，則是
天地反當茫然，不知其罪之果誰屬也。夫天地終亦未嘗生我，而生
而適然是我，是則我亦聽其生而已矣。天地生而適然是我，而天地
終亦未嘗生我，是則我亦聽其水逝雲卷，風馳電掣而去而已矣。（以
上《聖歎外書·序一》）

今夫天地，夢境也，眾生，夢魂也。無始以來，我不知其何年齊入
夢也，無終以後，我不知其何年同出夢也……鄭之人夢得鹿，置之
於隍中，採蕉而覆之，彼以為非夢……夢鹿一夢也，今爭鹿是又一
夢也。然則頃者之夢覺無鹿，是猶一夢也。……夢之難覺也，夢之
中又有夢，則於夢中自占之，乃覺而後悟其猶夢焉。因又欲占夢中，
占夢之為何祥乎。夫彼又烏知今日之占之，猶未離於夢也耶。（《驚
夢》開篇批語。〔註17〕

這裏有對人與宇宙間關係的思索，有對人的生存價值與意義的質疑，更有對
個體生命的偶然性與短暫性的困惑與悲哀，也有對人生如夢而又難以夢覺根
源的追索，而這些思想貫穿了金聖歎對《西廂記》的評點始終。除了《聖歎
外書》之外，最能體現金聖歎悲觀主義思想的還是對《哭宴》和《驚夢》的
評點。對《西廂記》的腰斬，客觀上的確起到了反對大團圓的功效，但金聖
歎對悲劇結局的欣賞，並不是立足於悲劇藝術的美學觀念，而主要是從佛家
「虛空」觀念出發的，正如他自己在《驚夢》的評語中所言：「舊時人讀西廂
記，至前十五章既盡，忽作驚夢之文，但拍案叫絕，以為一篇大文，如此收
束，正使煙波渺然無盡。於是以耳語耳，一時莫不畢作是說。獨聖歎今日心
竊知其不然」，〔註18〕而「心竊知其不然」的原因就是《哭宴》批語中借佛語
所揭示的「一切眾生，於空海中，妄想為因，起顛倒緣……妄想為因，作諸
顛倒。顛倒為緣，復生妄想，……如是眾生，遂墮其中。人於一劫，乃至二

〔註17〕金聖歎《貫華堂第六才子書西廂記》，傅曉航點校，甘肅人民出版社 1985 年，
第 1～6 頁，第 301～303 頁。
〔註18〕同上書，第 301～303 頁。

劫，三劫四劫，遂經千劫」的人生眞相，妄想即人之欲望，是一切劫難產生的根源，因而，《哭宴》中的別離正是大夢覺醒，領悟人世一切皆爲虛幻和痛苦的前兆與契機，由此，金聖歎才會說《西廂》終於哭宴體現了作者的無盡婆心，「如徒以昌黎歡愉難工，憂愁易好之言目之，豈不大負前人津梁一世之盛心哉。」此話再次說明，金聖歎對悲劇性結局的欣賞並非在強調作家悲劇心理及情懷的抒寫，也不是在重複哀樂更易打動人心的美學傳統，而是認爲《西廂》「入夢是狀元坊，出夢是草橋店」才是對人生本質以及「眞蕉假鹿，紛然成訟」的生存狀態的象徵與揭示。而其對《水滸》以「晁蓋說夢」始，以「驚惡夢」終的處理同樣是這一思想的體現。

　　其次是悲觀主義人生觀的滲入使戲曲功用觀發生了變化，將揭示人生悲劇性本質從而使人動世外之想作爲戲曲的重要題旨。槃薖碩人認爲《西廂》終於《草橋驚夢》「可以悟從前情致皆屬夢境河愛海欲一朝拔而登岸無難者；不然，則是書眞導欲之媒，即付之秦焰也可。」〔註19〕直接將文藝看作了夢醒覺悟的解脫之途。而卓人月在《新西廂記序》中更明確提出了悲劇風世觀：「無劇以風世，風莫大乎使人超然於悲歡而泊然於生死。生與歡，天下之所以鴆人也；悲與死，天下所以玉人也。第如世之所演，嘗悲而猶不忘生，是悲與死亦不足以玉人矣，又何風焉，又何風焉！崔鶯鶯之事以悲終，霍小玉之事以死終，小說中如此者不可勝計。乃何以王實甫、湯若士之慧業而猶不能脫傳奇之窠臼耶？余讀其傳而慨然動世外之想，讀其劇而靡焉興俗內之懷，其爲風也否，可知也。《紫釵》猶與傳合，其不合者止復蘇一段耳，然猶存其意。若王實甫作猶存其意，至關漢卿續之，則本意全失矣。」〔註20〕卓人月對戲曲風世功能的認識並未脫離正統的文藝觀念，但其內涵卻與傳統大相徑庭。儒家風教觀是積極入世的，目的在於教化民眾，以便爲建立和維護良好的社會道德秩序服務，而卓人月的風世觀卻是讓人通過戲曲認識人生痛苦的本質從而拋棄塵世生活。正如葉長海先生所言：「文藝必須『風世』，這種觀點在卓人月出世以前就已流行了二千年，但像卓人月這種悲劇風世說卻曠古未有。」〔註21〕

　　洞悉人生痛苦的本質後，必然會要求解脫，與槃薖碩人和卓人月不同的

〔註19〕吳毓華《中國古代戲曲序跋集》第236頁。
〔註20〕吳毓華《中國古代戲曲序跋集》第298頁。
〔註21〕參見葉長海《中國戲劇學史稿》，上海文藝出版社1986年，第257頁。

是，金聖歎對解脫的要求來自他對悲劇產生根源的認識，即上文已提到的「妄想」——人生的種種欲望。佛家強調因緣，既然一切妄想是種種苦痛的起因，是大夢難覺的根源，那麼告別妄想，拋棄欲望則是達到夢覺解脫的最佳之途，這也是他認為《西廂》應止於「驚夢」而更心儀「哭宴」的關鍵所在，離別雖苦卻是與一切妄想、欲望的告別，是結束人世痛苦、掙扎而回歸寧靜與寂滅的開始。正如他用佛家「生掃」之義所闡釋的那樣，他認為《西廂》從「驚艷」開始到「驚夢」終止，正揭示了世間萬物由生到掃，即由產生到寂滅的過程。崔張戀愛過程象徵著眾生陷入妄想顛倒之劫而難以自拔的生活圖景，最終必然要通過痛苦的離別，才能重歸「自此一別，一切都別。蕭然閒居，如夢還覺，身心輕安」的虛空境界。在這種由色悟空的人生哲學的觀照下，藝術就成了一種到達彼岸的中介，成為認識人生本質、從而達到解脫的媒介而存在，儘管金聖歎未能像尼采那樣提出以審美得解脫的美學命題，而是從自我對生命的感悟闡發了藝術的本質及功能，但同樣為讀者提供了一條以審美求解脫的途徑，而「消遣」即是這種解脫的具體方法。在《聖歎外書》中金聖歎提到了諸種消遣之法，批點《西廂》即是他自己對待悲劇性人生的一種消遣，一種超越態度〔註22〕，即以樂觀的審美態度超越這悲劇性的人生現實。可以說金聖歎對人生悲劇性本質的揭示以及以審美求解脫的思想在悲觀主義文藝思潮中有著承前啟後的地位，前一點發展並深化了卓人月等人的觀點，後一點則與清末的王國維發生了暗合。

第三是提出以痛苦作為戲曲審美觀照的對象應是作家自覺的藝術追求。卓人月在評徐翽《春波影》雜劇時說：「文章不令人愁，不令人恨，不令人死，非文也。」即是從受眾角度要求戲曲應以悲劇性情節及情感效應打動人心。其《新西廂記序》中對大團圓的厭棄，對悲劇性結局的欣賞均自覺將人生苦痛作為了審美觀照的對象，而金聖歎對文藝本質及功用的認識同樣體現了這一要求。

二、悲觀主義審美趣味在戲曲批評領域內形成的原因

悲觀主義審美趣味在戲曲批評領域內的形成是時代社會政治與感傷主義文藝思潮共同作用的結果。關於明代後期以後，社會現實的極端黑暗與動盪

〔註22〕見《聖歎外書·慟哭古人》，《貫華堂第六才子書西廂記》，第3～6頁。

對文人生存境遇以及文化心理帶來的巨大威脅與悲觀幻滅感，學界已多有論述，筆者在此也不再重複，而文藝領域內的「個性解放」、「獨抒性靈」造就了中晚明文人的狂狷與放蕩的同時，也給他們帶來了由於與傳統、世俗的激烈對抗所造成的巨大的心靈分裂與痛苦。而這種痛苦最終在時代的風雲以及失落傳統後又無法找尋到新的出路中走向了絕望與悲觀，表現在戲曲創作中，自湯顯祖開始至清初悲觀主義傾向日趨增強，而詩文領域內從公安派提倡性靈到竟陵派漸漸轉向蒼涼、孤峭的藝術風格同樣體現出悲觀主義人生觀的滲透並漸占主流的發展趨勢。在這樣的時代背景與文藝思潮的浸染下，悲觀主義向戲曲批評領域內滲透也就不足為奇了。

然而，悲觀主義思想觀念雖與正統的儒家精神相悖離，但同樣在傳統文化中有著悠久的歷史。莊子對人生如夢的感歎，對不合理現實社會的厭棄與退避早已成為傳統詩文吟詠的主題，隨著佛教的傳入，與佛家悲觀主義思想一起成為文人對現實人生悲劇性的一面得以深刻體認的思想來源，同時也使文人在積極投身現實社會政治時能令其始終與現實保持一定距離，保持一份清醒的認識與批判的精神。卓人月、金聖歎等人的悲觀主義文藝觀念中，佛家觀照世界人生的印記處處可見，而老莊思想的影響同樣不能忽視，尤其是金聖歎的以審美求解脫思想可以說是莊子審美超越精神在戲曲批評領域內的回應與承續。

在中國的傳統哲學中，莊子的悲觀主義哲學對現實人生、對人的的生存境遇實有著深刻的悲劇意識「人生天地之間，若白駒之過隙，忽然而已，注然勃然，莫不出焉，已化而生，又化而死，生物哀之，人類悲之」（《知北遊》）「一受其形，不亡以待盡，與物相刃相靡，其行盡如馳，而莫之能止，不亦悲乎！終身役役而不見其成功，苶然疲役而不知其所歸，可不哀邪！人謂之（靈魂）不死，奚益！其形化，其心與之然，可不謂之大哀乎！」對生命的偶然性、有限性以及人生終日勞苦而意義何在的悲哀與困惑可謂與金聖歎如出一轍。而《秋水》中則對至小之人欲窮至大之天地的悲哀與迷茫發出了慨歎「號物之數謂之萬，人處一焉……計人之所知，不若其所不知；其生之時，不若未生之時，以其至小求窮其至大之域，是故迷亂而不能自得也。」在《德充符》《人間世》《知北遊》中更有對人類生存境遇的悲劇性的覺悟「遊於羿之彀中」「無所逃於天地之間」「人之生也，與憂懼生」，人只要活著就必然受到生存之苦的役使，必然像處於射手的靶心那樣逃無可逃。因此在《至樂》

中，莊子借骷髏之言對人世間的一切欲望——父母、妻兒、閭里、知識等等
人們視之爲人生美好之事均予否定，因爲在莊子看來，這些所謂的美好欲求
實質都不過是人生的苦役，只有死亡才是徹底的解脫。由此可見，莊子思想
中對人的生存境遇的思索，對人生的價值與意義的追問，對生命的偶然性與
暫有性的悲歎均達到了極爲深刻的哲理高度，他用寓言的方式直指人生的悲
劇性本質，而他的探索追問同樣是圍繞人的欲望——解脫展開的。然而莊子
又竭力用「齊萬物」、「一死生」的「天人合一」觀念來彌合這種深沉的悲劇
感，用「心齋」「坐忘」來達到對這種悲劇感的忘卻，用一種逍遙態度來實現
對人生悲劇現實的審美超越，正如有學者指出的那樣「莊子悲劇意識的獨特
之處在於，如果悲劇是可以超越的，那就不成其爲眞正的悲劇。不可超越，
就把它忘掉，這是莊子思想的核心。這既是莊子的靈妙，也是莊子的悲哀」。
〔註 23〕悲哀是因爲這種忘卻與超越發展下去會成爲一種高級的精神自欺，從
而在某種程度上迴避了對人生本眞狀態的體察與正視。

　　莊子的悲觀主義思想在金聖歎的思想中確留下了諸多影響，金聖歎等人
的時代三教合流傾向日趨強烈，佛家與老莊本就有諸多契合之處，特別是在
對人生痛苦本質的認識上，對人的欲望與解脫的關注上，而這也是悲觀主義
哲學思想的共通之點。然而莊子以「忘」爲標誌的審美超越在金聖歎的文藝
觀中並未發展成精神自欺，相反，金聖歎以審美求解脫要求的恰恰是對人生
本眞狀態的如實揭露，而這正得益於佛家觀照世界人生的方式。有學者指出，
佛教的滲入使傳統文化中的悲劇意識由樂觀走向了悲觀是有一定道理的〔註
24〕，至少佛家的色空觀進入文藝領域後在客觀上對寫實的創作精神起到了推
動作用，從而彌補了莊子的「忘」對人生悲劇現實的迴避。還應注意的是，
明代個性解放思潮使人們開始關注人尤其是個體的生存境遇，人的欲望在得
到肯定的同時也導致了後期對欲望的放縱。在此過程中，無論是肯定欲望亦
或是放縱欲望以達到對世俗禮教的反抗爲文人帶來的均是無法排解的痛苦，
因此，欲望、痛苦與解脫漸成爲文藝審美觀照的對象，人生境遇、生命本質
等人生根本問題也日益成爲文人思索的時代問題，而這些思想的彙聚融合最
終促成了金聖歎等人悲觀主義文藝思想的產生。

〔註23〕 參見安繼民《莊子悲劇意識及其超越》，《中州學刊》2001 年第 4 期。
〔註24〕 參見何錫章、王書婷《佛教與中國文化悲劇意識的演變》，《中國文學研究》
　　　　2004 年第 4 期。

三、悲觀主義審美趣味在古典悲劇觀形成過程中的意義

悲觀主義審美趣味在古典悲劇觀形成過程中的意義主要體現在其對中國敘事文學觀念的影響上：

首先，改變了對敘事文學團圓模式的審美追求，樂觀的世界圖景開始為悲觀世界所替代。此前的敘事藝術總是以追求團圓為其旨趣，儘管有些團圓背後有著更為深沉的悲劇情懷，但強烈的理想主義在支撐著這種樂觀的文藝觀念。然而到了卓人月、金聖歎手中，自覺以痛苦作為審美觀照對象，要求戲曲藝術描寫人生的痛苦，以此揭示人類生存的真實狀況，從而促使了創作精神由寫意走向寫實，而寫實精神恰是悲劇文學傑作的重要質素。

其次，使對戲曲悲劇性情境的賞鑒逐漸轉變為洞悉人生悲劇性本質的一種途徑，從而跳出了傳統的感性鑒賞層面，而上升至從藝術中追問人生本質和存在的意義這一哲學層面。由此逐漸將戲曲由傳統的以善求美轉向以真求美，將戲曲的內蘊從傳統的道德勸懲昇華為對人生本質、生存本真狀態的自覺探求，正如有人評價金聖歎時說「正是他首先以深刻的自覺的美學要求把敘事作品的意蘊從一般性的道德勸懲昇華為對世界和人生的形而上的哲思」。〔註25〕其實卓人月等人已開其先河，只是金聖歎對人生特別是個體生命的悲劇本質作了更為深刻、自覺地體認和闡述。

傳統的文藝批評主要集中在作品的風教、載道等社會政治功用方面，即使追求純粹審美境界的意境論等也往往將關注的焦點放在了「物我合一」，「神與境合」等情景關係上，很難涉及到對人生根本問題的探求。儘管中國的文藝創作觀念受莊子的影響深遠，但也主要繼承了其隨緣任用，萬物一體、審美超越等觀念上，而其哲學中對人的生存困境，對人生本質的探尋則往往被忽視或者排斥。金聖歎等人卻從人本出發，通過文藝來探尋人生的本質，個體存在的價值，追問人生痛苦的根源，可以說沒有這種悲觀主義審美趣味對戲曲批評的介入，沒有中國傳統文化中的悲觀哲學思想在戲曲批評中的融入，古典悲劇思想及其觀念的最終形成並走向成熟是難以想像的。

〔註25〕參見張小芳《金聖歎對敘事文學的哲思解讀》，《南京師大學報（社會版）》1998
　　　　年第 3 期。

第三節　悲情苦境與悲觀主義審美趣味在清代曲壇的延續

　　對悲情苦境的欣賞以及悲觀主義人生觀在戲曲批評領域內的滲透，與在晚明清初動盪社會現實的推動下所形成的感傷主義文藝思潮一起對清代曲壇產生了深遠影響，具體表現在兩個方面：

　　一是戲曲創作中產生了一大批具有濃郁悲劇色彩的作品，尤其是偉大的悲劇傑作。突出表現在明清之際的社會現實使歷史題材的悲劇性作品大量湧現，如前章提到過的明清之際的吳偉業、尤侗等人創作的《秣陵春》傳奇及《通天台》《臨春閣》《讀離騷》《弔琵琶》等雜劇，充分抒發黍離之悲與不遇之憤懣，具有濃郁的悲劇色彩。薛旦的《昭君夢》雜劇對人生本質的徹悟，在存在與虛無的悲劇性衝突中同樣呈現出濃郁的悲觀與幻滅情緒體驗，這在第一折中的唱詞中就作了強烈的抒發：「世事一番蕉鹿，人情半枕黃粱。。溫柔被底口脂香，現出骷髏粉相。海上驢兒一叫，神仙打點行裝。夢生夢死破天荒，豎起乾坤一棒。」（【西江月】）此外，陳玉陽的《昭君出塞》也抒發了較濃郁的悲劇情緒。至南洪北孔對悲劇性的抒寫達到了頂峰，而蘇州作家群以及蔣士銓等人的創作也同樣透露出濃郁的悲劇情懷。其後的清代戲曲創作中雖再沒有誕生過偉大的悲劇性傑作，但對人生悲劇性感受的抒寫並未中斷，這一點我們具體可從戲曲的品評賞鑒中進一步瞭解。

　　二是悲劇性審美趣味在戲曲賞評中的延續。首先是延續了對悲情苦境的欣賞，繼承並發揚了悲情更易動人的傳統曲論，以毛聲山爲代表。毛聲山在評《琵琶記》時說「文章之妙，不難於令人笑，而難於令人泣。蓋令人笑者，不過能樂人；而令人泣者，實有以動人也。夫動人而至於泣，必非佳人才子神仙幽怪之文，而必其爲忠貞節孝之文，可知矣。」〔註26〕「樂人者，令人笑；動人者，令人哭。人之有笑無哭者，非必快文；文之有笑無哭者，亦非快文。」〔註27〕相對於祁彪佳等人認爲悲情苦境更易打動人心的觀點，毛聲山則進一步將動人框定在令人泣的悲劇性情感體驗中，並對現實人生悲劇性本質表現出自覺深刻地意識：「從來人事多乖，天心難測，團圓之中，每有缺陷……自古汲今，大抵如斯矣。」〔註28〕與卓人月等人不同的是他明知現實

〔註26〕毛聲山《第七才子書琵琶記‧第一齣前評》，清康熙間刻本。
〔註27〕同上，第一齣夾批。
〔註28〕同上，第四十二齣前評。

生活多悲劇，但並不反對戲曲創作中的理想主義精神。值得注意的是毛聲山在評點中還提出了要在布帛菽粟的日常生活中刻畫人情，表現人倫物理：「《琵琶》用筆之難，難於《西廂》，何也？《西廂》寫佳人才子之事，則風月之詞易好；《琵琶》寫孝子義夫之事，則菽粟之詞難工也。」〔註 29〕可以說這是敘事觀念走向成熟後對戲曲創作中的眞實性問題提出的更高要求，與清末的王國維發生了某種暗合。

粗略翻檢清代戲曲評點資料不難發現，從清初到清末對悲情悲緒的欣賞在曲論家與評點者那裏均有所關注與體認，或體現在對同時代作品的賞評之中，或滲透在對戲曲名著的解讀之中，茲列如下：

> 「淒清哀怨，思致纏綿，淚點血痕，瑩瑩紙上。」〔註 30〕

> 「碧蕉軒主人作不了緣四折，則本『自從別後減容光』一詩而作也：崔已嫁鄭恒；張生落魄歸來，復尋蕭寺訪鶯鶯，不可復見——情詞悽楚，意境蒼涼。」〔註 31〕

> 「問弱弟之奔喪，傷心唳雁；弔孤臣而流涕，染血啼鵑」〔註 32〕

> 「其曲情亦淒婉動人，非深於四夢者不能也。」〔註 33〕

> 「讀至彈詞第六、七、八、九轉，鐵撥銅琵琶，悲涼慷慨，字字傾珠落玉而出，雖鐵石人不能爲之斷腸，爲之下淚！筆墨之妙，其感人一至於此，眞觀止矣！」〔註 34〕

> 「滿腔悲憤，藉以發之。杜默哭霸王廟一折，尤爲悲壯。月暈風淒之夜，錢笛吹之，老重瞳必淚數行下也。」〔註 35〕

> 「長平憂患餘生，雖沐殊恩，重諧佳偶，而橋陵弓劍、故國河山，

〔註 29〕同上，《琵琶記總論》。

〔註 30〕徐孝常《夢中緣·序》，《中國古代戲曲序跋集》第 540 頁。徐生平不詳，從序中可知其與《玉燕堂四種》作者張堅爲同學：「憶昔庚寅歲，余與漱石（張堅）同受知督學使者海寧楊先生」，而張堅爲康熙至乾隆年間之人。

〔註 31〕焦循評《不了緣》，《劇説》《中國古典戲曲論著集成》第八冊，第 105 頁。

〔註 32〕尤侗跋邱園《蜀鵑啼》，見梁廷枏《曲話》卷三，《中國古典戲曲論著集成》第八冊，第 269 頁。

〔註 33〕梁廷枏《曲話》卷三評荊石山民《紅樓夢散套》，同上書第 265 頁。

〔註 34〕梁廷枏《曲話》卷三評《長生殿》同上書，第 269 頁。

〔註 35〕評嵇月生《續離騷》，楊恩壽《詞餘叢話》原文，《中國古典戲曲論著集成》九冊，第 245 頁。

觸目興悲，自多苦語。余愛寫長平處，愈熱鬧，愈淒涼。瑟柱琴弦，但覺商音滿指」〔註36〕

「千鍾祿演建文帝出亡，雖據野史，究失不經。然詞筆甚佳也。慘覩一齣，發端無限淒涼。帝子飄零，迥異遊僧。托缽選詞，何親切乃爾。」〔註37〕

「吳梅村通天台雜劇，借沈初明流落窮邊，傷今弔古，以自寫其身世。至調笑漢武帝，嬉笑甚於怒罵，但覺楚楚可憐。」〔註38〕

「臨春閣雜劇，哀悱頑豔，不類通天台之悲惋。」〔註39〕

其次是將劇作家悲劇心理及情緒的宣泄視爲戲曲創作的動力，以尤侗爲代表：「古之人不得志於時，往往發爲詩歌，以鳴其不平。顧詩人之旨，怨而不怒，哀而不作，抑揚含吐，言不盡意，則憂愁抑鬱之思，終無自而申焉。既又變爲詞曲，假託故事，翻弄新聲，奪人酒杯，澆己塊壘，於是嬉笑怒罵，縱橫肆出，淋漓極致而後已。……至於手舞足蹈，則秦聲趙瑟，鄭衛遞代，觀者目搖神愕，而作者幽愁抑鬱之思爲之一快。然千載而下，讀其書，想其無聊寄寓之懷，惆然有餘悲焉。」〔註40〕可以說是對「發憤著書」「不平則鳴」說的直接繼承，同時對溫柔敦厚的傳統審美趣味予以了某種程度的突破，與徐渭的美學主張產生了回應，也再次說明晚明以來審美趣味有偏離傳統的變遷傾向。提出類似觀點的還有吳偉業和紫微山人等人，「蓋士之不遇者，鬱積其無聊不平之慨於胸中，無所發抒，固借古代之歌呼笑罵，以陶寫我之抑鬱牢騷，而我之性情爰借古人之性情，而盤旋於紙上……」〔註41〕「猿啼三聲，腸已寸斷。豈更有第四聲，況續以四聲哉。但物不得其平則鳴，胸中無限牢騷，恐巴江巫峽間，應有兩岸猿聲啼不住耳。徐生莫道我饒舌也。」〔註42〕

三是悲觀主義審美趣味在戲曲評點中的承續。悲觀主義人生觀在戲曲批評領域內的滲透不僅彌漫影響了明清之際的戲曲創作及批評思想，並在整個

〔註36〕評黃韻珊《帝女花》，《詞餘叢話》，同上書第 249 頁。
〔註37〕評《千鍾祿》，《詞餘叢話》，同上書，第 265 頁。
〔註38〕《詞餘叢話》，同上書，第 266 頁。
〔註39〕《詞餘叢話》，同上書，第 266 頁。
〔註40〕尤侗《葉九來樂府序》，見《西堂文集》，清康熙間刻本。
〔註41〕吳偉業《北詞廣正譜·序》，青蓮書屋定本。
〔註42〕紫微山人《續四聲猿·題辭》，轉引自吳毓華《中國古代戲曲序跋集》第 426 頁。

清代曲壇都有所體現，如對金聖歎腰斬《西廂》的賞歎與接受：「《西廂》何意？意在西來也。以佛殿始，以旅夢終，於空生而即於空滅……其俱係之普救者，愍彼一切世間魔女魔民，無明作勞，欲海茫茫，愛河浮溢，顛倒沉溺，莫能超脫，特爲現緣覺聲聞身說法，而使皆得度，故以普救爲義……夫《西廂》始於佛空，終於夢覺，除是空則忽夢，夢則未覺耳。當其空前無色也，覺後無緣也，則其間之爲色與緣者，無窮期矣。然則有生滅者暫，而無生滅者常也。以有生滅心，求諸無生滅義，而使夢者皆覺之不復夢，咸登大覺焉。」〔註43〕可以說是對金聖歎觀點的全盤接受，而「自《西廂記》以〈草橋警夢〉終篇，傳奇家輒傚之，無覩輒賞之無論……」〔註44〕更說明曲壇對此的欣賞甚至到了盲目傚仿的地步。這種人生如夢的思想在清代的評賞中得到了頗多的回應，如「人生富貴貧賤不同，夭壽窮通各異。然電光石火終歸一夢，猶敷衍悲歡離合，頃刻戲完之散場也。屈指勞生，應無百歲之期；名牽利縮，枉作千年之計。」〔註45〕「古今皆夢境也，普天下皆夢中人也。達者於所歷之悲歡離合，盡作夢觀，人在夢中，不知是夢，……夫舉眞與夢兩者而齊之，即眞即夢，緣何自生？無所謂比值，更何所謂斷？當其眞也，尚如此，況其夢也。語緣於夢虛矣，悲夢中之緣之斷，虛之虛矣。」〔註46〕「然而幻逐情生，夢同烏有，既都無奈，遂付觀空。」〔註47〕「《空山夢》八篇，不知何許人作也。讀其文，感聚散之無常，傷美人之零落，殆有大不得已者歟。」〔註48〕通過上述粗略的梳理不難發現，人生如夢、萬緣皆幻的思想從晚明開始一直影響著整個清代戲曲批評，可以說悲觀主義成爲晚明及清代審美趣味中一脈不可忽視的思想傾向，不僅與清末王國維的悲觀主義文藝思想發生了某種暗合，也可說爲王氏選擇、接受叔本華悲觀主義悲劇觀提供了內在的精神血脈。

〔註43〕潘廷章《西廂說意》，書於康熙十八年，轉引自《中國古代戲曲序跋集》第390～392頁。

〔註44〕鳳仙博士《梅花夢傳奇序》，書於光緒年間，同上書第610頁。

〔註45〕程大衡《綴白裘・合集序》，轉引自吳毓華《中國古代戲曲序跋集》，第497頁。

〔註46〕梁廷枏《斷夢緣・自序》，《藤花亭十種・斷夢緣》，轉引自吳毓華《中國古代戲曲序跋集》，第583頁。

〔註47〕種秫農《空山夢題詞》，同上書第616頁。

〔註48〕問園主人《空山夢・序》，書於光緒年間，同上書616頁。

第四節　古典悲劇觀的形成──王國維的悲劇觀

　　作爲中國近代第一個傳播西方悲劇理論的人，王國維的悲劇觀因其濃郁的悲觀主義色彩和過多的西方話語一直受到學界的批評，以西方話語硬套本土文學確爲事實，這是接受西學之初不可避免的問題。〔註49〕而王國維悲觀主義思想的形成，除卻其自身的性格及所處亂世的影響，叔本華的唯意志論與老莊哲學則構成了其理論的重要支柱，前者是表層的、顯明的，後者卻是深層的、隱含的，換言之，王國維對叔本華悲劇觀的心儀並不僅僅出於其個人的文化興趣以及悲觀憂鬱的性格〔註50〕，構成其接受他者文化的的先行結構，即文化傳統的影響應是其選擇和接受叔本華的重要原因，因此，王氏的悲劇觀實有著鮮明的本土特徵。關於這一點，近幾年來學界已多有論述，而筆者則想在描述王氏悲劇觀本土特徵的基礎上，尋繹出其與傳統哲學思想及文學批評觀念等方面的契合相通之處，以此梳理出從卓人月、金聖歎到王國維這一脈悲觀主義文藝觀念的發展線索，從而較爲清晰地呈現出古典悲劇觀形成並走向成熟的過程。對此，本節擬從以下幾個方面予以論述。

一、王國維悲劇觀的主要內容

　　王國維的悲劇觀主要見於《紅樓夢評論》，《宋元戲曲史》《屈子文學之精神》也略有涉及，而寫於 1904 年的《紅樓夢評論》則是王氏悲觀主義思想及文藝觀念表述最爲全面、詳盡的一篇，該文據王氏自己的聲稱，其立論點全在叔本華，這也恰是導致學界長期以來忽略傳統文化在王氏接受西方悲劇理論過程中產生重要影響的主要原因之一。王國維的悲劇思想歸結起來主要表現在以下幾方面：首先，從人的生存層面出發，提出人生苦痛的觀點。其次，從人本主義出發，將人生的悲劇根源歸結爲個體的生存意志。第三，認爲悲劇藝術的價值、功用在於「解脫」。第四，對悲劇藝術的敘述特點提出了要求。第五，對傳統文化中的悲劇意識進行了理論上的初步總結。

〔註49〕注：王氏悲劇觀雖主要針對小說而發，但他是從哲學美學而非單純的文學體裁角度來審視古代敘事文學的，這在第三章「紅樓夢之美學上之價值」中即可見出，因此，其悲劇思想同樣適用於戲曲領域。

〔註50〕繆鉞《詩詞散論》中《王靜安與叔本華》一文以及葉嘉瑩《王國維及其文學批評》均持此觀點，認爲王氏性格、才情與叔本華的天才憂鬱說相契合，見葉書，河北教育出版社會 1998 年，第 10～11 頁。

　　前三點主要見於《紅樓夢評論》第一章、二章。第一章「人生及美術之概觀」是全文的立足點，論述了人生的目的、意義、生活的本質、藝術的社會功用，提出了生活是由個體的生存欲望構成的，而欲望又是人生各種痛苦的根源，因為「欲之為性無厭，而其原生於不足。不足之狀態，苦痛是也，即償一欲，則此欲以終。然欲之被償者二，而不償者什佰……於是吾人自己之生活，若負之而不勝其重。故人生者，如鐘錶之擺，實往復於痛苦與倦厭之間者也。夫倦厭固可視為苦痛之一種……然則人生之所欲，既無以逾於生活，而生活之性質，又不外苦痛，故欲與生活、苦痛，三者一而已矣。」因此，藝術的目的是揭示生活的痛苦本質，從而使人從欲望與痛苦中解脫出來，即將審美看作了尋求解脫的途徑。〔註51〕第二章「《紅樓夢》之精神」可謂王氏人生觀、文藝觀在文學批評中的具體演繹。王國維認為《紅樓夢》的偉大之處在於生動描寫了由於生活之欲導致的人生苦痛，從而向人們揭示了人生悲劇性的本質，使人產生了拒絕生活之欲而走向解脫的願望。因此，《紅樓夢》一書不僅開篇就提出了人生本質的問題，並成功描繪展示了欲望——痛苦——解脫這一過程。儘管王國維的分析有理念先行甚至牽強附會之處，但其對生命本體、人生本質的探索，對《紅樓夢》悲劇精神及悲劇根源的發掘，以及由此對中國民族精神的分析所達到的哲學美學高度不僅在文學研究史上具有劃時代的意義，而且也是今天許多紅學研究者所不能企及的，因為他跳出了傳統的社會學批評範疇以及鑒賞評點的批評模式，始終立足於個體生命本身來審視文藝作品，因而他對悲劇性文藝作品體認和分析的視界是非常開闊的，也更具有普遍性和世界意義。

　　值得注意的是，王國維的悲劇觀在審視國民精神、發掘悲劇產生根源過程中也涉及到了悲劇藝術的敘事觀念及特點，具體可歸納為三個方面：首先對悲劇性文學作品敘述模式提出了要求，反對大團圓，欣賞徹頭徹尾的悲劇，即要求悲劇的毀滅性結局。這從第三章肯定《紅樓夢》的價值是「大背於吾國人之精神」，打破了傳統文學中始困終亨的「團圓主義」，不追求詩歌的正義原則，是徹頭徹尾的悲劇的論述中即可見出。其次，最好的悲劇性作品應從日常生活普通之人情中表現人類的悲劇性境遇及生命的真實狀況，而不是糾纏於惡人肇禍或盲目命運等偶然性因素，因為人生的不幸和痛苦是必然的，是人與其所處世界之間必然產生的既互相依賴又彼此衝突的關係造成

〔註51〕《紅樓夢評論》，《王國維文集》，北京燕山出版社1997年，第203～212頁。

的，正如《紅樓夢》中寶黛的悲劇不過是「通常之道德，通常之人情，通常之境遇爲之而已」，但此種悲劇遠甚於前二者，因爲它展示了人生最大的不幸，是人生固有的痛苦。換言之，悲劇性文學要求的是以一種寫實的態度來直面人生的痛苦與生存的眞相，惟此才能揭示出人生悲劇的普遍性，而傳統敘事文學所固有的先離後合，始困終亨等傳奇模式都是一種理想主義的寫作態度，只能使一切痛苦變爲偶然的、暫時的，因而也就不可能眞正揭示出生活的本質。第三，要求藝術的自律原則，突出表現在強調悲劇人物自身的行動，包括解脫方式的自律。王國維將悲劇根源歸於主人翁意志，認爲人物主體是一切痛苦的製造者，也是一切痛苦的承受者，所謂「自作孽，自加罰」。而人物解脫方式的自律原則同樣要求主人公通過自身的努力、掙扎而走向解脫。王國維認爲《紅樓夢》描寫了兩種解脫方式，一種是觀他人之苦痛進而「洞見宇宙人生之本質」，如惜春、紫娟，一種則是由自己親身經歷，「遂悟宇宙人生之眞相」，如寶玉之解脫，王國維更欣賞後一種解脫方式，因爲前一種解脫從根本上說屬於宗教的方式，而後者卻屬於審美的方式，其感人效果要遠高於前者，因爲藝術的自律原則需要作品用生活圖景而非理論教條來說話，「寶玉之苦痛，人人所有之苦痛」，也就是說寶玉的解脫是在親身經歷過人世的種種苦痛、掙扎與幻滅而後覺悟到了人生的悲劇性本質，比起《桃花扇》中侯李二人覺醒於張道長的一聲呵斥，作品的悲劇色彩更爲強烈，也更具藝術的震撼力。其後的《宋元戲曲史》對此作了進一步的強調。完成於1912年的《宋元戲曲史》論述悲劇問題僅見於第十二章「元劇之文章」中一小段文字，承襲了《紅樓夢評論》中的理論依據，將悲劇產生根源歸結爲主人公個人意志，並以是否打破團圓主義作爲悲劇界定標準。「明以後，傳奇無非喜劇，而元則有悲劇在其中。就其存者言之，如《如漢宮秋》、《梧桐兩》、《西蜀夢》、《火燒介子推》、《張千替殺妻》等，初無所謂先離後合，始困終亨之事也。其最有悲劇之性質者，則如關漢卿之《竇娥冤》，紀君祥之《趙氏孤兒》。劇中雖有惡人交構其間，而其蹈湯赴火者，仍出於主人翁之意志。即列之於世界悲劇中，亦無愧色也。」〔註52〕儘管王氏將悲劇產生根源均歸於主人翁意志等主觀因素有所偏頗，但較之後來習慣於將悲劇產生根源都歸結於社會不公，惡勢力迫害等外部因素的批評家們，拋開其人本哲學的高度不提，僅就其涉及到的悲劇藝術的敘事特點來說無疑也是頗具啓示意義的。

〔註52〕《宋元戲曲史》，《王國維文集》，北京燕山出版社1997年，第153～154頁。

　　王國維對傳統文化悲劇意識的總結一方面體現在《紅樓夢評論》中所批評的團圓主義上，另一方面則體現在《屈子文學之精神》（寫於 1906 年）一文中對屈原悲劇根源的分析上，通過屈原這一個案的分析，某種程度上為我們揭示了中國文化中悲劇意識產生的根源及其在文學藝術中的呈現方式。

　　在《屈》文中，王國維將屈原文學精神概括為「歐穆亞」人生觀之發表。他認為屈原吸收了以孔墨為代表的北方學派的純摯性格以及以老莊為代表的南方學派豐富的想像力兩方面的長處，而南北學派的理想都與當時社會發生衝突，為社會所不容，北方學派的堅忍、執著於現世使其對社會充滿熱情，矢志不移；南方學派的冷性、憤激又使其容易產生遁世之念。在這種所謂「彼之視社會一時以為寇，一時以為親」的兩難困境中，既不願屈服，又無法逃避，於是「歐穆亞」人生觀產生了，「蓋屈子之於楚，親則肺腑，尊則大夫……其於國家既同累世之休戚，其於懷王又有一日之知遇，一疏再放，而終不能易其志。於是其性格與境遇相待而使之成一種之歐穆亞。《離騷》以下諸作，實此歐穆亞所發表者也。」〔註 53〕表現方式就是以一種遊戲、詼諧的語言、場景等來抒發其憤怨之情。

　　「歐穆亞」即叔本華所說的「幽默」。「幽默依賴於一種主觀的，然而嚴肅而崇高的心境，這種心境是在不情願地跟一個與之極其相牴牾的普通外在世界相衝突，既不能逃離這個世界，又不會讓自己屈服於這個世界」。於是幽默作為一種調節手段出現了，最終以一種詼諧的印象呈現，「然而就在這詼諧的背後，最深邃的嚴肅是隱藏著並且照耀著全局。」也即是說幽默是主體處於不願屈服又無法逃離的兩難境況中的一種自我慰籍方式，內心深處的痛苦借遊戲詼諧的外在形式來抒發，悲劇之中滲入喜劇成分，其精神內涵的悲劇性借喜劇性的形式外衣宣泄、流露。可以看出，叔本華的「幽默」觀實偏屬於「悲劇範疇，王國維正是抓住了這一特點精闢而獨到地分析了屈原的精神個性、悲劇產生根源及其流露於文學作品中所呈現的特徵。

　　關於王國維所說的「歐穆亞」，佛雛先生在其《王國維詩學研究》中曾作過精當的論述：「歐穆亞（幽默）對屈子來說，乃是詩人在與邪惡現實（環境）的無所『屈』，而又無所『逃』的反覆衝突中，所形成的一種理想與審美態度。……悲劇式的崇高與喜劇式的自由遊戲兩者達到一種非凡的凝合。這就

<hr>

〔註53〕《屈子文學之精神》，《王國維文集》，北京燕山出版社 1997 年，第 240～241 頁。

是屈子及其文學之美的特質。」〔註 54〕由此可以說王國維的論述已觸及到中國悲劇文學中的一個重要特徵——悲劇的喜劇化。同時，王國維對屈原性格的廉貞與周圍環境形成的悲劇性衝突的論述又有意無意地觸及中國文化悲劇意識的另一重要表現形態：以文化的理想來對抗文化的現實，具體呈現為正邪或忠奸鬥爭模式，而這也恰是古代戲曲最重要的主題模式之一。

　　通過上述梳理不難發現，王國維的悲劇思想是有矛盾之處的，最突出地體現在其對悲劇精神的欣賞趣味上。《紅樓夢評論》心儀的是悲觀幻滅風格，《宋元戲曲史》則表現出對崇高悲壯的青睞，而《屈子文學之精神》中則體現出對中國文化內儒外道，以審美超越悲劇性現實特點的深入體悟。三處論述體現出儒家、佛家和道家思想在王氏悲劇觀念中的滲透與影響，而其矛盾處可以說也恰是三家思想本質差異的具體表現，而這也正說明了王國維悲劇思想的形成過程中傳統文化的影響實佔據了主導。

二、王國維悲劇觀的本土特徵

　　王國維的悲劇觀來源於叔本華，學界也多批評其對叔氏理論的生搬硬套，從表層來看，王氏悲劇觀念確可說是叔本華悲劇觀的全部照搬。叔本華的悲劇理論是建立在其意志論基礎上的。在叔本華的哲學體系中，意志乃是世界的本體。他認為世界的本質是無所不在、盲目流轉的意志，宇宙間從無機物到有生命之物均是意志的客體化，都表現出不可遏制的欲望。在人的身上則表現為無盡的生活之欲。生活之欲產生自缺乏，不足則變為痛苦。一種欲求得到滿足，又生出許多其它欲求不得滿足，即使各種欲求都得到滿足，厭倦之情隨之而來，依然是一種痛苦。一言以蔽之，宇宙與人生的本質是意志，而意志帶給人的只有痛苦，因而人生的本質就是生活、欲求與痛苦三者的惡性循環，悲劇產生的根源從本質上說即是世界意志盲目衝動的結果，「一部分是由偶然和錯誤帶來……一部分是由於人類鬥爭是從自己裏面產生的，因為不同個體的意向是互相交叉的，……意志的各個現象卻自相鬥爭，自相屠殺」〔註 55〕。據此，叔本華將悲劇分為三類：一是惡人肇禍；二是盲目的命運導致不幸；三是由於劇中人彼此的地位、關係「互為對方製造災禍」〔註

〔註 54〕佛雛《王國維詩學研究》，北京大學出版社 2000 年，第 97 頁。
〔註 55〕叔本華《作為意志和表象的世界》，商務印書館 1995 年，第 350 頁。
〔註 56〕叔本華《作為意志和表象的世界》，商務印書館 1995 年，第 352 頁。

56〕，而以第三種悲劇更爲可取，因爲它意味著悲劇是一種輕易而自發的，從人的行爲和性格中產生的事件，最能體現意志的本質。由此，悲劇藝術的本質就是以藝術的方式表現人生的苦難、悲傷，「演出邪惡的勝利，……暗示宇宙和人生的本來性質」〔註57〕讓人看到人生的痛苦本質，從而使人否棄意志，即生活之欲而走向解脫。

通過粗略的介紹，我們可以看到叔本華悲劇理論以人的欲望——解脫爲關注中心，體現出不同於從理性角度探索悲劇根源的大多數西方哲學家的特徵。同時，叔氏對第三種悲劇的推崇實則是近代以來人類對自身命運認識深化的結果，可以說將探究悲劇產生根源的目光從人與神、與宇宙、與自然的關係轉向了人自身。而其理論中一個重要特點就是特別強調苦難，由苦難最終轉向退讓，因此，叔本華理論中的悲劇精神與古希臘悲劇以及許多西方悲劇理論家所倡導的通過絕望的抗爭以顯示出人自身存在價值與力量之偉大的悲劇精神是根本不同的。這種不同從根本上說是叔本華與眾多理性主義悲劇理論家所持人生觀的迥異造成的。叔本華的學說被稱爲悲觀主義哲學，而恰是這種徹底的悲觀主義、這些與傳統西方悲劇觀的差異使他的理論走進了東方(其實，叔本華思想本就是中西哲學融合的產物，其意志哲學本就深受印度佛教思想的影響，這一點哲學界已多有論述，筆者不再贅述)，在王國維那裏產生了深深的契合。

從對王國維與叔本華悲劇理論的梳理和介紹中，我們可以看出二者的相同之處，細究起來也不難發現王氏的悲劇思想已悄然對叔本華理論予以了本土化改造，這種改造主要體現在三個方面：一是叔本華從本體論出發論述人生痛苦及其解脫，而王氏始終從人生層面出發，沒有上升至哲學本體論的高度，王國維所說的意志並不具有叔本華哲學中的宇宙本體地位，而始終指個體的生存欲求；二是王國維接受叔本華的「解脫說」，但其推崇的最佳「解脫」之途並不是放棄生存意志，而是以審美求解脫，可以說既有儒家救世情懷的影響，又有對莊子以審美超越痛苦的承續，因此仍是一種中國式的解脫方式。三是王國維悲觀主義文藝觀念及其對敘事文學的要求有著極深的文化歷史淵源，而這些正是王國維青睞叔本華理論的重要原因，也是其對叔氏觀念作出本土化改造的理論支撐：

首先是傳統哲學中的悲觀主義對王國維悲劇思想的影響。儘管王國維是近代首倡學無中西，並躬身實踐的知識分子，但從文化心理結構而言，他仍

〔註57〕同上書，第352頁。

是一個深受傳統浸染的舊式文人，他的身上有著濃郁的傳統文化的身影，除卻正統的儒家思想，老莊、佛教均在其文化思想中烙下了深深的印記。前文已述，中國傳統哲學中本就有老莊一脈悲觀厭世思想，而這種思想與儒家觀念既衝突又互補同中國的傳統文人結下了不解之緣，同樣也對天性憂鬱、又身處亂世的王國維產生了極為深刻的影響。正如有學者所指出的那樣，王國維在接受叔本華之前，其思想已表現出較為濃郁的悲觀厭世色彩〔註58〕。王國維曾說《紅樓夢評論》的立腳點全在叔本華，然其開篇即以老莊關於憂患、勞苦之語作引，《評論》中有關人生痛苦本質的論述可以說正是對這種思想與叔本華悲觀哲學的具體闡釋與自我發揮。王國維的悲觀主義思想學界多從其接受叔本華哲學角度來討論，而老莊對其影響卻很少受到關注，如前所述，老莊哲學中本就包蘊著深沉的悲劇意識，正是對人的生存困境、對人生的意義價值、對生命痛苦本質的困惑與探求，使傳統文化中的悲劇意識與叔本華悲觀哲學產生了契合。在接受叔本華之前，敏感多思且深受老莊影響的王國維就已經在苦苦思索生命本質與生存意義等人生的根本問題，在接受叔本華之後，原有的悲觀思想與叔本華哲學都成為他繼續探索人生根本問題的理論支撐，《紅樓夢評論》是一例證，而這在他的詩詞中表現尤為明顯。「側身天地苦拘攣，姑射神人未可攀」〔註59〕「我身即我敵，外物非所虞。人生免襁褓，役物固有餘。」「大患固在我，他求寧非漫」「蟬蛻人間世，兀然入泥洹」〔註60〕「人生一大夢，未覺審何時」〔註61〕「七尺微軀百年裏，那能消今古閒哀樂。與蝴蝶，遽然覺」〔註62〕「昨夜西窗殘夢裏，一霎幽歡，不似人間世。恨來遲，防醒易，夢裏驚疑，何況醒時際」〔註63〕等等，充分抒發了人世痛苦、生存無奈，渴望解脫的感傷情懷，上引的兩首詞更是充滿了人生如夢的歡惋。據統計，在王國維1904～1909年間所作的《人間詞》中「夢」的出現頻率竟達 28 次之多〔註64〕，可以說傳統思想中那種人生如夢的空幻之感，對整個宇宙、人生、社會的厭倦與無奈的感傷情懷浸透在王氏的詩詞創

〔註58〕參見聶振斌《人生苦索與思想啓蒙》，轉引自《紀念王國維先生誕辰120週年學術論文集》，廣東教育出版社1999年，第162頁。

〔註59〕王國維《雜感》，《王國維文集》，北京燕山出版社1997年，第534頁。

〔註60〕王國維《偶成二首》，《王國維文集》第538頁。

〔註61〕王國維《來日》，同上書第540頁。

〔註62〕王國維《賀新郎‧月落飛烏鴉》，同上書，第592頁。

〔註63〕王國維《蘇幕遮》，同上書，第614頁。

〔註64〕參見佛雛《王國維詩學研究》，北京大學出版社，2000年。

作中，成爲其文化心理中無法割捨的情結，並成爲其看視世界人生的根本立場，由此可以說，王國維之所以選擇和接受叔本華，自我文化中的先行結構是重要原因，而其悲劇思想的最終形成，叔本華哲學也僅是一個外在的促因，傳統的悲觀主義思想才是其內在的理論來源和精神血脈。

其次是與金聖歎等人的悲觀主義文藝觀念的相通暗合。悲觀主義人生觀在文藝領域內的滲透和表現由來有自，然而悲觀主義成爲文藝觀念的理論支撐，特別是敘事藝術觀念偏離正統而表現出濃郁的悲觀主義審美趣味則始自金聖歎等人。王國維悲劇思想與之的相通暗合之處大致可歸納爲三個方面：從敘事藝術描繪的世界圖景以及悲劇產生根源看，金聖歎等人基於對人生悲劇性本質的洞悉，對生命特別是個體生命生存困境的深刻體認，認爲戲曲藝術應以描寫人生痛苦的眞相爲務，反對傳統的大團圓模式。而這種哲理性的感悟在王國維那裏得到了回應。儘管金王二人對悲劇產生根源的表述有所差異，金聖歎將妄想視爲生命痛苦的根源，這種妄想實際包含了人的一切生存欲求，而王國維借西方話語，將人的生存意志看作生命痛苦的根源，但他所說的意志始終是立足於人生層面的〔註65〕，因此，他的生存意志實與金聖歎所謂的妄想相通。正因爲始終立足於人生哲學層面，才使王國維的悲劇思想與金聖歎對文藝作品的悲觀主義哲思解讀發生了驚人的契合，當然王氏吸收了西方近現代哲學美學觀念，並且自覺從悲劇的角度來審視人生和藝術，因而較之金聖歎等人，他對人生特別是個體生命悲劇性本質的闡發上升到了理性分析層面，其對作品的哲思解讀更多帶有了一種藝術的自覺，眞正開始以西方悲劇藝術爲參照來探討中國悲劇文學的特點，而金聖歎的解讀則是一種自我生命感悟的外化，對悲劇結局的欣賞也主要出於其哲學觀念本身的要求。同時，王氏借助叔本華這一他者來觀照自我文化，因而對傳統文化悲劇意識有了更爲自覺和清醒的認識，對國民精神的審視與總結也就獨具深度與高度。

從藝術的功用觀看，無論是卓人月、金聖歎還是王國維均將藝術視爲揭示人生痛苦的本質，從而達到解脫的途徑，這是悲觀主義人生觀對藝術功能共通的要求。不同的是，卓人月、金聖歎等人主要是從佛家色空觀來觀照世界人生的，金聖歎的以審美求解脫又有對莊子以審美超越痛苦思想的繼承。而王國維的以審美求解脫中有莊子、叔本華的影響，但仍是儒家救世情懷的

〔註65〕註：叔本華將生存意志看作宇宙的本體，卻又以徹底否棄意志作爲解脫之途。

使然，因爲在《紅樓夢評論》中他不僅質疑了叔本華意志哲學中的矛盾，而且從儒家哲學中的「生生之仁」出發將審美作爲超越痛苦的方式，而不是放棄生存意志的手段，因此他的以審美求解脫某種程度上是對金聖歎等人偏離儒家傳統之後的再次回歸。

從創作原則看，均體現出提倡寫實的創作傾向。槃藹碩人、卓人月與金聖歎要求戲曲藝術應如實描寫人生眞相，從一定程度上是對傳統寫意原則的否定，客觀上起到了提倡寫實創作精神的作用。而王國維從悲劇視角出發同樣要求敍述藝術對生存本眞狀態的揭示，並對《紅樓夢》忠實於生活的本來面目所呈現出的高度眞實給予了極大的肯定和極高的稱頌，而他關於解脫的自律與他律之論實際提出了藝術創作要遵循生活本身的發展邏輯這一美學要求，因此，他所討論的藝術眞實問題已跳出了追求「意」與「情」之眞的傳統寫意觀念，而走向了講求塑造生活本身之眞的寫實傾向，可以說這是在參照西方文藝理論後對藝術眞實問題作出的自覺思考與美學提倡。

此外，王國維提出最好的悲劇性作品應從日常生活普通之人情中表現人類的悲劇性境遇及生命的眞實狀況，這一點與清初毛聲山在布帛菽粟的日常生活中表現人情倫理雖出發點不同，前者自覺從悲劇藝術著眼，後者主要從戲曲刻畫的眞實性出發，但卻可以說明，王國維的這一思想同樣與明清時期戲曲批評思想有著契合相通之處，這也正是中國傳統戲曲對眞實性問題予以不斷探索的必然結果。

三、王國維悲劇觀在中國悲劇文學研究中的特殊地位

王國維的悲劇思想在中國文學批評史上無疑是有著特殊地位的，其特殊性不僅在於他第一次引入了西方悲劇觀念來批評本土文學，並形成了自己的悲劇思想，還在於他既承續了傳統，又超越了傳統；在開啓現代悲劇觀念的同時又表現出鮮明的特色，其所達到的哲學高度以及對人生本質透徹的分析也均可說超越了現代，前一方面從上面的論述中已可見一斑，而對現代悲劇觀的超越則可通過與魯迅、曹禺、郭沫若、朱光潛等人悲劇觀念的比較中見出。

眾所周知，魯迅先生對悲劇的看法最深入人心的就是「悲劇是將人生有價值的撕毀給人看」的著名論斷。曹禺則認爲眞正的悲劇「絕不是尋常無衣無食之悲」，而是「拋去委瑣個人利害關係的」「離開小我的利害關係的」與

國家、社會、人民的命運聯繫在一起的悲劇。〔註66〕而郭沫若所持的是英雄悲劇觀，認為「悲劇的戲劇價值，不單純使人悲，而是在具體地激發起人們把悲憤情緒化而為力量，以擁護方生的成分而抗鬥將死的成分」「人們看到悲劇的結束正容易激起滿腔的正氣以鎮壓邪氣」。而對悲劇產生的根源則認為是「促進社會發展的方生力量尚未足夠強大，而延續社會發展的將死力量也尚未十分衰弱，在這時候便有悲劇的誕生。」〔註67〕著名理論家朱光潛先生從其所心儀的西方古典悲劇標準出發斷然否定了中國傳統戲曲中存在悲劇，因而他的悲劇觀仍是嚴格意義上的西方悲劇觀念。拋開朱光潛先生的西方悲劇觀不談，我們不難發現無論是魯迅、曹禺還是郭沫若的悲劇觀中有西方悲劇觀的影響，如對毀滅的要求，對悲劇人物必須是英雄的提倡等，但傳統的經世致用觀也同樣成為他們悲劇價值觀的重要理論支撐。魯迅先生的「將有價值的撕毀給人看」，這裏的價值涵義雖較為寬泛，但在實際接受與運用過程中仍脫離不了倫理與社會功用價值的範圍。而作為劇作家的曹禺和郭沫若對悲劇的界定與悲劇根源的探索則更明顯地體現出對傳統文藝價值觀的繼承。可以說，在對悲劇產生的社會根源的挖掘以及悲劇的倫理價值方面，上述人物及其觀念均較為符合中國文藝創作及接受實際的，既體現出對西方文化的借鑒，又有對傳統的承續。然而，從對人生及生命本質的揭示，對人生悲劇性產生根源的思考所達到的哲學的深度與高度方面言之，他們均未能超越王國維的境界。產生這一現象的原因筆者認為大致有二：一方面是王國維悲觀主義人生觀使其能夠超越傳統，超越現實人生而直視人生的本真狀態，因而他所持的文藝價值觀就不僅僅局限於社會功用及通常的道德評判上。另一方面則是王氏主要站在人生哲學的高度來探討悲劇藝術的，視野的寬泛一定程度上也決定了其思想觀念所達到的普遍性與深刻性。而這一點不僅是傳統文藝所缺乏的，也同樣是現代悲劇觀中的某種遺憾，因為現代悲劇觀在對傳統的繼承、對西方的接受中所揚棄的也恰恰是傳統文藝中最為缺乏或者說故意迴避的探求人生本質特別是正視個體生命存在本真狀態的精神。

〔註66〕曹禺《悲劇的精神》，1942年演講，見黃曼君主編《中國近百年文學理論批評史》，湖北教育出版社1997年，第586～587頁。

〔註67〕參見黃曼君主編《中國近百年文學理論批評史》，湖北教育出版社1997年，第703～704頁。

四、悲觀主義在古典悲劇觀形成過程中的意義

中國的古典悲劇觀是以悲觀主義為其精神內核的，這不僅指其觀照世界人生的方式，還指其觀照之後對待苦痛的方式，後一點正是與西方古典悲劇觀念的迥異之處，這從金聖歎、王國維等人的文藝思想中即可見出，而這種悲觀主義傾向與中國悲劇性文學創作實踐是相符合的。儘管悲觀主義往往帶給人以消極出世等負面影響，但古典悲劇觀之所以因此而形成並走向成熟，筆者認為原因大致有二：一是悲觀主義對人間現世一切價值意義的質問，對社會政治的厭棄導致了對整個文化社會現有體系的懷疑甚至否棄，客觀上起到了批判現實的作用，而懷疑與批判甚至叛逆精神恰是過於看重和維護現實秩序穩定的正統文化所缺乏的，滲透到文藝領域，則容易使批評家及作家們更清醒深刻地認識到現有文化體系中的弊病，思索其產生的根源，竭力探尋挽救的良方，儘管均以失敗絕望告終，但由此也賦予了作品深厚的文化底蘊與強烈深沉的悲劇色彩，從而推動了中國最偉大的悲劇文學傑作的誕生。二是悲觀主義對生存欲望的否定基於其對人類悲劇性生存本質的認識，容易促使作家、理論家跳出感性現實層面而直指人生本質，通過文藝作品對人特別是個體的人的生存境遇作出哲學層面的思考，由此導致了中國敘事文學觀念的變異，對此第二節已有論及，這裏就不再贅述。

通過上面四節的粗略梳理與比較，我們不難發現古典悲劇觀最終形成大致可從三個層面來看：「怨譜」說、「苦境」論繼承了悲怨傳統及詩歌意境理論，對戲曲的悲劇風格及情感效應作出了有益的探索，為古典悲劇觀的形成奠定了基礎。卓人月、金聖歎等人的悲觀主義審美趣味自覺以痛苦作為審美觀照對象，使戲曲批評跳出了傳統的感性鑒賞層面而上升至對人生本質的哲理思考層面，同時客觀上對悲劇性文學提出了兩點要求，即悲劇結局和寫實的創作精神，從而為古典悲劇觀的最終形成補充了重要質素。王國維的悲劇思想從客觀上講既有對前二者以及其後清代曲壇延續的悲觀主義審美趣味的承續，又借助西方理論對傳統文化悲劇意識作了初步的總結，並且始終立足於悲劇作為敘事文學這一特點詳盡地討論了悲劇根源、悲劇主體、悲劇的敘述模式、悲劇的創作原則等一系列問題，從而使古典悲劇觀真正得以走向完備與成熟。筆者認為，討論悲劇的觀念無論從哲學美學內涵而言還是就敘事文學自身特點來說，都必須包含三個基本質素：即要有對現實人生悲劇性的深刻感悟，並上升到人生哲理層面；要自覺以痛苦作為藝術審美觀照的對象；

要有直面人生眞相的創作精神。以此爲據，我們說儘管「怨譜說」、「苦境論」
包含了悲劇性因素，卻缺乏對人生悲劇性本質的哲理思考，至金聖歎等人的
悲觀主義文藝觀則有了一個大的飛躍，但對悲劇性文學敘述特點尙缺乏自覺
全面的藝術探討，因而只有當王國維借用現代美學對此作了進一步的探索並
上升爲理論的表達時，中國古典悲劇觀才眞正形成並開始走向成熟。

主要參考文獻與引用書目

1. 《元刊雜劇三十種》,《古本戲曲叢刊》四集影印本。

2. 《元曲選》,臧懋循,中華書局 1958 年版。

3. 《元曲選外編》,隋樹森,中華書局 1959 年版。

4. 《元曲選校注》,王學奇主編,河北教育出版社 1994 年版。

5. 《曲海總目提要》,董康等,天津古籍出版社 1992 年版。

6. 《六十種曲》,毛晉,中華書局 1985 年版。

7. 《綴白裘》總集,錢德蒼,中華書局 1955 年版。

8. 《孤本元明雜劇》,王季烈,中國戲劇出版社 1957 年版。

9. 《湯顯祖詩文集》,上海古籍出版社 1982 年版。

10. 《馮夢龍全集》,陳國斌,江蘇古籍出版社 1993 年版。

11. 《元代雜劇全目》,傅惜華,作家出版社 1957 年版。

12. 《明代雜劇全目》,傅惜華,作家出版社會 1958 年版。

13. 《清代雜劇全目》,傅惜華,人民文學出版社 1981 年版。

14. 《明代傳奇全目》,傅惜華,人民文學出版社 1959 年版。

15. 《湯顯祖研究資料彙編》,毛效同編,上海古籍出版社 1986 年版。

16. 《盛明雜劇》,沈泰,中國戲劇出版社 1985 年版。

17. 《新刊元雜劇三十種》,徐沁君校點,中華書局 1980 年版。

18. 《蔣士銓戲曲集》,周妙中點校,中華書局 1993 年版。

19. 《中國十大古典悲劇集》,王季思主編,上海文藝出版社 1982 年版。

20. 《中國十大古典悲喜劇集》,郭漢城主編,上海文藝出版社 1989 年版。

21. 《明清傳奇綜錄》,郭英德,河北教育出版社 1997 年版。

22. 《第六才子書西廂記》,貫華堂本,傅曉航點校,甘肅人民出版社 1985 年版。

23. 《中國古典戲曲論著集成》1～10 冊，中國戲劇出版社，1959 年版。

24. 《中國古代戲曲序跋集》，吳毓華編著，中國戲劇出版社 1990 年版。

25. 《中國古典戲曲序跋彙編》，蔡毅編著，齊魯書社 1989 年版。

26. 《吳梅戲曲論文集》，吳梅，中國戲劇出版社 1983 年版。

27. 《中國戲劇史長編》，周貽白，人民文學出版社 1961 年版。

28. 《明清戲曲史》，盧前，商務印書館 1935 年版。

29. 《中國大百科全書·戲曲曲藝卷》，中國大百科全書出版社 1983 年版。

30. 《中國近世戲曲史》，青木正兒，中華書局 1954 年版。

31. 《中國戲劇史》，田仲一成，北京廣播學院出版社 2002 年版。

32. 《晚清戲曲小說目》，阿英，上海文藝聯合出版社 1954 年版。

33. 《晚清文學叢鈔·小說戲曲研究卷》，阿英，中華書局 1960 年版。

34. 《古劇說彙》，馮沅君，作家出版社 1956 年版。

35. 《元人雜劇鈎沉》，趙景深，古典文學出版社 1956 年版。

36. 《曲論探勝》，齊森華，華東師範大學出版社，1985 年版。

37. 《明清傳奇戲曲文體研究》，郭英德，商務印書館 2004 年版。

38. 《明清傳奇史》，郭英德，江蘇古籍出版社 2001 年版。

39. 《明清文人傳奇研究》，郭英德，北京師範大學出版社 1992 年版。

40. 《中國古典戲劇理論史》，譚帆、陸煒，中國社會科學出版社 1993 年版。

41. 《中國戲劇學史稿》，葉長海，上海文藝出版社 1986 年版。

42. 《中國戲曲史探微》，蔣星煜，齊魯書社 1985 年版。

43. 《清代戲曲史》，周妙中，中州古籍出版社 1987 年版。

44. 《明代雜劇研究》，戚世雋，廣東高等教育出版社 2001 年版。

45. 《中國古代戲曲與古代文學研究論集》，中華書局 2001 年版。

46. 《明代戲曲評點研究》，朱萬曙，安徽教育出版社 2004 年版。

47. 《長生殿討論集》，文化藝術出版社 1989 年版。

48. 《玉輪軒曲論新編》，王季思，中國戲劇出版社，1983 年版。

49. 《中國悲劇史綱》，謝柏梁，學林出版社 1993 年版。

50. 《中國古典悲劇史》，楊建文，武漢大學出版 1994 年版。

51. 《中國古典悲劇喜劇論集》，上海文藝出版社 1983 年版。

52. 《徐朔方說戲曲》，徐朔方，上海古籍出版社 2000 年版。

53. 《中國戲曲研究書目提要》，中國戲劇出版社 1992 年版。

54. 《中國近代戲曲論著總目》，傅曉航，文化藝術出版社 1994 年版。

55.《中西戲劇比較論稿》，藍凡，學林出版社 1992 年版。

56.《中國戲曲通史》，張庚、郭漢城主編，中國戲劇出版社 1980 年版。

57.《中國戲曲文學史》，許金榜，中國文學出版社 1995 年版。

58.《戲曲美學》，蘇國榮，文化藝術出版社 1999 年版。

59.《中國戲曲史論》，吳新雷，江蘇教育出版社 1996 年版。

60.《戲曲美學》，陳多，四川人民出版社 2001 年版。

61.《元雜劇演述形態探究》，陳建森，南方出版社 1999 年版。

62.《中國古代劇場史》，廖奔，中州古籍出版社 1997 年版。

63.《中國劇場史資料總目》，周華斌、朱聯群，北京廣播學院出版社 2002 年版。

64.《中國戲劇學通論》，趙山林，安徽教育出版社 1995 年版。

65.《中國戲曲觀眾學》，趙山林，華東師範大學出版社 1990 年版。

66.《中國古典戲劇論稿》，趙山林，安徽文藝出版社 1998 年版。

67.《中國鬼戲》，許祥麟，天津教育出版社 1997 年版。

68.《中國戲曲史研究》，黃仕忠，中山大學出版社 1997 年版。

69.《中國戲曲發展史》，廖奔、劉彥君，山西教育出版社 2000 年版。

70.《湯顯祖論稿》，周育德，文化藝術出版社 1991 年版。

71.《元人雜劇與元代社會》，麼書儀，北京大學出版社 1997 年版。

72.《明清之際蘇州作家群研究》，李玫，中國社會科學出版社 2000 年版。

73.《傳統文化與古典戲曲》，鄭傳寅，湖北教育出版社 1990 年版。

74.《洛地文集·戲劇卷》，洛地，藝術與人文科學出版社 2001 年版。

75.《戲劇藝術十五講》，董健、馬俊山，北京大學出版社 2004 年版。

76.《比較戲劇學——中西戲劇話語模式研究》，周寧，上海社會科學院出版社 1993 年版。

77.《中西戲劇美學思想比較研究》，彭修銀，武漢出版社 1994 年版。

78.《明清傳奇結構研究》，許建中，中州古籍出版社 1999 年版。

79.《戲劇性戲劇與抒情性戲劇——中西戲劇比較研究》，何輝斌，中國社會科學出版社 2004 年版。

80.《中日古典悲劇的形式》，張哲俊，上海古籍出版社 2002 年版。

81.《朱壽桐論戲劇》，朱壽桐，江西高校出版社 2002 年版。

82.《東西方戲劇的對峙與解構》，廖奔，上海辭書出版社 2007 年版。

83.《老子注譯及評介》，陳鼓應，中華書局 1984 年版。

84.《莊子今注今譯》，陳鼓應注譯，中華書局 2001 年版。

85.《四書章句集注》，朱熹，中華書局 1983 年版。

86.《史記》，司馬遷，中華書局 1959 年。

87.《象山語錄＼陽明傳習錄》，楊國榮導讀，上海古籍出版社 2000 年版。

88.《李贄文集》，李贄，社會科學文獻出版社 2000 年版。

89.《王國維文集》，王國維，北京燕山出版社 1997 年版。

90.《梁漱溟文選》，梁漱溟，中國文聯出版公司 1996 年版。

91.《明史講義》，孟森，商會導讀，上海古籍出版社 2003 年版。

92.《中國藝術精神》，徐復觀，華東師範大學出版社 2004 年版。

93.《中國歷代文論選》，郭紹虞主編，上海古籍出版社 1996 年版。

94.《中國人性論史先秦篇》，徐復觀，上海三聯書店 2002 年版。

95.《中國哲學史》，馮友蘭，華東師範大學出版社 2003 年版。

96.《胡適古典文學研究論集》，胡適，上海古籍出版社 1988 年版。

97.《悲劇心理學》，《朱光潛全集》第二卷，安徽教育出版，1987 年版。

98.《中國文學精神》明清卷，郭延禮主編，山東教育出版社 2003 年版。

99.《中國小說評點研究》，譚帆，華東師範大學出版社 2001 年版。

100.《市民、士人與故事：中國近古社會文化的敘事》，高小康，人民出版社 2001 年版。

101.《王學與中晚明士人心態》，左東嶺，人民文學出版社 2000 年版。

102.《明清之際士大夫研究》，趙園，北京大學出版社 1999 年版。

103.《明代心學與詩學》，左東嶺，學苑出版社 2002 年版。

104.《中國文學批評史》，郭紹虞，百花文藝出版社 1999 年版。

105.《中國文學批評通史》明代卷、清代卷，王運熙、顧易生主編，上海古籍出版社 1995 年版。

106.《中國古典小說史論》，夏志清著，胡益民等譯，江西人民出版社 2001 年版。

107.《中國文化與悲劇意識》，張法，中國人民大學出版社 1998 年版。

108.《明代哲學史》，張學智，北京大學出版社 2003 年版。

109.《插圖本中國文學史》，鄭振鐸，作家出版社 1957 年版。

110.《中國文學史》，章培恒、駱玉明主編，復旦大學出版社 1996 年版。

111.《中國文學史》，袁行霈主編，高等教育出版社 1998 年版。

112.《中國古代文學發展史》，羅宗強、陳洪主編，南開大學出版社 2003 年版。

113.《中國文學史》，游國恩等主編，人民文學出版社 1990 年版。

114.《中國古代思想史論》，李澤厚，天津社會科學院出版社 2003 年版。

115.《論語今讀》，李澤厚，安徽文藝出版社 1998 年版。

116.《華夏美學》，李澤厚，《李澤厚十年集·美學卷》，安徽文藝出版社 1994 年版。

117.《中國美學史（先秦兩漢編)》，李澤厚、劉綱紀，安徽文藝出版社 1999 年版。

118.《萬曆十五年》，黃仁宇，三聯出版社 2003 年版。

119.《中西比較詩學體系》，黃藥眠、童慶炳主編，人民文學出版社 1991 年版。

120.《選擇·接受與疏離──王國維接受叔本華、朱光潛接受克羅齊美學比較研究》，王攸欣，三聯出版社 1999 年版。

121.《現代儒學論》，余英時，上海人民出版社 1998 年版。

122.《儒家倫理與商人精神》，余英時，廣西師範大學出版社 2004 年版。

123.《中國思想傳統及其現代變遷》，余英時，廣西師範大學出版社 2004 年版。

124.《中國小說敘事模式的轉變》，陳平原，北京大學出版社 2003 年版。

125.《論儒學的宗教性》，杜維明，武漢大學出版社 1999 年版。

126.《哲學大辭典·美學卷》，上海辭書出版社 1991 年版。

127.《儒家元典與中國詩學》，李凱，中國社會科學出版社 2002 年版。

128.《當說者被說的時候》，趙毅衡，中國人民大學出版社 1998 年版。

129.《中國敘事學》，楊義，《楊義文存》第一卷，人民出版社 2004 年版。

130.《中國小說源流論》，石昌渝，三聯書店 1995 年版。

131.《悲劇精神與歐洲思想文化史論》，周春生，上海人民出版社 1999 年版。

132.《儒釋道與晚明文學思潮》，周群，上海書店出版社 2000 年版。

133.《王學通論──從王陽明到熊十力》，楊國榮，華東師範大學出版社 2003 年版。

134.《悲劇性今解》，《個體信仰與文化理論》，劉小楓，四川人民出版社 1997 年版。

135.《苦惱的敘述者》，趙毅衡，北京十月文藝出版社 1994 年版。

136.《中國近百年文學理論批評史》，黃曼君主編，湖北教育出版社 1997 年版。

137.《王國維及其文學批評》，葉嘉瑩，河北教育出版社會 1997 年版。

138.《王國維美學思想述評》，聶振斌，遼寧大學出版社 1997 年版。

139.《詩學》，亞里斯多德著，人民文學出版社 1997 年版。

140.《判斷力批判》，康德著，鄧曉芒譯，人民出版社 2004 年版。

141.《作為意志和表象的世界》，叔本華著，石沖白譯，商務印書館 1995 年版。

142.《悲劇的誕生》，尼采著，繆朗山譯，海南國際新聞出版中心 1996 年版。

143.《秀美與尊嚴——席勒藝術和美學文集》，席勒著，張玉能譯，文化藝術出版社 1996 年版。

144.《熱奈特論文集》，熱奈特著，史忠義譯，百花文藝出版社 2001 年版。

145.《美學》第三卷，黑格爾著，朱光潛譯，商務印書館 1991 年版。

146.《狄德羅經典文存》，狄德羅著，瑜青主編，上海大學出版社 2002 年版。

147.《漢堡劇評》，萊辛著，張黎譯，上海譯文出版社 1998 年版。

148.《西方哲學史》，羅素著，馬元德譯，商務印書館 2003 年版。

149.《真理與方法》，加達默爾著，洪漢鼎譯，上海譯文出版社 2002 年版。

150.《悲劇的知識》，雅斯貝爾斯，見劉小楓主編《人類困境中的審美精神》，東方出版中心 1996 年版。

151.《論悲劇性現象》，舍勒，見劉小楓主編《人類困境中的審美精神》，東方出版中心 1996 年版。

152.《悲劇性》，利普斯，見劉小楓主編《人類困境中的審美精神》，東方出版中心 1996 年版。

153.《文學作品分析》，托多羅夫，見《敘事美學》，王泰來等編譯，重慶出版社 1987 年版。

154.《解讀敘事》，希利斯·米勒著，申丹譯，北京大學出版社 2002 年版。

155.《審美活動中的作者與主人公》，《陀思妥耶夫斯基詩學問題》，巴赫金，《巴赫金全集》第一卷，第五卷，巴赫金著，錢中文譯，河北教育出版社 1998 年版。

156.《儒教與道教》，馬克斯·韋伯著，王容芬譯，商務印書館 2003 年版。

157.《中國敘事學》，蒲安迪，北京大學出版社 1998 年版。

158.《西方宗教哲學文選》，胡景鍾、張慶熊主編，上海人民出版社 2002 年版。

159.《尤金·奧尼爾和東方思想》，詹姆斯·羅賓著，鄭柏銘譯，遼寧教育出版社 1997 年版。

160.《荒誕派戲劇》，馬丁·艾斯林著，劉國彬譯，中國戲劇出版社 1992 年版。

後　記

　　本書是在我的博士學位論文基礎上修改完成的。十年前的春天，帶著對江南文化的憧憬，我從大漠來到了黃浦江畔，踏進華東師範大學的第一步，就被她的大氣靈動所深深吸引。幸運的是，那年的秋天，我終於成為麗娃河畔的一名漫步者。時光荏苒，交睫之間，闊別江南也已六年有餘，當年麗娃河畔的點點滴滴還會不時縈繞心頭，揮之難去。我從小就非常喜歡水，癡迷於她的靈動，她的神秘，尤其喜歡探究那一片茫無涯際背後的命運之迷，或許這也正是我一直沉迷於悲劇之思的動力所在吧，以致在博士論文選題時，我毫不猶豫地選擇了悲劇這一吃力又不討好、並且爭議頗大的論題。記得畢業之際，我在論文後記中曾寫到：希望它的暫告結束能成為下一段喜劇人生的開始，沒想到這一暫別竟達六年之久。在此期間，我從江南來到了閩南，又從酷愛的大海之濱回到了天山腳下，命運、天意亦或是緣分，這些曾屢屢糾葛於心的迷思讓我學會了平淡和坦然，也學會了以感恩之心面對生活所賜予的一切。

　　衷心感謝恩師譚帆先生。承蒙恩師的寬容與支持，使我這個興趣至上主義者得以在讀博期間繼續自己的悲劇之思。從論文的開題、構思及至撰寫過程，均凝聚了先生的精心督導，只可惜我的愚頑與疏懶使論文未能達到先生的期望。而先生的德行學問以及與師母邵明貞老師在生活上對我的關心與幫助更使我受益良多、銘感五內。有此良師，亦可謂一生之福。感謝齊森華先生、郭豫適先生、朱惠國老師以及我的兩位碩士導師劉求長老師、劉志友老師以及李中耀老師、邵秀華老師，他們或在學業上、或在生活中均給予我極大的教益與幫助。感恩上蒼，讓我一路走來，皆遇良師，我雖愚頑，愧對他

們的期許，但仍會努力做一個虔誠的讀書人，一個認真的教育者，以不負他們的厚愛。

感謝我新疆的所有朋友們，沒有他們在精神和物質上的鼓勵與幫助，我不知能否順利度過三年艱苦沉悶的歲月。還有廈門的朋友們，是她們讓我獨在異鄉的生活充滿了歡笑與溫暖。同時，還要感謝曾經同窗學習的所有可愛而有趣的師兄弟、師姐妹們，他們治學的認真嚴謹、為人的謙和大度以及給予我的熱情幫助和純真友誼，我將終身難忘。

最要感謝的自然是我年逾八十的雙親，感謝上帝賜予我世上最好的父母，他們始終是我最大的精神動力。還有 Foxbear，十餘年的風雨讓我擁有了傲視一切世俗成見的勇氣，也讓我感受到了人生最為真實美好的一面，茫茫人海，得此知己，此生亦可無憾。

誠摯感謝花木蘭文化出版社給了我這樣一個機會，使這一段悲劇之思得以整理出版。

總是在對意義與價值的追問中懷疑、否棄著自我，以至經常將自己逼入茫然失語的尷尬之境中，然而，經歷過後才恍然悟到，其實一切的價值和意義均是一種賦值。對悲劇問題的思考斷斷續續也有十多年了，從當初麗娃河畔的躊躇滿志到後來的虎頭蛇尾，乃至到今天仍然的力不從心，雖羞於見人，但能成為一段生活與心境的真實紀錄，也總算是另一種收穫了。

楊再紅

2013 年 3 月 27 日於烏魯木齊